最後の絆

蘭 千代丸
Ran Chiyomaru

今日の話題社

最後の絆

目次

最後の絆

第一章

青年実業家

敵を知らずして勝つこと叶わず――。

人々が知っているようで、本当は誰もが知り得ない先人の教えである。

青年実業家である冴木良一は、三階のオフィスの一番奥に陣取った社長室で、得意先への請求書に目を通していた。快晴だったその春の日差しが南アルプスに傾くさまは、冴木のこれからの人生を皮肉っていたようにも思える。

西陽に晒された冴木の影と垂直に社長室の扉があった。リズムの良いノックの後、冴木の会社の社員である吉見と谷口が姿を現した。

「ん、ちょっと掛けていてくれ。今日は夕方から出かけなければならないから、な。まあ、座っていてくれ。これだけ……確認しておかないと……」

冴木の独り言にも近い話し方に促されると、入室済みの二人は静かにソファアに腰を下ろした。

冴木は仕事の手が早い。仕事といっても彼は書類の確認作業がその得意中の得意である。二人が傍にいることで冴木は作業をすぐに終了した。

「ん、終わった。お前達、いいか？　物を済ませたら、必ずその確認をしろよ。整理整頓は小学校でよくよく教わっただろ？　整理整頓ができない奴は出世できないぞ」

俯《うつむ》き加減で椅子から立ち上がった冴木は二人にその姿だけをやり、いくらか冗談交じりの口調で話しだした。両手で持った書類束の尻を小刻みにデスクにぶつけてから、彼は胸を張って、二人に対峙してソファに着席した。

「で、何だ？」冴木は吉見に目をやった。

「社長、みんなの決断です。会社は大丈夫です。自分がしっかりやっていきます。社長は体を一日も早く良くする努力をして下さい」

吉見がこう言うと、

「みんなの決断と言うけど、俺は、納得した訳じゃない、みんなが、社長のことを考えて、社長は体が悪いんだから、引退してくれって言っているっていうのは、ちょっと、おかしいんじゃないかなあ？」と吉見の傍らで社長付きの谷口が口火を切った。

二人が一体何を言っているのかが理解ができずにいた冴木は、黙って吉見と谷口のやり取りを聞いていた。

「うん、言い方が悪かったかもしれないけど、兄貴はね、体が良くないんだし、今では韓国で商売も成功したんだから、日本にいないで韓国で体を休養させて下さい、っていうことさ」

吉見は隣に座る谷口に言葉を繋げた。

吉見は四つ違いの冴木の実弟である。しかし、次男坊振りを発揮して、遊び癖をつけているため、数回も会社に出入りして現在でも平社員である。十数年前に一人娘に嫁にもらって婿入りしたために苗字が変わった。谷口も社長付き、即ち、平社員である。

「お前らは、何の話をしているんだ？」

話の意味がさっぱり分からぬ冴木は、谷口にその話の趣旨を問い質した。

「はい。吉見さんが、今、言う事はですね、この会社の経営を、吉見さんが、社長から引き継ぎたい、任されたい、ということのようです、が、自分が思うに、この会社は、社長でなければ、運営は出来ないから、いや、社長の力があって、はじめて、成り立っているのですから、ね、皆が、というのは、ですね、私は入っている訳じゃないんですよ、いやいや、私だって、当然社長の健康は気にしてはいますがね……なあ、吉見さん、あんたが言いたい事はそういうことなんだろう？」

五十半ば過ぎの谷口はどこか三億円犯人のモンタージュ写真の男に似ていた。彼の話し方には押しが強いという特徴があった。そんな人相の谷口は、冴木の顔色を伺いながら、一つ一つの言葉を噛み砕いては発言し、吉見にその話の矛先を向けた。

「はい。自分は、社長の体のことを考えています……こんな不景気の中でも、うちの会社は社長の力で安泰なのだから、ここの経営を自分に任せてもらいたいということ……です」

吉見は冴木の顔を見て生唾をごくりと飲んだ。兄弟であってもこの二人の間では言葉遣いにさえ隔たりがある。吉見は冴木に対していつもこうした敬語を使うことを常としている。

「ん、良く解かんねえ。何？　お前がこの会社の社長になりたいっていうことか？　お前、分かるか？　お前は俺の弟だろ？　今だってお前がこの会社の経営者の一人に違いはないだろう」冴木は吉見を元気付けるように話した。

「社長、言ったじゃないですか、韓国のサウナ治療？　ですか？　なんとかと言う、治療のおかげで随分と発作が出ないって。だから、俺は社長に病気を、しっかりと治して欲しいんです。自分が会社に戻る時、社長が自分のために出してくれたお金、本当に嬉しかったんです。これからは、自分が頑張って社長のためになりたいんです。社長が会社の、経営の最高責任者であることには変わりありません。だだ、この会社の事は、自分に任せてもらえないですか、と、そういうことです」

吉見は今にも泣きそうな真顔をして、口を真一文字に結んだ。

「言いたい事は、だいたい、理解できた。まあ……な、みんなにも、お前は、好かれているからな……ああ、そうそう、今度、パリに事務所を出す予定がある。それまでに、いろいろ考えてみる……確かに日本にいると気が滅入るのは事実なんだ……まあ、な、それもいいかもな、ん……とにかく、今日は時間がねえから、俺は行くぞ」

と言うと冴木は二人に背を向けて、外で待つ河井の車に乗り込んだ。冴木がこの日、渡韓することを前もって知り得た二人は、冴木の機嫌を損ねることなく自分達の気持ちを伝えることが出来た。冴木は大の韓国ファンである。渡韓の日は特に機嫌が良い。

冴木には心に深い疵がある。それは吉見とて同じことだった。

虐待と貧困、加えて二人はアダルトチルドレンである。吉見の真剣な眼差しは冴木の目も潤ませたのも論を持たない。一種独特な人間関係の中で育った冴木と吉見は、互いの気持ちが分らぬ訳じゃない。

この日、夕刻発の大韓航空756便は冴木を乗せてチェジュに向かった。冴木が始めた韓国済州島《チェジュ》でのサービス業は破竹の勢いで売り上げを伸ばしていた。青年実業家、冴木良一は、この時、三十八歳である。建設業を主体とした不動産関連事業で、一代でここまでのし上がった強者である。今では東京、静岡、福岡、に加えて、韓国にまでに進出して事業を展開している。総資本二十億のこの小企業が、この先、中堅と呼ばれるのには、さほどの時間を要さないのは周知の事のように思われていた。

訪れ

世の中ではノストラダムスの予言が大騒動となっていて、来る日も来る日もその話題をとりあげたバラエティー番組や報道がなされていた。

その夏も終わる頃、冴木は美術品関連商品の販売計画の下見の為に、長男と末弟の信康を同伴して渡仏し、事業計画の本格的な調整に入っていた。

冴木は、バーバリー本店の向かい側のビルの一室を知人から紹介されていた。冴木の愛息子を同伴しての旅も今回で六回目を数える。自分の子供に国際感覚を身に付けさせたいと思う実業家は多いはずで、冴木とて代り映えしない平凡な父親である。冴木達の育った環境を考えれば、それ自体が自分のコンプレックスになるのだから、むしろ当然と言ったほうが聞こえは良いのかもしれない。

十二歳になる冴木の息子英広は、父の新規事業には欠かせぬマスコットボーイである。幼少の時から父に懐《なつ》いて離れないという生癖は、冴木にして見れば可愛らしさという点で、文字通り目の中に入れても痛くない最愛の息子なのだ。だから彼の英広に対する関係は、親子を超えた心友と言った方が適切である。

冴木の計画した新事業がパリを拠点にしようというのにはひとつの意味があった。パリといえば花の都だが、この街には、何を隠そう世界屈指の金持ちが無限に居住しているのだ。まして、歴史と変革という社会民主的なイメージから、芸術、美術には世界的なお墨付きがある。この街に事業所を持てたらそれは成功の証となるわけである。

渡仏から二週間経った九月上旬の夕方、吉見が軽井沢の別荘に冴木を訪ねて来た。

ピンポーン！

軽快なチャイムの音はいつも孤独な冴木を励ます。たとえ実業家であっても、トップの座にある者はいつも孤独なものだ。

「ああ、社長、ちょっと相談があるのですが、いいですか？」

ドアを開ける冴木の顔を吉見が覗き込んだ。吉見は生まれながらの端正な美男子である。

「相談？……お前の相談はいつも同じだからなあ。まあ、上がれよ」

と冴木は吉見を家に招き入れる。

「よくここにいるのが分かったなあ。携帯に電話くれればどこかまで出たのに。この間、フランスで観て来たグランドクロスはすごかったよ。グランドクロスと言っても、まあ皆既完全日食なんだが……な、きっと、あれがノストラダムスの大予言だったんだなあ。俺も四十年近く生きて来て、初めてあんな完全皆既日食っていうのを観たよ。昼間なのに一瞬夕方になっちまった。ルーブルでギリシャの展示場を英広と一緒に歩いていた時だったなあ。写真、撮って来たけど、写っているかどうか、みんなびっくりしていたぜ。あれが、江戸時代の人達だったら、きっとこの世の終わりだと思っただろう。うん」

何につけても断定的で教育的な物腰の冴木は、社員はもちろん、家族に対しても説教じみた話し方をするのが癖である。

軽井沢は日本の代表的な別荘地である。冬季五輪のおかげで今や東京から新幹線で一時間、高速道路でも二時間もあれば十分に目的地を訪れることが出来る場所である。天皇陛下をはじめ、総理大臣、映画スター、はたまたジャパニーズマフィアのボス達までもが別荘を所有する標高一〇〇〇メートル程の避暑地、かつ観光行楽地でもある。プリンスホテルをはじめ、いくつか著名なホテルも建在し、中には明治大正期に建てられたものもある。いまでは、アメリカ人やカナダ人までもが、この地の虜になっているらしい。だから、東京都民の中でも、軽井沢へ移住する人々が年々増えているのも当然であろう。しかし、いざ実生活となると、場所によってはかなりの湿気に悩まされるのが事実である。

冴木の別荘は中軽井沢にあった。敷地面積八百坪ばかりの土地に、洋館風の別荘はこの辺りでは別に珍しい物ではない。

三台停まる駐車場には冴木の白いメルセデスが新車同然の色艶を放って駐車されている。残りの二台分は如何にも来客用そのものである。そこから、蛇の塒《ねぐら》の様にくねった四尺ほどの遊歩道を二十メートルほど僅かに登って行くと、冴木自慢の郵便受けが玄関脇の北側に設置されていた。

それは、フランス在住の友人の画家が新築の記念として、十年前にプレゼントしてくれた物である。渋いブロンズ製の郵便受けは、ホームセンターあたりでたくさん置かれている物と変わらない外見であったが、実に百数十年は使い込んだという、ヨーロッパ然とした本物のアンチークだった。冴木は内心この郵便受けに大変な価値を感じていた。鳥の巣型の郵便受け本体が、それを支えるスタンドステッキと共にフランス製に間違いがないのは、その支柱がクレージーホースの美女達の足首を思わせる程の太さだったからだ。冴木にしてみれば、郵便受けが好きだとか、フランス製が好きだとか、という類の問題ではなく、彼が育った時世や教育を受けた環境において、郵便配達員《メールマン》が不可欠な存在だったという自己満足だ、と冴木は知人には告げていた。

玄関を抜けると、二十畳ほどのリビングがあり、その突き当りにはやはり冴木が自慢の暖炉がある。明治時代の成人男子の身の丈を優に超える高さのあるその暖炉は、一見、ナチスドイツのクロス十字が良く似合う雰囲気を持っている。自慢の品が多いというのは、冴木として成り上がり者の一人である証明である。炉の中は燻《いぶ》されて黒光りをしている。大きく口をあけたその様は、まるで悪魔の開口のように常に来訪者を威嚇した。

吉見は、いつもの調子で、まじめ腐った顔をしている。兄の話にテンポよく相槌を打ちながらソファアに腰を下ろすと、背筋をピンと伸ばして冴木に対座する。

暫くの間、冴木の話を感慨深そうな素振りで聞いていた吉見は、缶コーヒーを受け取るとすかさず話を始めた。

「社長、実は、谷口がいなくなってしまいました」

吉見の丁寧語は、仕事の上だけならばまだしも、私生活にいたっても同様だった。

「ん？　ああ、そう？　あの野郎は、いつかこうなるとは思っていたが……まあまあいいじゃねえか？　あいつがいなくなって、何か困る事なんかあるのかい？」

冴木は谷口という人間の本性を見抜いていた。冴木に言わせれば、谷口は一介の詐欺師に過ぎなかった。

「実は、金を持ち逃げされたんです」

あわてた吉見の口振りが冴木を刺激した。

「持ち逃げ？　いくら？　会社の金なんか、持ち逃げできる訳はねえだろ？」

冴木は驚いて言った。

「八百万」

「八百万？　八百万なんてどこにそんな金があったんだ？　誰の金だ。まさか……お前、またおかしな事やったんじゃねえだろうな！」

吉見の狡賢さを疑って冴木が聞いた。

「いえ、違います……」

こういうと吉見は下を向いて俯《うつむ》いたまま黙りこくってしまった。

「何？　一体、どういう事か、はっきりと話してみろ。怒らねえから」

冴木に促されても吉見は黙りこくって下を向いたままだった。こういう話になると兄弟の関係がより白地《あからさま》になる。

「実は、俺が社長のところに帰ってくる前に借金を作っちゃって……」

吉見から見れば、兄は昔からいつもリーダーであった。そんな兄の前では真実を言っても嘘っぽくなってしまう。

「借金は俺が清算してやっただろ？　あの他に、まだあったのか？」

冴木のこの言葉に吉見は、また、うな垂れて閉口した。

「黙っていちゃ、解らねえだろう。ん？　一体、どういう事か良く説明してみろ」

冴木は怒らないとは言ったものの、内心、物凄く腹を立てていた。それでも、彼は怒らずに吉見を促し続ける。

「実は、自分の借金があと六百万残っていて、それは、高利の金じゃなかったから社長には言わなかったんです。でも、それも返さないといけないから……知り合いの設計士が自分に仕事、くれたんですよ。店舗の建築一式です。全部、丸投げすれば二百万儲かるから、自分が受けたんです。自分はうちの会社の仕事しなくちゃいけないから……」

吉見は言葉を濁しながら続けた。

「…………」

「請けて、丸投げしたまでは良かったんですけど……下請けに三百万払った時点で、ケツ、割られちゃったんです。で、今度は、施主が工期の問題で……もし、工期に間に合わなかったら、自分に損害の賠償をしろ、ってことになっちゃって……仕事してくれる業者が見つからず……資材も仕入れ出来なくて……それで……谷口に頼んで協力してもらったんです……そしたら今度は谷口が……金を持って逃げちゃったんです」

冴木にとって吉見の話は支離滅裂だった。

「谷口が金もって逃げちゃった？ って、要は、お前の金を持って逃げちゃった、っていうことなんだな？……分かった。で、俺にどうしろ？っていうんだ？」

冴木は訝しげに吉見を問い質した。

「業者に金払わないと……知り合いのやくざに頼んで金を集金するって言うんです……だから……自分に八百万貸して下さい、お願いします」

吉見はそうつぶやいてまた俯いた。

「お前なあ、一口に八百万と言うけど、八百万円という金は、結構な金額なんだぞ。今はバブルもはじけて……デフレに向かうこういう経済の中ではバブルの時の八千万に匹敵すると言ってもいい。はっきり言って、今、八百万という金を俺はお前に出せない。お前が戻ってくる時に、俺の個人の貯金は、全部、お前に渡したんだ。警察に頼んだ方がいいじゃないのか？　谷口を横領で告訴すればいい。八百万なら警察も取り上げるはずだ。でも、そうか……良く考えてみると、やっぱり……お前は俺に隠し事をしていたんだな。何かあるとは思ってはいたが……会社の社長なんてお前には無理だ。商売っていうのはな、毎日毎日の積み重ね、そろばんとの睨めっこで、一円を大事にしなきゃいけねえもんだ。お前は、帳簿すら付けられないだろう。丼勘定じゃ、金はいくらあっても足りねえよ」

冴木は呆れ果て、独り言のように吉見に言って聞かせた。

谷口が金をもって逃げたということは、一体どういうことなのだろう？　冴木は彼なりに考えてみた。そう考えたのは、彼が谷口に与えていた給与が他の社員と比べ別格の金額だったからである。

「それにしても、お前の言っている事はおかしくないか？　お前の金をどうして谷口が持って逃げられるんだ？　お前は、その八百万どうしたんだ？」

「……………」

冴木の厳しい質問が始まった。

「黙っていちゃ解らねえだろう。仮にお前が八百万あったとして、どうして、谷口がその八百万を手にできたんだ？　盗まれたってことか？」

「……………」

「黙っていちゃ解らねえよ、俺の言っている意味が分かるか？　何度も言わせるな！」

冴木の押しは半端じゃなかった。声の大きさも次第に大きくなっていた。

「…………」

吉見は下を俯き続けたまま、二時間あまりも沈黙を続けた。

危険な男

谷口という男は一年半ほど前に、冴木の知人の張本から頼まれて雇用した男だった。

谷口は殺人罪で十七年の実刑判決を受けた後、Ｂ級刑務所内で争いを起し、三年の追加刑を満期で終了したという経歴を持っていた。身長百七十四センチ、体重七十五キロという記載が、会社の従業員健康名簿に記載されている。

紹介者の張本は在日台湾人で蔣介石の親族にあたるという、由緒正しい家柄に育った男である。日本の有名私大を卒業後、ラーメン道で成功を収めた実業家で、冴木とは十数年来の先輩という立場である。しかし、張本はこの時はもうすでに事件屋と化していたのだった。

それは平成九年春の事だった。冴木宛てに張本から一本の電話があった。

「お前のところでさ、若い者を一人採用してやってくれないか？　宮崎の有名な牧場の息子で、車の免許も持っているし、まじめな奴で、女房と子供がいるんだが、ちょっと事情があって東京から離れさせたいんだ。お前のところなら安心だし、お前が自分の手元で育てれば必ず役に立つと思うから、ひとつ頼まれてくれないか？」

張本のその依頼も冴木と同様に高圧的で一方的である。

「会長、東京から離れさせたいというのはどういう事なんですか？」

冴木はこの先輩に、会長と呼ぶように以前から言われてきた。敬語を使うのは体育会系の常識である。

「いや、ちょっと過去に遊んだことがあってね、組織から追い込み食ってるんだ。まあ、そっちの方は俺の顔もあるしな、長野あたりまでは行かないから、心配はしなくていい……」

意味ありげなそんな言葉を冴木はとても嫌った。

「会長、その牧場の息子って蘭心組の山名じゃないんですか？」

冴木は訝《いぶか》しげに張本に質問した。

「ああ、そうそう。お前、知っていたっけ？」

張本は少しばかり高らかな声でおどけて見せた。

「知っていますよ。南川の件で会長に相談に行ったときに一緒にいた奴じゃないですか？」

南川とは冴木の子飼いの社員であった。南川は取引先の業者と癒着したり、売上金の横領を癖にして二年ほど前に冴木から解雇された半端者である。

「おう、そっか、そっか、お前、頭良いね」

張本は話し方には、かなりの特徴がある。

「会長、申し訳ありませんが組織の関係者、特に一門衆以外との交流は大村先生の教えに叛《そむ》くことになりますので、お断り致します」

冴木はきっぱりとその申し出を拒絶した。冴木はかつて裏組織に所属していた。張本は当時の冴木の先輩である。

「お前、俺の顔立てろ、って言っているのが分かんないのか？　先生はもう死んじゃったんだから、お前が色々言うことはないの。な？　俺だって組織の人間となんか付き合うつもりもないし、付き合いたくもない。ただ、な、そいつの女房に頼ってこられて、子供がいるからって泣きつかれりゃ、俺だって、な、なんとか考えてあげなきゃならないでしょ、堅気になってまじめにやるって本人も言うから、ね、だから、あ・な・た・に頼んでいるわけ。な、そういうわけだから、俺の顔、立ててくれ。頼む、な、分かった？」

正直言って冴木は悩んだ。しかし、人間の心の奥深くに眠る上下関係のトラウマに勝てるはずもなく彼は張本からの申し入れを渋々受け入れたのであった。

張本会長との話から三日が過ぎた昼頃、軽井沢の本社事務所に電話が入った。

「社長、お電話ですが。名前を名乗らないのです。張本会長の使いと言って下さい、と言うのですが、どうしましょうか？」

　秘書の藤田が、困った様子で聞いてきた。

「うん。分かっている。代わってくれ……もしもし、ああ、張本会長から話は聞いている。今どこなの？……松本……松本のどこかね？……うん。うん。じゃあ、そこで待っていてくれ。二時間後くらいの待ち合わせってことにしようか？……うん。……分かった」

　鳶《とび》や土方の荒くれの若い衆を二十人も抱えている冴木は、相手が年上であろうと犯罪者であろうと正々堂々としていた。バブルの時はこういった職人を八十人も雇い入れ、地元の業界で急成長を遂げた実績が冴木の自信を裏打ちしていた。

　松本市は長野県第二の都市で人口二十万の城下町である。県庁所在地の長野市が門前町で、いくらか派手さの欠けた分、この松本市はさすがに古都の雰囲気がする。国宝松本城の雄姿はまさに長野県人の誇りといえる。

　長野県歌の「信濃の国」にあるように、信濃は十州に境連ぬる国にして、大きく四つの区域に分けられる。北信、東信、中信、南信である。北信と東信は信濃川に通ずる千曲川が走り、中信と南信には天竜川が走る。ともに大きな川で、まさしく信濃の国・長野の地理的象徴である。長野県人は海がない代りに川を重要視するのである。

　松本駅正面から東の方向に大きな通りがある。正面突き当たりのアルプス公園まで伸びている道路は県内では最大級の幅員《ふくいん》を持つ。その距離はざっと五キロといったところで、長野駅から善光寺に向かう参拝通りに類似している。

待ち合わせは十九号線沿いのファミリレストランだった。バブル期には平日から賑やかであったこうした場所も、昨今の平日ともなるとさすがに空いていた。

「ああ、久し振りだね。随分、痩せたじゃないの？　俺のこと覚えているかい？」

ガラス張りのオートドアを抜けた冴木は客の少なさも手伝ってすぐに山名を確認できた。

「御苦労様です。御久し振りです。こんなところまで来て頂いて申し訳ないです」

山名は紳士的でおとなしく、丁寧な言葉遣いで開口した。

「いやいや、結構近かったよ。で、会長から話は聞いているんだけど、どうすればいいの？　一応ね、うちは組織の人間は法の規制もあって正規では採用が無理なのだけど、堅気になってまじめにやる気、あるのかね？」冴木は山名に問い質した。

「はい。もちろんです。社長の言い付けどおりに、ちゃんとさせて戴きます。宜しくお願いします。今日からまじめに働きます。お願いします」

山名の好感の持てるはきはきとした態度やその積極性を冴木は高く評価した。

冴木は青年実業家として地方で名を馳せている。事業の成功裏には初妻、美奈子の存在が極めて大きい。若さゆえの多くの障害を乗り越えることで、彼は成功への鍵を手に入れた。

この資本主義社会では頑張った者が成功する。冴木は成功とは誰にでも可能なものなのだと信じていた。しかし、彼が成功したのは、ただ単に運が良かったからかもしれない。

現実

山名は冴木との松本の出会いで一枚のメモを渡した。生年月日と氏名を書いたメモである。そこに記された名前は、谷口重男だった。

冴木に迷惑を掛けたくないと、この日から山名は谷口として生まれ変わった。彼は来る日も来る日も三ヶ月程度の間、信じられないほどの行動力で、冴木の経営する建設会社の現場で働いた。朝の起床は五時。退社後も常に冴木の傍に付いていた。時には真夜中の二時三時にもなることもあった。

冴木は、酒が好きで、会社が終わると決まって残っている若い衆と一杯やるという癖を付けている。酒の呑みで高圧的、断定的な冴木の物の話し方は、部下に嫌悪憾を覚えさせることがあった。

万国共通であろうが酒が入ると人はくどくなり、同じ事を二度三度繰り返して言うのだから、特に歳の若い活動的な若い社員にはそれが拷問に等しいものでさえあった。このため社員達は、昼間のうちにその日の当番を決めて冴木の接待を強いられていた。それを谷口は独自の個性で数人の社員を管理し、その責任者を買って出たのだ。谷口は毎夜毎夜、冴木の説教事を聞いては、刑務所での雑学を駆使して話し相手をしていた。

冴木が社員との晩酌の癖を付けたのには、一つの理由があった。それは、冴木の家庭崩壊である。

平成元年、冴木は地方議員選に出馬した。政治は談合と汚職で成り立ってきたと考えるこの地域では、当時、前の市長の自殺を機に彼の出馬に大変な盛り上がりを見せた。地元のプレスは地域初の史上最年少者の出馬とあって大いにもて映やしたのではあったが、その結果は最下位、落選であった。次点との差は十五票とかなりの奮闘振りではあったことは事実である。それでも、その選挙では汚職関与を疑われていた議員は全員当選した。

冴木は落選の数日後、深酒と体の疲れが原因で喚起症候群に陥ってしまった。これが癖となり不安神経症に移行して、彼の体を蝕んでしまったのである。落選による精神的苦痛もそれを助長したのは否めない。

この不安神経症という病気は大変に恐ろしい。冴木が医者に処方してもらった精神安定剤などは全く効果がないのである。この病気が発病してからというもの、死の恐怖がいつでも彼を苦しめた。その結果、彼は一人でいることが出来なくなってしまったのだ。

トイレに行くにも、入浴するのにも、外出の時も、妻がいつでも傍にいなければ発作を起こした。不思議な病気である。一人で犬の散歩すら出来ないのだ。そのため、彼の妻もノイローゼ気味になった。将来を案じた冴木は、自ら離婚の申し出をして家庭を捨てたのである。そういう意味では、やくざの子はやくざ、アル中の子はアル中である。

冴木は二人の弟をもつ特異な家庭で養育された。戦後の日本のチンピラで、かつアル中の父と二度目の母を持つ。社会的には、いわゆる異常な家庭で成長して来たのである。だから、大阪万博も、スキーも、海も、親子同伴で行ったことなどはただの一度も経験したことがない。彼の記憶にあるのは、ただ、幼少期の夏休み、町の大川で足をすくわれ、おぼれて死にそうになったことと、一人で蝉を追い掛け回したことぐらいだ。

アル中の家庭に生まれた子供達はダルトチルドレンと呼ばれ一般的に子が親の面倒を見てゆく。実際には考えにくいことだが、社会に対する礼儀、挨拶ごとをはじめ、収入面においても子がその責任を果たさなくてはならない。

だから、自由を欲することこそあれ、夢や希望などといった一般的な家庭のような語らいは、彼らの家庭には存在しない場合さえあると言える。このため、多くのこうした者が社会の対応を間違え、社会から阻害されてゆく。誰だって阻害されるのは嫌だから、彼らの多くが裏社会などで立身するものである。冴木とて同じような道を歩んでしまったのが真実である。

谷口は冴木の会社に就業して四ヶ月目に肺梗塞に陥った。冴木はこんな谷口に絶対的な看病を施していた。単なる胆嚢結石の手術は谷口の生命の危機までもたらしたのである。

しかし、谷口の内臓の癒着から始まった肺梗塞は、冴木の金と人脈によってその危険を回避した。

当惑

平成十一年秋。吉見が冴木を別荘に訪ねてからというもの、何かが音を立てて狂い出した。社員は朝晩の定刻にはいつものように出社して、何の変哲もないのだが、毎日のように現場の管理事務所や取引先から冴木宛に連絡が入った。

「おい、社長か？　お宅は一体、何をやっているのだ？　すぐに現場に来てくれ！」

「？　もしもし？　もしもし？」

冴木の話は一向に聞こうともせずに、一方的に怒り心頭といった感じで電話を切ってしまう。確かに社の管理会社の所長さんに間違いがない。冴木から、一体何があったのかと、折り返し電話をすると、

「ごちゃごちゃ言ってなくていいから、すぐ現場に来てみろ！」

がちゃっ、とそんな人は電話を切ってしまう。異様な驚きと不安を抱えながら、冴木が自

社の現場代理人の携帯に連絡を取ってみた。すると、電話は繋がらない。山奥の現場だから仕方もない。冴木は大至急に運転手に連絡を取った。

「河井か？　出掛けるぞ。三十分以内で事務所に来られるか？」

冴木は渋い声で運転手の河井に告げた。

「はい。すぐ、そちらに向かいます。ガソリンが残り少ないのですが、給油していったほうが良いですか？」

河井の言葉遣いも、他の社員同様にきちっとして歯切れ良かった。

「長野の現場へ向かうから、そうしてくれ」

静岡の事務所で、不動産の商談をしていた冴木は、客にたいそうな詫びを入れてから、早々に出立の準備に取り掛かった。

河井は、律儀な男で早起きを得意としている。冴木が所要で出かけるときには、何時であろうとも、車を待機させて待っていた。政治家の運転手にも引けを取らない男である。

河井は指先が二本ほど使えるだけで、腰にはいつもコルセットを巻き、顔面は『羊たちの沈黙』の脇役さながらの火傷を負っていた。そのため、彼は人前にはあまり出たがらず、いつも、野球帽にサングラスという出立ちで、事務の外回りや所内の掃除、社の車両整備を主たる職務としていた。冴木の落選後は運転手という彼専属の立場になり、冴木の近しい話まで出来る社員となっている。

この男は、本来は機械設計などを行っていたそうで、彼の設計したカメラレンズが特許を取得した、などという輝かしい頭脳の持ち主だった。しかし、十数年前、恋愛の果てに焼身自殺を図って、一命を取り留めたという激しい情緒の持ち主でもあった。

「で、社長、どこの現場に向かえばよろしいのですか？」

夜になれば、ほとんど後ろ座席に座る冴木も、昼間の、特に現場作業着のような格好の時は、助手席に陣取って河井に自分の思いを吐露するようになっている。

「佐久だ。実は、松川さんが怒って電話をよこしたんだよ。すぐ現場に来いって言うんだ。何を怒っているのか分らなくてなあ、悩んじゃうんだよな。そういう電話をもらうと……」

と冴木はドコモの携帯電話を取り出して、引き続きメモリーダイヤルのほとんどに番号に電話を始めた。誰でもこんな時の行動は変わらないであろうが、こんな時はまず、自身がどのような状況に置かれたのかを確認しなければ、対処の方法が検索不可能である。社員達と連絡を取り合って、一体、何が起こったのか、それはなぜ起こったのか、現在どのような処置が施されているのか、もし、できていない場合や既成の処置に問題があった場合には、どのような解決策がベストなのか、等々は顧客を持つ経営者ならば誰しもが当たらなければならない職責である。

暫くして、一様に連絡が取れた。しかし、社員の誰もが、問題などは何も発生していない、と言う。一体全体これはどういうことなのだ？　まあ、現場に行って、電話の主と直接に話をすれば良い。静岡の事務所から東名―関越高速で長野に向かった冴木のベンツは四時間三十分もすると現地に到着した。河井は三十トン級のブルドーザーもたやすく扱えるだけの度胸と技術があったから、六千ＣＣのメルセデスなどには最高の性能を発揮させて見せた。

高速道事業の現場に到着した冴木は、河井を車に待機させると、足早に現場事務所の階段を駆け上がる。

「失礼いたします」

「はい。どうぞ、所長は奥です」と言う受付嬢の案内で、冴木は奥の所長室へと案内された。

「おう。社長、久し振りだね。今日は、どうしたの？　まあ、かけてよ」

ゼネコンの社長代理人らしく、さすがにこの六十億の工事を担うだけの恰幅のいい所長はニコニコしながら、冴木を促した。

「はい。ありがとうございます……ところで、先ほどの電話の件ですが……」と冴木が言いかけると、

「ああ、あれ、もういいんだ。なんでもない、なんでもない。ところでさあ、社長、赤坂でいい店、知っていたら、教えてよ……」冴木は、こんな他愛もない冗談話のためにわざわざ、静岡から呼ばれたのか？　と思うと、内心、狐にでもつままれた思いがするのだった。

退席の挨拶を済ませ、車に乗り込んだ冴木は、過密なスケジュールをこなそうと早々と帰路に着いた。

その後も、こんな事がちょくちょくと、あちらこちらで発生して、冴木は、一体何がどうなったのかを全く理解できずにいた。

引　退

「何？　深山が出てきてねえ？　遠藤もいねえ？　とはどういうこった？　それは？　だって、お前、今日から、新しい現場、始まるのだろ？」

絶え間なく降り注ぐ苦情の電話に、冴木は頭を悩ませていた。一体全体何がどうなってしまったのだ。先週から始まった工事の現場に下請けのダンプカーが一台も来ていないのだという。

「はい。で、タカモク建設のダンプも来れないそうです」

事務的に吉見が答えた。

「何？　ちょっとタカモクに電話しろ！　すぐに！　タカモクの社長に俺のところへ来るように言え！　来れねえって？　どういう事だ！　来れなきゃ困るんだよ！」

生まれて初めて病気以外でパニックに陥った冴木は、怒りより祈る気持ちの方が強かった。毎日毎日が苦労の連続となっていった。休むことが出来ない。蒸発した谷口がしでかしたことは大変な事となっていたのだ。すべての信用が数ヶ月というほんの僅かな間にほとんど失われていった。谷口は作り話を作っては取引先を翻弄していたのである。

冴木は裏世界の人間だ、借金で首が回らない、会社はいつ潰れるか分からない、冴木はそのためにノイローゼだ、夜逃げした、谷口はこう言って他人を翻弄し、冴木の親類まで回って、金を騙し取って逃げて行った。社長が大変なんです、力を貸してください、私の命の恩人なんです、そして、このことは社長には黙っていて下さい、社長に恩返ししたいんです、お力添えに対しましては、この谷口重男が命に代えましても御返済いたします、というのが常套文句だったそうである。

酒の席で谷口が「自分の事は出来ないが、人の事は出来る」と口癖のように言っていたのは、自分のために、人を利用するという意味だったのである。

谷口が借りた金は優に五千万円を超えていた。冴木は事業存続のために問題を極力表沙汰にしないように、手持ちの現金および無記名債権などに加え、換金性のある全ての物を処分して谷口の借財に当てる結果となった。谷口は、最終的には、社の車のタイヤを大量に仕入れて、そんな物までをも売り飛ばし金に替えて蒸発していた。

すべての取引先が谷口から金を無心されていた。社員も全員が谷口に金を出していた。社長には関係ないという善人から、「俺はあんたの会社に貸したんだ」という人までいろんな人間がいた。

しかし、その人達に金を返したからといって、失われた信用は戻ることはなかった。社員の多くが谷口の蒸発に比例して辞めて行った。人の口というものは恐ろしいものだ、この時、初めて冴木は身元の不確かな者の恐ろしさを知るのであった。

「社長、改めて相談があります。後は俺に任せて下さい、俺も、社長に、いろいろ面倒みてもらったから、頑張ります。社長の言ったことは必ず実行します。帳簿にも毎日目を通します。いつか、また、大きくして見せます。信康もいますから、大丈夫ですよ」

吉見のその心使いに冴木は本当に感謝した。血は水よりも濃いというが兄弟とは良いものだ。冴木はこの言葉に、生まれて初めて兄弟の絆を実感した。弟が俺を助けてくれる。そう思った時、吉見も前から見れば、どこかしっかりしているように冴木には見えた。長い間、弟としての存在感しかなかった吉見が、この時だけは、パートナーと呼べる気がした。

冴木は出生以来いろんな人間を見て来た。いろんな人間に逢った。冴木は過去を振り返っていた。十五の歳から知識や技術を与え、社会的な名誉や名声までも与えた人生の先輩であり師である冴木の金を、油泥棒や横領までやった南川。命の恩人に対し詐取を行って、その人間を踏み潰して逃げていった谷口。考えてみれば、ああ、なんと不遇な人間関係しか存在しないのだろう。やはり、兄弟が、同じ血が流れた人間だけが、信じられるのかもしれない、そう冴木は思うようになっていた。

金の成る木はこうして枯れていった。しかし、枯れ果てたわけではない。今なおして、数名の人材は残ったのだし、設備も相当なものだ。数々の許可と資格もある。一から出直せる。冴木が商売を始めたときはマイナスからだったのだ。創作された冴木の悪評は会社の代表を変えることで克服できる。業者として指名権も存続している。堅実なことをすれば、小規模でも残ったみんなが飯は食えるのだ。冴木は三晩考えた。末弟の信康は堅実且つ有能な男である。この男を代表にすれば、誰よりも、はるかに大きくなれる可能性すらある。

冴木は気力の限界を感じて、吉見に末弟の信康を共同代表にするという条件で、海外を除く会社経営の、すべての権利を吉見に譲り渡した。だが、冴木はこの清算のために海外事業の資本まで使い果たしたのだから、それはすべての権利であることに違いはなかった。

谷口が行方知れずとなってから、冴木は七ヶ月で引退することになった。一人の誤った人間を使ってしまったというツケは、社歴二十年の会社を末期がん患者のように、日増しに衰退へと向かわせるのだった。

回　想

真実を知りたい。事実を知りたい。一体、何がどうなったのだ？　なぜ、谷口はここまでしたのだろう。人間として生まれ、どうすれば、命の恩人にあんな事まで出来るのだろう。

それでも、どうして、俺は気が付かなかったのだろう。何故、社員は何も言わなかったのだろう？　河井までもが何故、何も言わなかったのだろう。悪い奴は、どんなに情を掛けてやっても直らないのであろうか？　冴木に自問自答の日々が続いた。

冴木とて普通の人間に変わりはない。人は原則的に収入がなければ生きていくことはできない。彼は美術の委託販売という仕事を始めた。早い話、美術品商間の小間使いである。しかし、こんな仕事は毎日出来る仕事ではなかった。

平成十三年春、冴木は現実を逃避したくてたまらなかった。彼はまた過去の自分を振り返っていた。事業の成功を陰で支えたのは妻の美奈子である。

美奈子……冴木と美奈子との出会いは中学のテニス部だった。冴木が中学に入学したとき、美奈子は冴木の一年先輩で二年生、すでに部活の部長をしていた。

当時、田舎では、テニスといえば軟式であった。冴木は近所で同級生になった幼馴染がテニス部に入部志願だったので、仕方なく一緒に入部したのだ。だから、毎日の練習などやるはずはなく、形だけその部員として籍を置くのみだった。彼にすれば、小学校時代にやっていたリトルリーグの延長で、野球部に入部したかったのだが、ユニホームやら道具類の新調に金がかかると親に諌められたことから、安易に幼馴染と一緒に行動できる部活を選んだのであった。入部は義務教育上、ほとんど強制のものであったことは言うまでもない。

それでも、毎土曜日には幼馴染が授業終了と同時に冴木を誘ってくれたから、遊び心で彼もコートへ行った。行けば、普段、顔を見せない奴が出て来たということで、みんなに構って貰えた。しかも土曜は男女共同の練習だったから、そこにはなんとも言えぬ華やかさがあったものだ。テニスなんてやったことがない冴木にみんながそのやり方を教えてくれた。

そんな土曜日の帰宅途中、美奈子は、はつらつと彼に声をかけたのであった。それから、二人は仲良くなっていった。当時の中学生だったから、現代とは違って不埒な付き合いではなく、二人には純粋な友情が芽生えたのである。

美奈子と知り合うまでの冴木は、雨が降ったから、と言っては学校を休み、風が強いから、と言っては遅刻した。学校へ行けば行ったで、小便を体温計にかけて仮病を偽り、アントニオ猪木とモハメッド・アリの異種格闘技戦のために早退した。

ビルと名付けられた冴木の飼っていた犬のグレートデンの体はものすごく大きかったが、その分、すごく痩せていて骨川筋衛門だった。そいつは始終、小屋を逃げ出した。その捕獲のために学校を早退することを数えたら早退の数にはきりがなかった。

こんなことだったから、学校へ行けば行ったで友達との喧嘩も絶えなかった。冴木は父の教えで喧嘩をしたら相手が参ったと言うまで戦う癖をつけていた。もし負けて帰れば、父に朝までしごかれるのだ。もちろん、星一徹張りの酒乱戦場である。

そんな冴木に美奈子は学校の大切さを教えてくれた。美奈子のおかげで、彼は喧嘩も少なくなって、少しずつでも勉強するようになった。

美奈子の父は陸軍士官学校出身の地方公務員で大変な厳格者であった。男女七歳にして席を同じくせず、という思想をその父は長く持っていた。

美奈子は幼少の時から、男勝りでリーダーシップを備えていたので、冴木を見捨てるなどということはできなかった。彼女は中学で全校七百人の生徒会副会長だったし、高校でも文化祭の実行委員長、硬式テニス部の部長などを歴任してきた。その指導者振りは、今の国会議員の比ではない。責任感が強く、多くの同窓の手本となり、有言を実行し、率先垂範を口上としてきた女である。

結果的に二人は軽井沢の教会で、美奈子方の親戚全員の反対を押し切って、仲の良い友人すら呼ばずに結婚式を挙げてしまった。結婚式と言っても、それには披露宴などはなく、式の費用だって友人のカンパや僅かな互いの収入を当てたのだ。冴木と美奈子との関係は、冴木の末弟の信康よりも長かった。

冴木が中学三年生になる年の正月、冴木は美奈子と二人で学校から仲良く一緒に帰っていた。そこに一台の車が止まった。酒に酔った冴木の父親が二人に向かって怒声を上げた。二人でいることに腹を立てたのではなく、飼い犬が父親の言うことを聞かなかったから射殺したとの伝言のためだった。

父が去った後、美奈子が、嘘だと言って、冴木を励ました。美奈子の言葉を信じたかった冴木だが、酒を呑んだら、そんなことを平気でする彼の父の本性を知っていた彼には、それが真実だと分かっていた。確かに、そうであって欲しくない願望、希望を持ってはいた。しかし……。

事実だった。家に帰ると、母と吉見が泣いていた。縦長に作られた四坪ばかりの木造の犬小屋に行ってみると、黒い頭の眉間に白い斑点があったはずのところが真っ黒に見えた。父が銃口を向けると、無邪気な犬は銃口を見つめてポイントして動かなかったそうだ。一発の銃声とともに壁の向こう端まで吹っ飛ばされて、犬は即死した。

美奈子と出会ってビルがいた日々は、冴木の人生で一番幸せな時期だった。勉強はしなかったが、毎日、犬の餌を貰いに近所の食堂などで残飯をもらって歩いた。彼が魚類をあまり好かないのは、スーパーから貰って煮付けていた魚の臭いがいつでも鼻を刺したからである。それでも犬は支度された餌をうまそうに食べていた。

犬の食事がない時、彼は自分の食い扶持を犬にやった。それでも足りない時は、小遣いでパンを買って与えた。五十円払って、豆腐屋でおからを買って煮て与えた時、犬は一時的に二時間くらいの間だけ、ふっくらとしてくれたが、時間が経つと食べただけの量の大便と共に、また、痩せた。当時はドックフードなるものは存在しなかったし、存在したとしても、彼には購入はできなかった。そんな大きな犬をもらい、子供に世話をさせる冴木の父も子供だったのである。

冴木は、ほぼ毎日、祖母の田舎まで十五キロの道のりを犬の運動のために出かけて行った。彼にとってはビルが唯一の友だったのだ。人間の友達はほんの数人いただけだった。親友などというものは一人もいなかった。単なる同級生がいいところだ。

小学校二年生の時、友達が冴木の家に遊びに来た。皆で仲良く、クリスマス会の出し物の練習をしていた。その時、まだ酒に酔ってはいなかったが、不機嫌そうな父が母と共に帰宅した。冴木は母に口説かれて、彼の友達を帰そうとした。しかし、皆は、はしゃいでいて、言うことを聞かなかった。

酒を十分も煽った彼の父親は突然、怒り狂いだし、幼少の彼の同級生に大声で罵声を浴びせ、大柄の体格で、今にも殴りかからんばかりの状況になった。恐怖におびえた友達は泣きながら逃げ帰っていった。冴木も泣いた。それを見た父は、今度は異常に興奮して彼を殴りつけた。現代の子供なら生死にかかわるほど殴りつけた。

ほとんど毎日、冴木は父に殴られた。ほとんど毎晩、夜中まで起きていた。夜、父は酒に酔って帰宅すると、彼の頭を足で缶カラを蹴る様に、蹴飛ばす癖をつけていた。目を開けると今度は木刀を持ち出し、その切っ先で彼の腹の部分を突き、そのまま、全体重をかけて身体の上に寝転んだ。父親が帰ったのだから、それが何時でも出迎えろという訳だ。相撲部屋さながらの可愛がりである。だから、その頃の彼は夜、眠ることさえ出来なかったのである。

いつも眠った振りをしては父が眠った後に眠るようになった。ざっと朝方である。こんな生活は高校三年を卒業するまで続いた。そんな事情を知っていた友は年々遠ざかっていくだけだった。

それでも、美奈子の友達は冴木に優しく接してくれていた。歳も一つ上の者達だったから皆に分別が備わっていたのだ。美奈子と知り合ってから、彼の人生は明るくなった。

ビルの死後、冴木はやることが無くなった。中学三年の春の進学懇談会。彼は志望校を美奈子と同じ進学高校に進みたいと担任に申し出た。いくら親が同伴していたとはいえ、担任は、いかにも正直に、うすら笑いを浮かべながら不可能を母に告げた。担任は地元の実業高校で、土木か農業土木へ進むことがベストだと進言した。

何故か、冴木はプライドが異様に高かった。生みの親の遺伝的な影響なのか、それとも、生育の過程におけるスパルタ教育のせいなのか、それは定かではないが、一度決めたことはたとえ、どんな障害があろうとも、乗り越えてゆく性格である。

だから、担任の教師にきっぱりと、進学校への受験を考え直すように指導された時から、美奈子に勉強を一から教えてもらって、面談後わずか数ヶ月で、約二百八十人中、三十番以内に入った。担任教師が、どうして、こんなに良い成績が取れたのかと冴木に質問した時、「勉強しました」とだけ答えた。それから、担任教師が彼に目をかけてくれたことで、彼は更なる学力を身に付けていった。

そんな冴木が苦労の果てに、美奈子と作り上げた会社は、冴木が引退してから、およそ一年間存続した。そこには信康の大いなる努力があった。その純粋無垢の信康は、会社が倒産したその日、彼の前で号泣した。

「すみません、すみません」

泣き止むことが出来ない信康を見て、彼は心から苦労をねぎらいたかった。

二年後、真実が明らかとなった。すべては吉見と谷口の仕組んだ陰謀だったのである。吉見は自分のプライドを、こうした形で冴木に見せ付けようとしたのだ。同じ釜の飯を食らった兄が一人だけ金をつかんだこと、加えて人前でいつも自分を叱り飛ばす兄を、絶対に許せなかったのだ。冴木の性格を熟知していた吉見は会社を潰して金をつかむために、冴木に情報が漏れないよう、全社員をはじめ取引先を、殺人の前科をもつ谷口に脅迫的な圧力をかけさせていたのだ。

この話を持ちかけられた社員は一同に、吉見の計画に従った。吉見の指示に賛同すれば、悪辣な冴木よりももっと良い労働環境が得られると誤算させられたのだ。もちろん、当番を決めて、冴木に夜な夜な追従する必要は全くなくなる。取引先は、吉見や谷口達が冴木のためにと言っては融通依頼のあった金の件について、冴木本人から事情を聞き出そうと接触を試みていたのだ。しかし、取引先が冴木に接触を図ろうとすると、冴木は病気だ、と言っては吉見と谷口は取引先に詰め寄った。冴木が病気だと言い切る従業員も一丸となって、彼の取り巻きを騙しに掛かったのだから、取引先どころか、冴木さえも彼らの悪行に気づくことは出来なかったのである。冴木が最も心を許していた河井すらも、冴木を騙していた。

金の山分けを約束して、吉見と谷口は会社を冴木から詐取し、それを潰して金を得ることを計画した。多くの取引先から金を融通してもらえば、その金も冴木が信用維持の為に返済をする。一旦、谷口が姿をくらまし、すべてを吉見が繕うことで冴木は引退しない訳にはいかなくなる。

金は谷口がうまく隠し、時間を待って、すべてを折半することで話は出来上がっていた。しかし、金を持っているはずの谷口は、吉見に金を分けること無くすべての金を使い果たしてしまった。それでも吉見は金と見栄との欲望から、仲間と信じた谷口やその仲間に、会社の手形を乱発した。だが、結果的に何も得られずに、彼もまた蒸発してしまった。今頃は……どんな生き方をしているのかを誰も知らない。

吉見の思惑で唯一の失敗が信康の存在だった。勤勉な信康は、会社再興のためになせるすべてをし続けた。吉見が不当りを出し、行方不明となっても一人で頑張った。吉見の借りた高利貸しは毎夜信康を苦しめた。時には土足で信康のアパートに侵入して、信康を殴りつけたという。そんな信康も暴力団員となったと風が便りしている。蛙の子は蛙、という方程式は、実直なこんな男までをもそうさせたのである。

第二章

出会い

冴木はチェジュでの事業清算のために渡韓しなければならなかった。交通費を考えただけでも行くのは嫌になったが、無責任なことは出来ないと考えて、長年溜めてきた大韓航空《カル》のマイレージを使って行くすることにした。

事業の生産をすれば、そこで僅かばかりの金も手に入る可能性があった。もう冴木には何も残っていなかった。自宅を始めとするすべての不動産は銀行の管理下に入り競売されていた。唯一残った他人名義の住宅さえ処分される寸前である。

これからどうすれば良いのか。金も無い、職も無い、もはや住む処すらない。その昔、冴木の知人が同じような環境にあった時に言った言葉「冴木、俺に駅に行って寝ろと言うのかい？」そんな先輩の気持ちが何となく分かるのは、今回のこの倒産劇が冴木自身を社会から阻害した証明である。そのことが彼にはよく分かった。

　長年の経営実践で、こういう形だけは決して取るまい、取ってはいけないということを、同業者や数々の友人の惨事を見聞きして知っているだけに、今回の事故は大変な苦しみを彼に与えていたのだ。

　この時期の冴木の心境は複雑で、まるで精神病を患ったかのようだった。いくら冴木が病弱だったとはいえ、彼自らが興した会社が二十年の歳月を経て、実弟を含めた悪辣な詐欺師達に潰されてしまったのだ。

　何のために今までやってきたのか、誰のために頑張ってきたのか、これからどうすれば良いのかなどを思うと、とても心苦しかった。恥ずかしい、申し訳ない、許せない、などの不安と葛藤がいつも彼の脳裏を駆け巡って、彼を苦しめるのだった。

　こんな憂鬱な気分を一掃してくれる期待も手伝って、冴木は第二の故郷と思っているチェジュに出かけて傷心を癒《いや》すことにした。

　なんといってもこの島は自然が良い。さわやかな潮の香り。太古のロマンを感じさせる波の音。七月のチェジュはちょうど梅雨の時期にあたる。百万都市を目指すこの国際自由都市は、今や六十万人にまで達している。観光地として世界的になる前は、韓国人の新婚旅行のメッカであった。三多島――女・風・石の多い島――と称されるこのチェジュ島の風の強さは、群を抜いてすさまじい。平成十四年七月、冴木は台風九号の上陸よりもほんの少し前に、この島に上陸した。

南チェジュには民族博物館という大きな公園式の観光スポットがある。ここは日本人が余り来ることがない隠れた名所だ。その対岸は穏やかな海岸線が続いている。軽井沢の浅間岩を敷き詰めたような岩場の海である。これを見ると、このチェジュは太古の昔に海底火山が爆発して出現した島であるに違いないと思わされる。

南チェジュの一番の観光スポットは山房山《サンバンサ》と呼ばれる場所である。ここにある寺にお参りして、岩から湧き出る水を飲めば不老不死の御利益が得られるというが、その仏を祭る山上までは、石の階段を腰が抜けるほど歩かなければならない。しかも、その御利益は真夜中が良いようである。冬の真夜中なら、サンバンサから真上に北斗七星も綺麗に観察出来る日が多い。

その人気のない海岸線で、岩の上に冴木が腰を下ろしてぼんやりと海を見つめていた時、

「アンニョンハセヨ《こんにちは》」と一人の女性が冴木に声を掛けて来た。

「アンニョンハセヨ」冴木は、はっとして言葉を返した。

「…………」女性は戸惑った様子で冴木の顔を見つめる。

「ナヌ《私は》、イルボンサラミイムニダ《日本人です》。ハングルマル《韓国語は》、チョコン《少し》、オリョワヨ《難しいです》」

冴木は慣れた韓国語を弾ませて言った。そう出来たのはここが日本ではないからだろう。相手がものすごい美人だったことも手伝っていたのかもしれない。

「こんにちわ。日本人ですか？　ここで何をしますか？」

この美女も冴木の発音を聞いて彼が韓国人でないことがすぐに分かったようだ。

「へえー。日本語、話せるの？　すごいなー」

「何言うの。あなたも韓国語、話せるでしょう。一人ですか？　いつ韓国、来ましたか」

「さっき来ました。一人で、ですよ」

「ここで何しますか」韓国美女は気軽に会話を繋げた。

「自殺します」まじめ腐った顔をして冴木はこう返答する。

「あなた、何言うの？　自殺？　なんでするの？　冗談止めて下さい」

「ジョークですよ」女性の迫力に押された冴木は咄嗟に切り返した。

「そうですか。ジョークでもためですよ。そんなこと言ったら、ためです。食事しましたか？」

「はい。飛行機の中でサンドイッチもらいました」

「サンドイッチ食べたの？　そうですか。良かったですね。お腹空いていませんか？」

呆れるどころか、この女性は優しく冴木に問いかけた。

「大丈夫です。今はあまり食べない癖を付けているのです」と冴木が言う。

「こんな人がいるの？　あなた、おかしい人ね。ご飯、ちゃんと食べないとためですよ」

女性は冴木の目を覗き込んでそう言った。この時、冴木はふと何かを感じた。

ワールドカップの後、韓国の排日感情は激減した感がある。韓国人の日本人に対する感情の変化を冴木は長い間見て来た。きっと、この人が保育園の頃から、などと思うのだから、女性は若く冴木はもう中年である。

日本にいないということでストレスが無いのか、相手が別嬪のためか、冴木はこの女性と、つやつやと会話を楽しむ。

「あなた、どうしてここへ来ましたか？」

ハスキー声で少し舌っ足らずの話し方は何故か冴木の心を解《ほぐ》していった。

「タクシーで来ました」

「ああそうですか。なんのために？　と聞いたら良いですか？」と彼女は言った。

「ああ、ん。まあねえ、日本で色々あって……ちょっと気晴らしに来たのですよ」

「チンチャ《ほんと》？　あなた今日、どこ泊まりますか？」

「ここです」

この冴木の返答はこの美女に大変に受けた様子で、韓国美女はけらけらと笑い出した。

「こんな人がいるの？　ここ泊まる？　私、分かります。ここのどこ泊まりますか？」

笑いが止まらない彼女を見て、冴木も笑いがこみ上げてきた。

久しぶりの笑い、本当に。何故か、心の底から嬉しくて、涙さえもが目に浮かぶ。思い返せば長い間、笑ったことなどなかったのだ。本当はこんな人との出会いを求めてこの地に来た自分に、はっきりと気付く冴木に、優しく微笑み返すその女性は何処か、彼がかつて夢の中で愛した女性に似ていた。

「あなたは、一人ですか？」

冴木にしてみても、よくよく考えてみると、この女性が何でこんなところに一人でいるのかが実に不思議なことである。海岸沿いの道路に、ハザードを焚いて一台のアメリカ製のセダンが止まっている。しかし、冴木のいる岩の上からでは、車に同乗者がいるのかどうかは確認できなかった。海を見つめる後ろ姿の男に女が惚れるはずも無く、自殺しようにも前に転がる岩々が邪魔で、そんな事すらできるはずもないことは誰の目にも確かなこんな場所なのだから、女が男を気遣うはずはない。

「ムロンニャ《もちろん》、一人です。なんで、俺に声を掛けたの？」

冴木は思い切って質問してみた。

「私、民族博物館に行きたい、ハジマン《でも》あなた日本人だから、分からないでしょ？　ここは、田舎だから、聞く人がいなかったのです」

と韓国美女は困ったような顔つきで、車の方をチラッと見た。

「私、分かるよ。ところで、あなたどこから来たの？」

と、今度は冴木の方から質問をする形となった。

「ソウルです。あなた面白い人ね、どうして分かりますか？　ここに住んでいますか？」

「昔《むかし》、ヘンナレ、」

相手が若く、美人であったから、冴木は冗談交じりの話し方になってしまった。歳も四十近くになるとなんとなくえげつなくなるのは何故だろうか。

「コジマ《うそ》、嘘でしょ、ほんと？」

こんなジョークにもいちいちこの女性は驚いて見せた。

「コジマ《うそ》、コジマ。でも、本当に知っています。ウエニャミヨン《なぜならば》、来る時タクシーに教えてもらったから」

「ほんと？　あなた忙しい？」

「いえ、暇です」

「それじゃ、一緒に、行きましょうか？　大丈夫？」

冴木は美女に誘われて、嬉しいやら嬉しくないやら、長く忘れていた純情さが頭を擡《もた》げたが、そんな感情を貴重に感じた。

一般に海外の大陸の女性は自己主張をはっきりとする。冴木はこうした大陸系のはっきりと物を言う女性が好きである。

女性のセダンに遠慮がちに乗り込んだ冴木は、民族博物館の方向をこの女性に告げると、微動だたりともせず座席に固まっていた。長年、女性の車などには乗った記憶がない。そのため、硬くなってしまったのだ。

「あなた、仕事、何しますか」

こんな質問に対して、冴木はこの頃いつも悩んでいる。咄嗟《とっさ》に出た言葉はフリーター。冴木は嘘を言うことは嫌いな性格だ。かといって別にチンピラでもないと彼は思った。

「私、仕事、フ・リー・ター・です」

「フリーターですか？　フリーターって何ですか？」

日本では通用しても海外に出ると通じない言葉がたくさんある。

「フリーターはねえ、ん？　アルバイトだな。うん、アルバイトです」

この冴木の返答も受けたようで、女性はまたもけらけらと笑い出した。

「アルバイト、何しますか？」

ハンドルを握って笑いながら、女性は冴木に質問する。

「アルバイトはアルバイトだから、何でもしますよ」冴木も釣られて笑い声になってしまう。

「そうですか？　こんな人がいるの？　あなた可愛いね」

女性のこの言葉を聴いて、冴木は自分が自分でないような気がしてきた。彼にしてみると他人に可愛いなどと言われたことはトンと記憶に無く、他人から見たら自分はただ怖い存在でしかなかったのを知るのみだったから、拍子抜けして、自分はコメディアンか、などと自問自答してみるのだった。だから、ものすごく気が楽だ。そんな感情に支配された彼がその女性に興味を持ち始めるのは当然のことである。

「可愛い？　俺が？　ほんと？」冴木はまじめにこの女性に聞いた。

「チンチャ《ほんと》、チンチャ、ほんと、可愛い」女性はこうして何度も自己満足の世界に浸って、ニコニコして冴木に微笑みかけるのだった。

台風の上陸が近い。霧が飛ぶように流れてゆく。雲行きが怪しい。風も強くなってきた。日本人は台風と聞くと外出しないのが当たり前だが、このチェジュの人々には台風なんか関係ないといった感じで、台風が上陸しても、普段の生活に変わりはない。

こんなところにも、島国の日本と大陸との差が出ている、と冴木は考えていた。こうした韓国人のバイタリティイを日本人はもっと学ぶべきである。ニンニクとキムチはまんざらじゃないのだ。何事にしても不可能があったとすれば、それは己の努力不足が原因なのだ。日本が景気の悪いのも、そもそも我々の努力が足りないのである。癒着政治屋やボンボン政治屋を一掃してしまえば、すばらしい日本になるだろう。

「台風が来るね」と言う冴木の声に反応して、

「ここの台風凄いですよ。傘なんか無くなっちゃう」と彼女が答える。

「本当に？」

そんな事は知っていても、こう言うのが礼儀であると心得ている。女性は冴木の事など知る由もなかったから、この島の特徴をガイドしてくれたのだ。

冴木の記憶が蘇える。あれは息子の英広と沖縄に行った時だった。冴木が海外事業に進出し始めた頃、英広が小学四年の時だ。

今と同じような時期だった。あの時も台風が来て一日そこで延泊になった。石垣島の青い海、その海でソーセージを買って魚達の餌にした。台風直撃の当日、ホテルの室内プールでマリングラスが無くなったと駄々をこねた英広。夜のカクテルバーで、親子は大人の雰囲気に浸った。台風の風が窓越えして部屋の中まで浸水し、夜中、親子二人はタオルを使って窓枠にコーキングした。そんな数々の記憶が彼の脳裏に鮮明に蘇える。チェジュの台風の時と違って、沖縄の台風の時はほとんどの店が休みだった。観光地と言ってもチェジュとは大違いだった。

「あなた?」女性の声で我に戻る。冴木はときどき黙りがちになる癖がある。

「ああ、ミヤンネヨ《ごめんね》、で何?　あなたはソウルから来たのでしょ。チェジュは何回目?」

女性への気遣いを忘れるようでは国際人としては失格である。

「私、ソウルとチェジュに服のお店、持っています。ソウル二つ、チェジュ一つ」

女性が漸く自己紹介を始めてくれるようだ。

「へーえ、じゃあ社長さんだね。凄いね。だって、まだ、あなた、若いでしょ?」

冴木は会話のコツもよく心得ていた。しかし女性に歳を聞くのは国際的には非常識である。

「私、歳は教えない。あなたいくつですか」

「私、二十六歳です」冴木はまたジョークを言った。誰が見たって二十六であるはずはない。

「ほんと? 三十位、見えました。じゃあ私ヌナ《姉》ですね。あなた弟」

だが、この女性は冴木の話を真に受けてしまった。いくら、初対面でも嘘はつきたくない。

「じゃあ、三十一、二ですね」と彼が切り返す。

「あなた、どうして分かりましたか」

と戯《ふざ》けて見せるところに、この女性の可憐さがある。テンポのある会話で女性の歳を聞くのは、さほど難しいことではない。計算なんかしなくてもアテズッポに言えば大概当るものだ。

「私は四十二歳です」

「え? あなた、嘘ですよ、三十一、二歳に見えます。若く、見えますね」

「モリ《頭》が、パボヨ《バカなんです》」

この言葉を聞いて今度も噴出して笑う女性に、冴木が好意を募らせてゆく。

「フフフフ……ハハハハハ」美女の笑いが止まらない。

「ケンチャナ？《だいじょうぶ》　ネガモリガミタソヨ、《頭が狂っちゃったんです》ヘンナレ《むかし》」

昔よく使ったジョークの一つを披露した冴木に、

「おお、お、あなた、ハングルマル《韓国語》上手いですね」と女性は喜んでくれた。

心遣いの細やかなこの女性と冴木の会話は飽きることなく続いた。

聞けば女性はこの博物館にいる老婆に、未来の占いをしてもらいに行くのだという。人相判断と姓名判断に韓国式の仏教を使って未来を占うものらしい。女性は冴木も一緒にどうかと誘ったが、彼の今の精神状態では未来の不安のほうが先立って、そればっかりは、と丁重に断わるのだった。

人間は落ち込んでいる時や苦しい時に神頼みをするのだが、冴木は元来、強がりは言っても小心者だったのだ。日本の政治家や財界人が時々運勢で政策を決めるなんていう話がテレビ番組でもあったような気がしたが、そのくらいの細心さや気配りはむしろ大切な事なのかもしれない。政治家が神頼みでは実際困る感もある。しかし、これが事業となれば、誰に憚ることなく行えるのだから、実業家には、むしろ必要な事なのかもしれない。

考えて見ると彼も信仰心は厚い方だと自負していたが、未来までを見てもらった経験はなかった。やはり、海外では一つ一つが勉強になると冴木は感じていた。

民族博物館に着くと女性は名刺を冴木に渡して言った。

「チンチャ《ほんと》、コマワヨ《ありがとう》。あなた、マニャゲ《もし》、服が欲しかったら電話下さいね。ゴルフの服なんかが沢山あります」

それを聞いて、冴木の心が少し温かくなった。

女性は、駐車場で暫く待ってくれたら新チェジュまで同行できると言ったが、冴木は初対面の女性にあまり負担をかけたくない気持ちから、本心とは裏腹に女性の誘いを断った。

しかし、何故か彼の気分は最高だった。

誘い

その晩、台風は済州道《チエジユド－》本土に上陸して猛威を振るった。冴木が泊まったホテルは、空港から車で十分ほどの所にある、東洋ホテルというオーシャンビューでは一等地に位置するホテルである。宿泊先のホテルから外を眺めると眼下に大海原が見える。極道映画の導入場面よりも激しく荒れた海は、まるで夢の世界のように思えるほどのリアリティがあったから、そのホテルからの光景は映画館と変わらなかった。リゾートホテルとしては最高級という謳い文句は正しいように思える。

次の日になっても台風は収まる気配のない中、冴木は勇気を出して、韓国美女から貰った名刺にある携帯電話の番号に連絡してみた。彼にとって、自分から女性宛に電話をするなど生まれて初めてのことである。しかし、ここは僅かな人間を除いて彼が知る人のない場所である。日本にいても孤独だったのに、ここに来たら会う人も喋る人もいないのが現実である。

「チグム《ただ今》、チョナルパデュスオプソヨ《電話に出ることができません》。メッセージイルボン《メッセージは一を》……」

一番を押してメッセージを入れろ、ということは理解できたが、なかなか日本の携帯や留守番電話にもメッセージ残すのが得意でない冴木は、そのまま切ってしまった。

しかし、人間の心理というのは面白いものである。繋がらないとなると繋がるまで何回も定期的に掛けてしまうという不思議な行動は、特に異性関係では拍車が掛かるものなのだろうか?

電話を一時間ほどおきに掛け続けて、三回目くらいの午後の三時頃に、ようやく繋がった。

「ヨボセヨ《もしもし》……ヨボセヨ、ナンデ《俺だよ》、チグム《いま》、アンデヨイムニカ《だめですか》?」冴木は緊張した面持ちで話し出した。

「モ《何》? ヨボセヨ?」一体誰なのか、といった口調で昨日の韓国美女が電話を受ける。

「ああ、私、オジエ《きのう》、イルボンサラミイエヨ《日本人です》、フリーターイムニダ《です》」

「ああ、どうしたの? びっくりしました。食事、しましたか?」

どんな時にも食事の心配をする言葉遣いにこの女性の優しさがある。

「いや、まだです。食事しない癖を付けているのです」

「こんな人がいるの？　オットケ《どうしましょう》、食事しないとだめですよ。ちゃんと食事して下さい」

そう言うと、暫くの間、女性は沈黙した。電話口の近くに人の気配を感じた。

「ヨボセヨ」と冴木が切り出した。

「ネー《はい》」韓国美女は昨日とは打って変わった感じで短く言葉を切ってしまった。

「ああ、すみません。今忙しかったですか？　昨日、会えて嬉しかったので、電話してしまいました。また電話してみます。ミヤンネヨ《ごめんなさい》」

冴木は、ふっと、ため息に近い呼吸をして電話を切ろうとした。ところが、

「ケンチャナ《だいじょうぶ》、ケンチャナ　ごめんなさいね、今、妹が話し掛けたから、ごめんね。それで……食事でも一緒にしましょうか？　大丈夫ですか？　妹も一緒に良いですか？」

彼女のこの答えに冴木は喜んだ。冴木にしてみればもう長く人と会食などはしていなかったのだ。当然、女性が相手ならば、食事もかなり美味しくなるはずである。

「ええ、もちろんです。本当ですか。嬉しいです」その返事は冴木の本心だった。

「あなた、今、どこにいますか？」と美女が聞いた。

「私、東洋ホテルです……」

電話を済ませて一時間もすると、昨日の韓国美女が妹とおぼしき女性を連れて現れた。

「ミヤンネヨ《ごめんなさい》、妹です。一緒しても、大丈夫ですか？」

と少しハスキーで低めの落ち着いた声で、美女が喋り出す。

「ええ、もちろん、大丈夫です」

と気分的に少し照れくさそうな感覚が襲う中で、冴木は女性達を迎えた。

「ん、で、食事は何が良いですか？　韓食、和食、それとも洋食にしますか？」

と聞く冴木に対して、美女はすぐさま、「韓食が良いです」と答えた。

やはり大陸の女性は意見をはっきり述べる癖を付けている。妹という女性の意見などは関係ないようである。少し躊躇して驚きを隠せない表情の冴木に、美女はにっこりと微笑んだ。

こういう時の女性の笑顔はどういう意味になるのかは意味不明であるが、不思議と自然に男が女をエスコートして、目的の場所に向かわせるような力がある。ウェートレスに案内されて着席すると、美女は大きく一つ溜息を吐いた。

「ウエ？《なぜ》　どーして、溜息しますか？」と聞く冴木に、

「あ、ミヤンネヨ。昨日、お酒、呑み過ぎて、今日は辛いですね。バジマン、《でも》オッパ《お兄さん》が電話くれたから気分良いです」と美女は言った。

韓国の女性が酒に強いのは事実である。無論、全員が強いという意味でなく、呑む人は相当の量を呑むという意味である。日本人の感覚では女性はあまり酒を呑まないというイメージがあるが、韓国の女性は基本的に男女同権の意識が日本人以上に強いため、酒を呑むという女性は男性と同じ量は呑むと考えて良いはずだ。

「チンチャ《ほんと》?」

冴木は冗談半分で、また、聞いた。女性が酒に酔うといってもビールの二本くらいのものだろう、もしかしたら、三本くらいは呑んだのかな? と言うような気持ちで言ったのである。

「チンチャ、昨日はちょっと……呑み過ぎましたね。ほんとです。クンデ《それで》、私、あなたを心配していたのよ。昨日、どうやって、ここまで着ましたか? あんな場所ではタクシーもないし、私が一緒に行きましょう、と言ったのにあなたが、大丈夫、言うから、私、独りで行ったでしょう。でも、後になってあなたを、心配していたのです。大丈夫でしたか? 台風は来るし、風は強いし、夜になったでしょ、だから……」

見た目には分からないが、昨日の少し舌ったらずのような喋り方が、とにかくこの女性の特徴だと冴木は感じていた。こんな喋り方は喩え声が低くても、ハスキーでも、可愛いものである。声というのは個性を相手に伝える第一の物のようである。もちろん、見た目の第一印象の後の、という意味においてである。

この女性と話をしていると、気持ちが宥《なだ》められる。よく、人気の女性歌手などはその声が鳥の囀《さえず》りに似るために聞き手が共感できる、などと言うことがあるが、そういうことは確かにあるのかもしれない。また、きっと、それは個々の個体間によって、それによる各相性が存在する可能性も示唆されるかも知れない。いずれにしても、この女性の声が、冴木をより一層この女性の虜にしていったことは事実である。

「歩いて帰って来ました」

それも冗談だった。南チェジュから歩いて帰れるはずがない。

「歩いて帰って来たの？」

美女は、また冴木の話を真に受けたようだった。

「ジョークですよ。ほんとは、ユウホーで」

「ユーホありましたか？」

と、いくらか呆れ顔で質問する美女に、これはやばい、と考えた彼は、

「本当は、忘れちゃったのです。昨日の事でも過ぎたら過去でしょ。過去は過去でしょ。だから、ナヌン《わたしは》、モリ《頭》ガ《が》ミチヤッタ《狂っちゃった》、分かる？」

と昨日のジョークを切り出した。長い間、黙り込んで冴木を観察していた連れの妹も、一瞬、右手を口にあって、くすくす笑った。その妹の仕草に釣られた美女は、

「こんな人がいるの？」と語った。この言葉はこの美女の口癖のようだ。「そうですね、過ぎたら過去です。過去は過去。未来はまだ無い。あるのは今だけです。分かりました」

そう首を縦に、二、三度振るしぐさを見せると、しつこくはこの質問を問い詰めずに、今度こそ、自己紹介を始めてくれた。

「私は、ミサです。知っているでしょ？」

自らが名乗るというところに、冴木はこの女性の自信を感じた。

「いや、知らなかったのです」

「どうして知らないの？　昨日、名刺あげたでしょ」

「すみません。ハングル文字読めないのです」

「ああー。チンチャ？《ほんとう》　ミヤネヨ。《ごめんなさい》私は、ユ・ミサです。この人はね、私の妹の後輩でユビニです。私の本当の妹ではないけど、今一緒に暮らしているのです。韓国ではね、お姉さんは、お姉さん。妹は妹。アラヨ？《わかる》」

つまり、韓国では一つ、二つ、の歳の差があれば民族全体の儒教的な思想の存在によって、血の繋がりがなくとも兄弟、姉妹という関係が形成されるということを言っているのだ。日本でも、冴木が幼かった頃、よく親の何たるか、年寄りの何たるか、について周りの大人達がよく語っていた。手っ取り早く言えば、お締めを潜る数が違う、などの言葉で目上を敬う事が習慣付けられていた。

韓国という国は考えてみると大人の民族によって構成されているような気がする。それは、かつて、韓国はどこの国をも侵略しなかったし、戦争すら起こさなかったのではないか？とふと感じたことと、古き良き時代には、日本に数々の技術を伝えた事実もあるからだ、などと冴木は思った。

「ネー。《はい》私は冴木良一です。年は二十歳です」

いつも、いつも、こんなジョークばかり言っているので真剣味が薄く見られがちだが、冴木としては正直なところ、女性の前ではすごく緊張してしまう癖がついていたので、自分の緊張をほぐすことで精一杯だったのであって、決して悪気があってのことではなかった。

冴木が二十歳と言った瞬間に、ユビニの表情も真剣になった。すかさずミサの耳元へと口をやったのは、それが本当かどうかの確認か、この人間おかしいんじゃないの、という、どちらかの意味からである。冗談を言い過ぎたと下を俯《うつむ》きかけた冴木に、

「オッパ《おにいさん》。ほんとは、いくつなのですか?」

と今度はユビニが彼に質問した。対面に女性二人を迎えて話をした経験が少ない冴木には、それが大変なプレッシャーとなる。こうなればしょうがない。彼は真実を語った。歳のことは昨日もこの美女に伝えたはずなのに、四十を過ぎると若い女性たちの前で自分の歳は語りたくないものだ、と冴木は思った。こう考えると男も女も変わらないものである。

「でも、四十二歳には見えないですね。三十ちょっと位までに見えますね」

ユビニも日本語が流暢だった。

「チンチャ《ほんとう》?」冴木は感謝で、目の前が明るくなった気がした。

「ほんと、ほんとです」

韓国人が日本語を話し、日本人が韓国語を話す、ということは、意思の疎通が出来ているかどうかは別にして、会話を楽しんでいることだけは確かである。

親交

食事が済むとミサはユビニを帰らせた。というよりユビニも自分の用があるに違いなく、先に帰ったのだ。外は風が吹き荒れていた。ショッピングや映画、ドライブというデートができる状況であるはずはなかった。デートといっても、それは冴木の独り善がりであって相手の意思は分からなかった。ユビニを帰らせてからコンパクトに向かっているミサに、冴木は思い切って、この美女を自分の部屋に誘ってみた。すると、ミサは物怖じ一つせずに、同意した。無論、お互いがセックスを意識してという意味ではなく、悪天候という状況下での同伴合意であったことは言うまでもない。

冴木はこのホテルのロイヤルスイートに滞在していた。それは、かつて、と言ってもほんの二年ほど前まで、彼がこのホテルの経営に参画していたからであった。チェジュが今のような大掛かりなリゾート地として整備され始めたのは、いまから二十年ほど前だから、冴木が日本の歳で二十二、三才の頃である。彼が初めてこの地を訪れたのは二十七歳の時だった。

冴木は十九の歳に東京へ養子に出された。養子といっても、一般社会のそれでなく、裏社会の養子に、である。その養父が白山の大親父こと大村秀造で、その親父の五番目の妻がこのチェジュの人だった。

そんな関係から冴木は若い時から、養父に連れられ、ソウルはもとより、韓国の大都市を商遊していた。だから、彼は早いうちからこの地にも関係して、養父の死後は養父のおかげで培った人間関係を駆使して観光開発の事業に参入していたのだった。このホテルもそんな関係で、二百人いるほとんどの従業員が冴木の存在をよく知っている。このため、南チェジュの人盛りがないところであっても、公衆電話がありさえすれば、ホテルのリムジンが冴木をどこまでも迎えに来るのであった。このホテルだけでも彼は過去に一億円を投資した実績がある。

部屋に入ってもミサは動じることもなく、ソファーに座って一服タバコに火を点けた。

「ウエヨ《どうして》？　ナヌン《私は》、タンシエ《あなたの》、オッパ《お兄さん》、イムニダ《ですよ》。タンベ《タバコ》、アンデヨ《だめです》」

冴木がこう言うと、ミサは溜息を一つ吐いてから、組んでいたスラリと長い足組を壊し、タバコの火を消しにかかった。正された姿勢が辛かった。彼は冗談のつもりだったが、ミサには相当にショックだったのだろう。表情に硬さが見えてしまった。

「ミヤネヨ。ジョーク。ジョーク」と冴木が言う。

「ジョーク？　ほんと？　良かった」とミサは再びニコニコして彼に微笑み返した。

どこか、普通の女性ではないような、大人の雰囲気を持っているこの女性も、冴木と同様に、黙りがちになる癖を持っているようだ。この癖というのは、読んで字のごとく曲者であり、本人には気づかないものである。

それにしても、やはり、三十二、三の女というものはまさに女盛りを思わせるものだと彼は感じた。

長い沈黙が冴木を心配にさせた。何か変なことでもされないようにと、ミサは自己防衛の体制にでも入っているのであろうか？　ならば心配する必要はない。何故ならば、冴木には今はそんな欲望など、微塵もなかったからである。

「ウエヨ？《どうしたの》」

という冴木に対してミサは再び微笑み返した。

「ミヤンネヨ。ビールでも呑みましょうか？」

優しい仕草から滑らかな会話を展開するミサに冴木は母の姿を感じた。


とは言っても彼は実母の存在をよく知らない。二歳半の時に母に捨てられたからである。その理由を知りたくて、同級生より相当に遅く大学を卒業した折に彼は実母を訪ねて二日ほど都内を回ったことがある。もちろん、時は現代であるし、その時、ちょうど中国残留孤児の問題が社会化していたせいもあって、簡単に見つけることができた。

二十数年ぶりに行き合えた産みの母親は、もはや母性を失ってしまっていて、孤独な社会福祉活動に生きる中年のキャリアウーマンと化していた。実母を訪ねて、彼が感じたこといかにも薄情な、という印象しかなく、彼の長年の苦労などは産みの母の人生にはまったく関係がないようだった。

確かに、人の親であったのだし、人の子なのだから、再会の折には涙も流してくれた。大学を無事卒業できたことを褒めてもくれた。しかし、冴木の半分ほどの背の高さしかないその婦人に、外国映画のような抱擁の場面などふさわしくなかった。

彼が幼少の頃、小さな借家の部屋数は二つだけ。こんな狭い六畳二間の家に、父と継母、継母方の祖父母、継母の兄、冴木の異母兄弟で弟の吉見という七人もが住んでいた。柱の影で指を加える冴木の向こうで、母に抱かれた吉見が母の乳房をいつも弄って頬擦りをしていた。その光景は今でも鮮明に彼の頭の中に浮かんでくる。差別なく育ててくれた継母ではあったが、冴木を抱きしめてくれたことは後にも先にも、彼の記憶には一度きりだった。どうしても眠つけなかった幼かったある晩のことである。

冴木がふと我に返ると、ミサもまた何か思いにふけっているのか、中空を見つめている。

「どうしたの？　何か考え事していたの？　分かった、彼氏のことだな」

とコップに注がれたビールを持って、乾杯のグラスサウンドをたてようと、腕を横に伸ばした冴木がミサに質問すると、彼女はまた微笑みながら首を横に振った。

「ウエヨ《どうして》？　何もないよ。私ね、彼氏は作らない。いないですよ」ミサがぽつりと呟いた。

「チンチャ《ほんとう》？　ウエー《どうして》？　彼氏いないの？」

「昔は彼氏、あったけど、今は彼氏、ほんと、いないです」とミサは言った。

「嘘でしょう、あなたみたいな美人に、彼氏がいないのはおかしいですね。でも、今はいない……じゃ、その昔の彼氏とは別れたのですか？」冴木はこの女性のことが知りたくてたまらなかった。

「私、その彼氏と七年付き合いました。結婚するつもりだったんです。でも、三年前、別れたね。その彼氏は、まだ今も結婚していないです。私を待っている、そう思います。でも、私は決めたら……もう、そうします。前の彼は優しかったけど、過去は過去ですね」

　ミサの言葉はどこか寂しそうだった。

「うん……あなたはその彼を愛していたの？」

「たぶん」

「たぶん、メイビー。たぶんじゃ、その彼氏が可哀想だな」

　冴木には、如何にもその彼氏が自分のように思えた。

「そうね……、でも、たぶん。メイビー？　愛していたと思います。彼は、愛しているって、いつも私に言っていたけど、私は彼に、愛してる、って言ったことは無かった。別れた後、言ってあげたら良かったと思ったことがありましたね……。私、愛って良く分からない。言われたことはたくさんあるけれど……男はみんな愛してる、ってすぐに言うね」

ミサの冷めた観察力には冴木にも思い当たる節があった。

「ふーん、じゃあその男は可哀想だ、ね？」

「そう思います。過去は過去。私、今は彼氏、要らないです」

こう言うと、ミサは冴木の口説き文句へのプロローグを終了させてしまった。ミサが言う意味は、映画『ゴースト』の男と同じで、軽々しく愛しているという言葉を使いたくない、という本当にまじめな意味だったのである。

まあ、口説く目的を表に見せることなく、友達みたいな感覚で会話を進めていた冴木にミサも相当に心を許していたようだった。それは、冴木がこれから、彼女を呼び捨てにして良い許可まで得たからである。

「ねー、オッパ《お兄さん》、カラオケ行きましょうか？」とミサが言った。

「カラオケ、いいね、でも、もし、俺がカラオケ歌うのを聞いたら、ミサは俺に惚れちゃうぞ」

一杯気分で惚気《のろけ》る冴木に、ミサはまた微笑みながら、首を横に振った。冴木からすれば年下でも、ミサは元来の大人の色気がむんむんする。それでいて聖女のような気高い雰囲気を持ち、冴木にとっては高嶺の花のような存在に見えた。

二人が部屋を出ようと準備していた時、部屋に一本の電話がかかってきた。

「ヨボセヨ《もしもし》」と慣れた口調で電話に出た冴木の表情が変わった。

「ん、分かった。そうか、うん、仕方ないな。……じゃあな」と電話を置いた。彼は先ほどまでの陽気さを完全に失くしていた。

「ケンチャヤナ？《だいじょうぶ》」と何かを悟ったミサが冴木に声をかける。

「…………」

「カラオケは、また、今度にしましょうか？」

「ケンチャヤナヨ《だいじょうぶです》」

「チンチャヤ？《ほんとう》」こう聞くミサの声はとても優しかった。

「チンチャヤ」と冴木はミサの顔を見ずに、俯《うつむ》き加減に話した。

心配になったミサが冴木の腕を組んで、いつもの笑顔で彼の顔を覗き込む。

「カムサハムニダ《感謝いたします》」彼女の優しい心が冴木の心を打った。

そのまま腕を組んで部屋を出た二人はエレベータに乗ってフロントに降りていった。

いつも冴木を気にしていてくれるベルボーイのリンが声をかけてきた。

「サザンニン《社長》、車、用意しますか？」

「ん、ありがとう、今日はいい、タクシーで、ちょっと町まで行ってくる。帰りに車がないようなら、電話する……」

冴木にそう言われると、リンはひとつ大きく頷いてから、走ってフロントの外へ飛び出して行った。そんな光景をミサは見て、

「あの人、どこへ行きますか?」

「タクシーを探しにいったのさ」

「あなた、いつも、ここ来ますか? みんな、あなたを知っているみたいですね」

「ん? 日本と違ってサービスがいいだけだよ」

正直、今の冴木は自分に対してそうした行動に出てくれるホテルの社員たちにも、何か後ろめたい気持ちがあって正直悲しかった。

外に出るとものすごい嵐だ。この嵐のおかげで頭の芯まで奮い起こされた冴木は、

「ん、すげえな、とにかくこの風は半端じゃない。しかし、これがまたいいんだよ、な?」

と、機嫌を取り戻した。とって付けたような言葉は、さすがにこの風のせいで、ミサには聞こえないようである。ミサの長い髪が風に掻き乱される様は、なんとも言えずセクシーである。

リンがタクシーを捉まえて、こっちに走ってくる。リンに対して右腕を上まで高く上げて、感謝の意を表した冴木はミサと連れ立って、ホテルに横付けされたタクシーにすばやく乗り

込んだ。運転手にはミサがすかさず行き先を告げた。知らない輩が見たら、この二人をカップルだと思うに違いなかった。

「なあ、ミサ……お前、俺をどう思う?」

冴木のぶしつけな質問にミサは、また、微笑み返しながら、

「オッパ《お兄さん》と思います」と言った。

「そうか、オッパか」

こんな言葉を聴いただけで、なぜか冴木はけらけらと笑い出した。

すると、ミサも調子づいて

「オッパ?　オッパ、オッパ」と三回、愛らしく彼に語りかけた。そう、どんなに大人の女の色気があっても、ミサは冴木よりも十歳若かったのだ。

嵐の新チェジュに颯爽と走りついたタクシーから、乗車の時のように慌ただしく下車した二人が階段を下って行ったのは、「恨《ハン》」というカラオケスナックだった。

韓国の漢字には意味が二つ存在する場合がある。また、文化的で歴史的な解釈がなされるから、一般にこのスナックの名前は日本人には理解できないはずだ。韓国における「恨」の第一義は、成しえなかった夢という意味である。そのために、この名を使った飲み屋は韓国全土に相当ある。もちろん、「恨み」そのものの意味もあることは、当然の事だ。

ハングルの世界は宇宙と言えるものであり、日本語で発音ができない言葉も相当に存在する。だから、日本人がハングルを喋ろうとしても、話せない音がある。日本人がハングルの正確な発音に行き着くことはほとんど不可能であるに違いない。

韓国なりの個室に案内された二人は対座の形ではなくL形に着席した。こんな座り方が初対面の二人には心地が良かったのだ。

「何、唄いますか?」と聞くミサに対して、レディーファーストを忘れない冴木は、

「タンシンガ、先に唄ってください」

と歌本を手渡した。韓国でも日本の田舎のカラオケ屋に負けないくらいに日本の歌数がある。そして、韓国ではほとんどのカラオケ屋に個室を完備している。もちろん、国際ニュースで韓国の政治家が親睦などに使うなどという個室だけの最高級クラブも存在する。これがいわゆるルームサロンだ。韓国のような形態の飲み屋は日本にはなく、こんな形態だけでも外国気分が満喫できる。

「私は、歌を唄うことしない、あまり唄ったことがないですよ。オッパ、歌、唄ってね」

とミサが彼に歌を要求した。この頃には、テーブルの上にビールの小瓶が数本と、韓国産のインペリアルというウイスキーが缶のウーロン茶数本、エヴィアン水とともに用意され、韓式のテーブルセッティングが終了していた。はじめに、ビールで喉ごしらえを済ませた二人は、ウイスキーをストレートで呑み重ねていく。

「オッパ《お兄さん》、大丈夫？　韓式でお酒、呑めますか？　無理したらだめですよ。水割りにして呑んでください」とミサが言った。

「ん？　水割り？　水割りは水臭くて、呑めないですよ」冴木はまた冗談を言った。

「こんな人がいるの？　日本人、みんな水割りにして呑む、違う？」

「日本人はみんな気取って呑んでいるだけさ。日本人だって韓式で呑む人はいると思うよ」

「そう？　でも、無理したらアンデヨ《だめですよ》。アラッチ《分かった》？」ミサは酒が入ると一層舌が短くなるようだ。

「ネー《はい》。……そうだ『水割り』を唄って見ようか？　でもな、あれってちょっと暗いかな？」とぺらぺらと歌本をめくった冴木は、

「やっぱ、堀内孝雄の『竹とんぼ』だな。……今は我慢しよう、俺たち夢を飛ばして来た竹とんぼじゃないか、がいいな」

と一杯機嫌になって、またはしゃぎ出した。やはり、精神的な苦痛は、酒がなければ克服できないものなのかもしれない。

杯が進む。加えてこんな選曲のために彼は歌を唄えなかった。歌の歌詞を噛み締めながら唄おうとする冴木は、目頭が熱くなってそれどころではなくなる。強い酒は精神の深い部分にまで利いてしまうのだ。

冴木が涙を抑えようと酒を煽り続ける。しかし、そうすればするほど感極まってしまうの

だった。そのうち上機嫌になり、またカラオケをかじる。そして、また泣く。この繰り返しでは、ミサの母性がくすぐられるのは当然のことだろう。その晩、ミサと冴木は長い時間、酒を酌み交わした。

あくる日、冴木はひどい頭痛を感じて起床した。時刻は昼時だった。ベットに横たわりながら、昨日の記憶を追った。ベッドで寝ているのは自分一人だけだ。ミサと呑んで、二、三軒梯子した。タクシーを呼んでもらったことは覚えているが、今と同じように目が重くなって、確か、ミサとこの部屋までは帰って来た様な気がする。しかし、それもはっきりとしない。

病的酩酊《アルやアルコール》症候群保持者である訳もないのに、どうやってここまで帰って来たのかが思い出せない。昨晩の最後のほうが良く思い出せないとすれば、呑み潰れて、どうにかここまで運ばれたに違いない、冴木はそんな風に考えた。

体が熱い。特に手の平は熱くて今にも火が点きそうな感じである。トランクス一枚で服を脱いで眠っていた彼は、自分で服を脱いだのか、どうかすら記憶になかった。ミサに出会って、初めて一緒に呑んだのに、こんなに酔っ払った。いい歳をしてさめざめと泣いたのだから、きっと、ミサには嫌われたと彼は確信する。よく父親に、男が泣くのは一生に三回だけだ、などと言われたが……涙ながらの酒がこんなに酔うとは、などと冴木は自己嫌悪に陥り始めていた。それでも彼は、演歌の歌詞が自分の心境にぴったりとマッチしたのだ、と自分を励ました。

それにしても喉が渇く。暗幕のカーテンが引かれたロイヤルスイートの冷蔵庫に向かった彼は自分の目を疑った。暗い部屋の中、ソファーの上で誰かが寝ている。近寄って、顔を覗き込んだら、それはまさしくミサだった。感謝と驚きは複雑な心境をもたらす。それがさらに頭痛に拍車をかけた。冴木は冷蔵庫の中のエヴィアンのふたを払うと、一気に五百ＣＣを飲み干した。

とにかく、頭が痛い。余計な事は考えず、ふらふらと洗面に向かった。何度も何度も顔を洗う。それでも、目は覚めない。今度はシャワールームまで移動して、冷たいシャワーを一気に頭から浴びた。一番気持ちが良い瞬間だった。ひと頃前にこんなことをしたら、きっと心臓発作で死んでいたに違いない、しかし、今では死んでかまわない、そう思う気持ちが彼を強くしていた。

「オッパ《お兄さん》？　起きたの？　大丈夫？」ミサをシャワーの音で起こしてしまったようだ。

「ん、ごめん、起こしたな」

ミサの寝ていたソファーで彼女の横に座った冴木は、下半身にタオルを巻き付けて座り、タバコに手を伸ばした。彼がタバコを口にくわえると、ミサは横にいて、体を彼にもたれさせながら、ライターの火を差し伸べた。冴木が何も言わずタバコを一服吸ってから、

「ありがとう」と言った。

「ネー」とだけ答えてミサもタバコに火を点けた。冴木の体にぐったりと寄りかかったミサは、彼の左肩の刺青などを一切気にしていなかった。

「俺達、セックスもしてないのに、こうしていると、恋人同士のようだなあ」

「そうですねー」

お互いにプッツンした輩のように言葉に気がない。タバコ一本分の時間は、二人に不思議な時間を与えて過ぎ去った。

回　心

台風は収まることなく、勢力を増して済州島を直撃していた。昨夜の酒が冴木とミサ体のだるさを誘発する。

「なあ、今日はドライブでもしようか？」ルームサービスで朝食を取りながら冴木が言った。

「チンチャ？　こんなに雨も降るし、風も強いし、どこへ行くの？」

「どこでもいいさ、頭が痛くて仕方がない、外の空気を吸いたいんだ、風に当たりたい」

「そしたら、行きましょうか？　私の車で行く？」とミサは快諾した。

「あ、そうか、お前、車を持っていたんだよな。よし行こう。車は俺が運転するよ」冴木はこんなところで男を上げるしかないと考えた。

「チンチャ《ほんとう》？」

「うん。俺は運転、うまいんだぞー」冴木は自信ありげに言った。

「ほんと？　よかった」

「でも、お前、今日仕事しなくて、大丈夫か？」

日頃、プー太郎となってしまっている冴木が、我に帰ってミサの都合を聞く。

「大丈夫よ。台風でしょ、お客さん、あまり、ないと思う。従業員がいるし、大丈夫」

「悪いな、わがまま言って」

考えてみれば、二日前に知り合ったばかりの二人であるのに、冴木はすでにミサの恋人気取りだ。それでも彼のこんな言葉遣いにも、ミサは嫌な顔ひとつしなかった。ミサも冴木の気取りのない自然な姿を、嫌いではなかったのだろう。


ちょうど、台風の目に入った頃、二人は彼らが出会った南チェジュの方角に車を飛ばした。車を走らせて、十分もすると、大雨の中、太陽が照り出す。

「おー。太陽が出てきたぞ。やっぱり、出てきて良かったな。きっと、台風が温帯低気圧に変わったんだな」冴木のこんな日本語がミサには理解できる訳はないが、

「でも、雨が強いですね」と、話を合わせせられるところが、この女性の教養の高さを示すものである。

「雨上がりの自然というのはとても綺麗だよな。汚れを雨が洗い落とすからな。それを誰よりも先に見られるって考えると、こんな日のドライブでも楽しくならないか?」

「そうですね。でも、体、大丈夫ですか?」

「うん、大丈夫。でも、狭い道に入ったら、運転変わってくれると有難いな。やっぱり、どうも、左ハンドル右側通行というのを悩むんだよ。特に二日酔いで、頭の痛い時は当然かもな。日本人は危険を感じると、車のハンドルを左に切る癖がある。きっと、歳のせいもあるんだよな」

冴木はミサの質問をわざとはぐらかした。他人に体の心配なんかしてもらったのは、もう長く冴木の記憶にはないような気がしたからだった。

「んん。オッパ、歳、違う。誰でも慣れていなかったら、そうなります。歳なんて考えたらだめですよ」とミサが言った。

「そうか。ありがとう。そう言ってもらえると、本当に嬉しいな」

ミサは日本の演歌が好きだと言って、日本の歌をカーオーディオに挿入した。ケイ・ウンスクの歌が流れる。

「堀内孝雄あるよ。聞きますか?」

「うん。堀内は良いね」

「私も好きです」

こんな他愛ない会話は男と女の間で成り立つのが理想である。


晴れ間のちゃっかりは、女の腕まくりにしか過ぎなかった。台風の勢いは留まることを知らなかった。こんな天気の中を外出できるのもチェジュならではだ。沖縄なら外出制限がかかるはずである。もっとも、チェジュの方が沖縄に比べれば地質、特に水はけの関係で台風通過後の災害は小さいのかもしれない。台風の最中、南岸線を二人は車で走って行った。なぜ意味もなく、出会いの場所へ向かうのか、それは単にチェジュ自体が小さな島のせいかもしれない。

四十分もすると、二人は民族村あたりの海岸線に着いた。ハザードを点《た》いて車を駐車した冴木に、

「私達、ここで会いましたね」とミサは言った。

「ああ、ここか？　もう、過去の事は忘れたよ」分かっているからこそ、そこに駐車したはずの彼は、まだミサに対して素直さがなかった。

「チンチャ《ほんとう》？」

「本当さ……俺達は神様が決めた出会いのような気がする。俺達は前世で一緒だったんじゃ

ないか?」

とまじめに話しかける冴木に、ミサはまたもや、いつもの笑みを返したのだった。

「ねえ。いつ、帰るの?」ミサは台風のすごさに圧倒されていた。荒れた狂った海を、気の抜けた様子で見つめる冴木を、ミサは問い質した。

「帰るって、どこへ? ホテル? 日本?」と冴木は言った。

「日本です。オッパ《お兄さん》、ほんとは何する人ですか?」ミサの表情には幾分真剣さが見えていた。

「俺? フリーターだよ」海を見つめながら、冴木はただ力なく、また、こう答えた。

「フリーターは何ですか? 海がそんなに好きなの? ボートしないでシップして下さい」

このリサの駄洒落に冴木は下を向いて苦笑いをした。

「お前、上手いこと言うんだね。ボートしないでシップして下さいか、うん、その通りだ。シップしよう。フリーターはこの前話したでしょ。アルバイトですよ」これにはリサも無表情で首を振った。

「本当の話してください。オッパ、カンペ《やくざ》なの?」突然の質問に冴木は戸惑った。

こんな時には、丹田の裏側あたりが締め付けられてから、緩められるような気がする。まあ、肩の刺青を見られたのだから、そう言われるのも当然の成り行きだろう。

「やくざじゃないよ」

何とか変な方向に話が行かないように、加えて、自分の心地の良い状態を維持したくて、冴木は言葉を選ぶ必要性に迫られた。しかし、言葉を選ばないといけないと思えば思うほどそれが沈黙を招き、余計に雰囲気が壊れそうになるのだった。

「嘘、しないでください。私、ほんとの話、聞きたいです。オッパ、普通の人と違う。私、分かります」ミサは自信ありげにこう告げた。

「そう？　おかしいな。俺は普通の人なんだけどなあ……」

この冴木の返答に、ミサは何も言わず呆れ顔になった。暫く仲の良かった二人に、沈黙が訪れた。

「ミサ」

「はい」

「はい、ってお前ちょっと冷たくなったぞ」と冴木が言った。

「冷たい、違う。私、ほんとの話、したいだけ、でも、オッパ、話したくないでしょ。やめましょう」とミサは一方的に話の切り上げを提示する。

冴木にいつ日本に帰るのかと尋ねて開口したミサは人扱いが相当になれた人間である。人間的に冴木より相当に上なのかもしれない。いつ帰るかと、聞かれたら、帰るあても予定も未定の彼には、それが酷な質問となったのだ。冴木はミサとの時間がいとおしくてならなかったのだ。

この女性は今までに出会った人間と明らかに違う、彼はそう感じていた。最初に出会った時に、どこかで行き合ったような感じがしたのも事実である。冴木にはそれがどうしても気になっている。しかし、それは、単なる他人の空似かも知れず、また、こんな時の自分の心持のせいなのかもしれなかった。彼にとって、人恋しいのが事実である。真実を語るべきかどうか。ミサは自分にとってどんな存在なのか。それは神のみが知る事である。偶然出会った女性というだけのミサに自分の話をするべきか。話さずこのままにするべきか。話したら、どうなる? 話さなかったらどうか? 彼はそんなことを思い巡らしながら……。

「お前、カンペ《やくざ》、好きか?」と冴木が聞いた。

「私、嫌いです」ミサはきっぱりと答えた。

「そうか。もし、俺がカンペだったら、もう俺と会わないか?」と彼が、また、聞く。

「たぶん」

「そうか。俺もカンペは嫌いだよ。俺はカンペじゃない。あんまり変わらないかもしれないけど……」冴木がこう言うと、

「そうですか。その話、やめましょう。話、変えましょう。ミヤンネヨ《ごめんなさい》」

と言って、いつものミサに戻った。なんとも言えない、ちぐはぐとした会話に、気持ちがなじまない冴木は戸惑った。台風の雨風はそんな二人を覆い包んだまま、これからの二人の関係を演出していた。

車は南岸から島をほぼ半周して北上を始めた。台風の最中、地理を知らない冴木の運転は

危険である。カーステが何回も入れ替えされながら数時間が過ぎていった。長い沈黙がカーステの能書きを、時々、二人の脳内に記憶させる。

「ホテルに帰ったら、帰るんだろ?」と聞く冴木に、

「そうね」と冴木に代わってハンドルを握ったミサが呟いた。明らかにおかしな雰囲気であることは確かだ。


冴木は物心ついた頃から、共通したあるひとつの夢を見ていた。夢は夜開く夢である。共通した夢というのは同じ夢を見るということではなく、夢の中で共通した人物に会うということである。ユングなどのいうグレート・マザーやオールド・ワイズ・マンなどとは少し感覚の違ったものだ。

彼の夢の中では、多い時には一年に数度、少ない時で、二年に一度くらいの割合で一人の女性が登場してくる。夢の中で、その女性が彼の許嫁《いいなづけ》だと言ったのをきっかけに、冴木は幼少の頃からこの女性に恋をしていた。不思議なことに、その女性は彼と共に成長してゆく。冴木にしてみれば、幼くして別れた母の姿を具現化したものだと思っていたのだが、どうもその女性は日本人ではないことを、二十年ほど前に彼は知っていた。というのは、その女性が自分は日本人じゃない、ということを夢の中で、冴木に告げたからである。彼が目を覚ましたその時、外人じゃ話にならない、まあ、ただの夢だろう、と高を括ったのだった。

ミサがその女性に良く似ていると感じたのは、彼女に出会って、その目を見た瞬間だった。しかし、まだ、彼はその夢の女性の顔を真正面から見たことがない。

「ミサ、怒ったのか？」

「アニ《いいえ》」ミサは冷淡に告げた。

「俺はカンペ《やくざ》じゃないが……お前、日本語、よく分かるのか？」と冴木が聞いた。

「私、日本語、深くは分からない。でも、話、することは分かります。聞くのは聞けます」

ミサのその言葉には、心で話す事は何でも理解はできる、という意味合いが込められていた。

「俺は、昔、裏世界にいたことがある。日本で言う右翼というもんだが、分かりやすい話、マフィアではないが、マフィアのような組織にいたんだ。でも、今ではもう活動はやめている。今までは普通の実業家だったんだよ。約二年前までは、な。家庭も家族もあった。立派な女房に、英広と広康という名前の双子の可愛い子供達。もう息子達は高校生だろう。長く会っていない気がするなあ……俺が望んだのは平凡な家庭だった……俺、結構、ビッグだったと思っている。しかし、今は、弟が会社を潰して夜逃げしてしまったんだ。一言、俺に相談してくれたら良かったのに、な。今となっては、どうしようもない。はっきり言って、今、俺は昔にしがみ付いていて離れることができない。離れなきゃならないことは分っているんだが、な。悔しいって言うか、なんて言うか……俺は性格的に相当きつかったんだ。若い連中には特に厳しかったんだろうな。暴力なんて日常茶飯事だったからな。分からない奴には体で教えるようにしていた。俺が育った環境では、それが当たり前の事だったんだ。俺には二人の弟がいるが、そいつ等は弟なのに俺にはいつも敬語を使っていた。今考えてみると、悲しい事だよな。そんな関係じゃ、相談なんか出来るはずはないよな……でも……きっと弟も、騙されたんだよ、な、アマちゃんで馬鹿だから。いくら気取ったって、こうなったら一介の詐欺師と同じだよ。俺も詐欺師の兄だから詐欺師って言われるのも時間の問題さ。社会って言うのはさ、本当に悪い連中を見つけたり罰したりしないで、結果的にそうなってしまった当事者だけを見て、悪いって烙印押しするんだよ。俺は思うよ。考えてみると会社を潰すなんて連中は皆良い連中なのさ。もちろん、私欲に走ってそうなる連中もいるが……まあ、そういう奴はどうしようないんだろうけど……そうじゃなくて人情があって、困っている人を見ると、助けてやっちゃうような人間、自分は食わなくても他人に食わしてやるっていう奴が、この世の中にはいるんだよ。でも、助けられた方は、それが当たり前で生きているから、そんなこと気にすることがない。人間としてのプライドがあれば人は必ず恩返しするのに、な。そうなると結果的に人情がある人間が潰れちゃう。正直者は馬鹿を見て……やがて詐欺師になっちゃうんだろうな……」

「…………………」

「でも……結果的に、俺はそんな連中や自分の仲間の裏切りにあって、今は……金も無くなったし、家族も無くなった。そして、昨日、電話があって……住む家すら無くなった……弟達、と言っても、半分しか血は繋がっていないんだけど……その弟にさえも裏切られて……今は一人きりなんだ……弟が兄貴はああいう性格だからって言っていたようだが……今、俺が考えている事は……俺を裏切った連中に……俺は……必ず三倍の仕返しをしてやるって事だ。もちろん、弟を含めてな。俺は……俺は、決めた事は必ずやり遂げるんだよ。それが親父の教えだからな」

こういうと冴木は顔色を変えた。

「オッパ《お兄さん》……辛かったですね」ミサは優しく冴木の左手を握り締めた。

「うん」

「聞いたら、悪かったね。ミヤンネヨ《ごめんね》。辛いですね。でも、私……分かっていた」

「ほんとに？　嘘だろ？」

冴木は我に返って、笑いながら言った。基本的に、彼は明るい性格である。

「ほんとです。昨日のオッパの電話、何か、問題があるな、って。分かっていた。そしてあの涙、きっと深い心の傷がある、私、そう思った。チンチャ《ほんとう》」とミサは言った。

「そうか。俺の方こそ、ミヤンネヨ《ごめんね》。こんな話して、お前に嫌われたくなかったんだ。俺、お前を前から知っているから」冴木はそう呟いた。

「チンチャ？　私、知っている？　いつ知っていましたか？」ミサも笑いながらこう聞いた。

「……まあ、そのうちに話すよ。いずれにしても、俺は、お前と一緒にいるとすごく気持ちが楽なんだ……ん、こんな話して、本当にごめんな」

冴木はミサの右側に座って、車を運転するミサの横顔を見つめた。

「ケンチャヤナ《だいじょうぶ》。ねえ？　オッパ、ホテル、チェックアウトして私の家へ来ない？」

ミサは笑顔のままで冴木にそう言った。

「チンチャ？」

「チンチャ」

「俺は、男だぞ」

「知っています」

「お前、もしかして、俺に惚れたな？」冴木が冗談交じりに言う。

「プッ。何、言いますか。私、そんな女と違う」ミサの笑顔は変わらないままだ。

「…………」

冴木はものすごくショックだった。まあ、予定が未定の男なのだから、美女の誘いを無下に断る必要などは全くない。しかし、考えてみれば、冴木は二日で女が惚れるような良い男でもなかった。背も今時で高いとはいえなし、この頃は頭も禿げ始めていた。ずんぐりむっくりで、足もさほど長くない。顔だって、悪役商会級だったし、歳も四十二だ。彼はこの頃よくそう思うようになっている。そう考える時、彼はますます自分の自信をなくすのだった。

ホテルに帰った二人は、手早く荷物をまとめてホテルをチェックアウトすると、ミサのアパートへと向かった。

経過

それから一週間の日々が過ぎた。この間、冴木とミサは多くの語らいをした。ともに笑い、ともに泣いた。冴木には孤独だった日々が嘘のように思えた。話のできる対等な関係が、それほど良いものだということを彼は身をもって感じていた。その一週間が二人の関係を大きく前進させた。そんなある晩、冴木は自らが支度した夕食をミサとともに取りながら、

「なあミサ、そのオッパっていうの、なんか、他人みたいだな。もっと、違う、言い方はないか？」

「チャギ、言いましょうか？」とミサは答えた。

「チャギって何だ？」冴木も、過去かなり韓国に来てはいたのだが、初めて聞く単語を訝しげに質問した。

「チャギは韓国の恋人同士が使うお互いの呼び方です。だから、私が、チャギ、言ったら、オッパが私の恋人の意味です」とミサが言った。

「そしたら、俺は、お前を、なんて呼べばいいんだ?」純粋に冴木は考えた。それは、こうした慣わしが日本にはないからである。

「オッパも私をチャギ、呼んだらいい。韓国では結婚しても、チャギ言う人が多いですよ。でも、私、チャギ、言ったことがない。前、付き合っていた彼氏にも、チャギは言わなかった。チャギは本当に大切な人にだけ使う言葉です」とミサは告げた。

「ふーん。それでも、お前、俺をそんな大切な言葉で呼んでくれるのか?」

冴木は内心はとても嬉しかったが、ミサとの歳の差を考えたら、現実には恋人同士ではないような関係だと思った。

「オッパがそうしたいんだったら」

ミサがそんなことを言って、冴木は暫くの間、なにやら考えていた。

「うん。そうしよう。よし、今から、俺をチャギと呼んでくれ」

「チャギ」ミサは一息もつかずに、こう呼んだ。

「うん。なんか気分いいな。俺も韓国人になった気分だ」

「チャギとかチャギヤとか言う」ミサは詳しい説明をした。

「ふん」

「チャギヤ、冷蔵庫にビールあるか見て下さい」こうミサに言われると、

「おう、分かった」冴木は、生まれて初めてのような有頂天になって、ミサの指示に従った。

冴木はこんなことが、なんだか嬉しくてたまらなかった。自然と体を動かす自分、また、自分の取っている行動を彼は客観的に感じていた。今まで、顎で若い衆を使ってきた自分が、今こうして、ミサに言われてビールに手をかけている。美奈子の言う事も一度でも聞いたことのない自分が、今こうして動くのが滑稽でならなかった。彼はミサに缶ビールの缶をかざして、腹の底から笑った。

「チャギャ」と言ったミサも、彼を見つめてニコニコと笑った。

しかし、考えると不思議でならない。この二人は、なぜ友人でなく、恋人としての道を歩もうとしてゆくのか。冴木が求める訳でなく、ミサも恋人はつくらないと言っていたのに。運命とは不思議なものだ。各自がそんなことを思いながら、二人は、存在をけっして否定しなかった。もちろん、冴木はミサに惚れ始めていたのだから、否定するはずはないことは明らかなことである。現代社会を一つの歴史的単位として考えれば、男が女に惚れる関係は、考えてみれば逆の関係よりも理想的である。

結果的に男と女の関係になれることを、日本男児たるもの望まないといえば嘘になる。もちろん、お互いが、なら理想だが、たいていは男の本能というやつのせいで、男が女を口説く形を取るのは仕方ない事である。しかし、冴木はこの女性に対してはそういう軽々しい扱いをしなかった。

二人がちょくちょく通うことになった喫茶店は、韓国ドラマの舞台にもなったという海岸沿いの「マニョカタンピイッチャル《魔法のほうきに乗った魔女》」である。あくる日、冴木とミサはマニョカタンピイッチャルで晴れ間の綺麗な静かな海を見ていた。つい先日までの荒波が嘘のような静けさを取り戻していた。

「日本語の『と』はなんて言うのかなあ」と冴木が呟く。

「と、ってなんの『と』ですか？」ミサがこう聞いた。

「私とあなたの『と』だよ」

「それだったら『ラン』か『ハゴ』ですね」とミサが言った。

「ふーん。そうか」

「あのボーイにコーヒーとコーラ頼んでみて」ミサがボーイを指差して言った。

「よし。ヨギヨー《ここだよ》！」冴木がこういうとボーっとして手づくなをしていた男が、「ネー《はい》」と言いながらこちらに向かってきた。

「チョギ《あの》、コーヒーハゴコーラ、チューセーヨ《ください》」冴木のこの言葉にボーイは笑みを浮かべた。

ボーイが一礼して厨房に向かう。

「通じたね。あなた、頭いいね。発音もいいよ」相も変わらずミサの言葉は、端々が優しい。

「ほんと？」

「ほんと、チンチャ」と、大喜びのミサは、冴木の恋人というより、やはり、姉か母親といった感じだった。冴木はこうしてミサから多くの韓国語を学んでいった。

この二人の会話にはテンポがあり、何か普通の恋人同士以上のような似合いの感がある。それはお互いに恋の予感を感じさせずにはおかなかった。とにかくこの女性はよく笑う。女性の笑いがこんなに好いものだと冴木は知らなかった。

美奈子も若い時にはよく笑った。目を閉じ、耳を澄ますと彼女の笑い声が冴木には聞こえてくる。あの笑い声を奪ってしまったのは、まさしく自分なのだと気づいてみても、もう時の流れは速すぎて、それを取り返すことはできない。そのせいか、このミサの笑い声も、時と共に彼をミサの虜にしていったのだ。

女性の存在価値は第一にはこれなのだ、と冴木はこの歳になってようやくその存在意義を悟った。男の価値が女の顔に出るとは確かな事だ。どんなに関係が進んでも、こんな関係で、ずーっといられたなら、そう考えただけも、今の彼の心は満たされるのだった。

とにかく楽しい。何故だか分からないが、この女性と話をしていると民族の差なんてものは全然感じない。女性との会話がこんなに楽しいものだったとは考えても見たこともなかった。

一般的には、もう冴木のような歳にもなれば、ほとんどの男は、女性の存在とは、改めて聞く必要もなく、老後を楽しく暮らせそうな、愚痴を聞いてくれて、一緒に寝てくれ、食事の支度や家の掃除をしてくれる、その見返りに金を渡してやり、時にはたまに海や山や映画館にでも一緒に行くだけの存在だ、くらいにしか考えていないはずだ。

愛だとか恋なんてものは何十年も前に置き忘れてきた骨董品となる。前に美奈子が、どうせ私を洗濯おばさんとしか考えていないんでしょ！　誰かいい人いたら見つけてよ！　などと言っていたあれは本当だったのだ。そう言わせたのは、まさしく自分自身なのだということが、ようやく分かったのである。

考えてみると、女性は子供を生めば体型は変わるし、化粧もあまりしなくなる。ミニスカートなんか絶対穿かないし、ハイヒールだって履かなくなる。そうすると男は女と一緒に外出する機会も少なくなる。夜の営みだって、お勤めか生理的処理の対象になってしまう。男の観点から言えば以上のようになるのが普通だと思うが、女性の観点から見ると、きっと、男も変わってゆくのだろう。本当はそんなことであってはならないのだ。自分と同じように、相手を思いやる気持ちこそが愛の原点にはなくてはならないのだ。

冴木はとにかく嬉しかった。女性というのは男のどこを見ているのだろう？　こんな美人がなぜ俺と一緒に、今いてくれるのか。そして自分は、なぜこんな美人と一緒にいるのだろう。出会い？　縁？　そう考えると、彼にとって、こんな折に、この地を訪れた意義は大変な価値があったということになる。

ミサは信仰心に厚い女性である。そのミサの一族の教えは、たとえ、どんな逆境に遭おうとも、決して人間としてのプライドを捨てて生きてはいけない、ということだそうだ。これを聞かされた時、冴木は自分が恥ずかしくてならなかった。

こんな話をしながら、ミサは彼を山奥の天王寺《てんのうじ》という寺に連れて行った。子供の時に冴木が読んだ一休さんがいそうなその寺は、小さいながらも荘厳で静寂に包まれた寺だった。堂内には、数人の一般女性がいて、三体の釈迦像に向かって跪いては平伏して祈る、立ち上がり、合掌し、また跪き、ひれ伏し祈るという一連の祈りを延々と捧げている。現在の日本にいて見たことのない、その祈りの一連の形態が冴木の時代感覚を狂わせて行く。寺の賽銭箱に有り金のほとんどを入れたミサは、冴木にも三万ウォンを渡してから、座布団を敷いて一連の祈りを捧げ始めた。その寺がどちらの方向に向いているのかは分からないが、中央の三体の釈迦像の周りには小さな釈迦像がごまんと祭られている。釈迦像から見て左右の両壁には先祖の霊の供養のためか百号台の古い絵画が飾られている。ともに、祭壇と賽銭箱を擁して、それらも整然と人々の礼拝を受け入れている。開門の方向からすれば、正面、左右の霊体に、訪れる者の全員が一連の祈りを捧げてゆく。

「ああ、なんと、厳かであり、尊きことか……」

と、冴木は心の中で呟いた。彼もミサの傍にいて自然と合掌に至る。しかし彼には一連の祈りの形態は取れなかった。何故かは、分からない。最初、この場所は自分にはふさわしくないと思っていたからだろうか。それでも自然と気が変わった彼は起立の状態で目を閉じて合掌していた。

暫くして、冴木が目を開けると、そこに平伏し祈り続けるミサの姿が飛び込んできた。彼はミサのその姿を見て、体中に鳥肌が立つのを感じた。その美しさに感動したのである。

どれほどの時間が過ぎたのか、二人が百八つの石階段を上って、山上の祭壇にまで拝礼し終えたのは、およそ一時間後であったであろうか。

「お前、何、お祈りしたの？」と山門を駐車場に向かいながら冴木がとミサに聞いた。

「チャギのこと」

「…………」

彼は言葉を失った。自分のために、祈りを捧げてくれる？　こんな人間が彼の回りに、果たして、今までに何人いたのだろうか？

帰りの車の中から、水平線に沈む真っ赤な大きな太陽が見えた。太陽は必ず、また、昇ってくる。必ず。ミサと冴木は黙って手を握り合って、太陽が沈む方向と反対方向へと向かっていった。

フロントガラスから、手が届くほどの距離を旅客機が、まるで、大海を行く鯨のように、静かに移動してゆく。チェジュならではのロマンスである。ここではすべてが絵になってしまう。

数日後のある晩、ミサの様子がおかしくなった。ミサは冴木に悪寒と腹痛を訴えた。大変に辛抱強かったミサではあったが、苦しみと熱のためにその夜は眠れぬ状態となった。ミサは風邪だと言って、冴木に気にすることは無いと言った。

女性の看病などはしたことがない彼は随分と戸惑った。さりとて、尋常でないその苦しみ方に冴木は生まれて初めて女性の看病を余儀なくされた。こんな事があって、彼は根本的に、必然的に、変化をしなければならなくなったのだ。この時、彼は女性の弱さを感じた。若い頃はたまに美奈子を殴ったりもした……が女は肉体が弱いんだ、大切にしないといけないんだ、冴木がそんな風に感じたのも、やはり生まれて初めてのことだった。

あくる日、ミサは歩くことも出来なくなった。医者へ連れて行くにも、どこに医者があるかも分からず、韓国語も話せない、冴木はどうすることも出来ず、ミサの僅かな意識に話しかけて、携帯でミサの友人の誰かに連絡を取るように説得した。彼がミサの友人と電話で話しても、話が通じないのは当たり前である。ミサは薄れ行く意識の中でも、冴木を気遣って、大丈夫だから心配しないで、と言い続けていた。

ようやくミサが冴木の言うことを聞いて電話をしたのは、妹分のユビニであった。数分後、ミサの異変を感じてユビニがアパートに駆けつけてきた。ユビニはミサだけを連れて病院に向かった。ミサは緊急入院となった。


その晩、冴木は病院を探してミサの後を追った。冴木は現地の知人から大きくて緊急入院させる病院を検索してもらってミサが入院している病院を捜したのだ。タクシーで移動しながら彼はミサが心配でならなかった。入院先はクチェジュのハンマンウン病院だった。夜中、漸く愛する者を探し当てた彼が入院先の病室へと向かう。二人部屋の病室では、入り口から向かって左側のベッドにミサが眠っていた。夜中の来訪者、しかも日本人の男の来訪に、向かって右側の少女の付き添いをしていた初老の婦人は、「ウエー《どうして》、ウエー、シラヨ《いやよ》」と唐突な冴木の来訪に驚いている。自分が今にも殺害でもされんばかりである。冴木の眼中には愛する者ミサの姿だけしかなかった。部屋の片隅にへばり付いて震える、その婦人にかまわず、冴木はミサの顔を見ながらベッドに腰を下ろした。後ろ背にミサを見つめる冴木に、ほんの暫くして、ミサが目を覚ました。

「チャギャ」いつもに近い声でミサは冴木を呼んだ。

「うん、ケンチャナ《だいじょうぶ》？」小さな声で彼はこう聞いた。

「ケンチャヤナヨ《だいじょうぶよ》。チャギ、今日、どうする？　どこで寝るの？　部屋で、一人で眠るの、嫌でしょ？」ミサは息絶え絶えの口調で冴木に言った。

「うん、お前の横で眠る」冴木はミサの目を見つめた。

「チンチャ《ほんとう》？」

そう言うと、自分の毛布をめくり上げてパーフェクトシングルのホスピタルベッドに冴木を迎え入れようとする。ああ、なんという女だ。自分がこんなに苦しんでいるのに、今なお、俺の事だけを考えている。あの祈りの姿といい、一緒に眠れというこの仕草といい、冴木の心は感無量となった。

「このベッドじゃ、狭くて眠れない。それに、点滴が邪魔だな」

という彼の言葉を聴くとミサは体をずらして点滴の針を腕から抜こうとした。冴木はそんなミサの手を握り締め、

「アニ《いいえ》、ケンチャナヨ。俺は男だ。一人で眠れる。だから、早く良くなって退院しないと……な?」彼の言葉遣いも相当に優しかった。

「チャギャ、どうする? 心配」

「大丈夫、大丈夫。他の患者さんもいるから、今日はもう帰る。寂しくても、我慢して……な。また、明日来るからな」と笑顔と小さな声でミサを励ました。ミサは冴木の目を見つめて小さくこくりと頷いた。冴木が病室を静かに背にすると、初老の婦人も安堵した。


次の日の早朝、冴木は再び病室に向かった。しかし、ミサは病室にいなかった。トイレにでも行ったのかと、トイレのほうまで足を運んでみる。しかしミサの姿は見当たらない。おかしいと思いつつ、外でタバコを一服してからまた来て見ようと思った矢先、後ろから、

「チャギャ!」

とミサの声がする。冴木が驚いて振り返ると、点滴スタンドを握って立つミサがいた。

「お前、大丈夫なのか?」

「今、ユビニが来てくれた。隠れてタバコ吸ってきた」

まあ、冴木も相当にやんちゃだが、彼女も負けず劣らずのやんちゃ振りである。

「あのなー。ま、いいっか？　お前らしくていい。今日、俺、いったん日本に帰る。お前が元気になったら、また来るからな」と冴木はミサに告げた。

「良かった。チャギが一人だと、ほんと、私、心配。私も二週間ぐらい入院しないといけないって。だから、変な風にとらないでね、チャギが日本に帰ったら安心です。今度、来る時までに、ちゃんと、治して元気でいます。チャギャ、ほんとにありがとね。私、ほんと、チャギに会えて良かったです。気いつけて帰って下さい」

ミサの顔色は優れなかったが、はっきりした口調で冴木に語った。

ミサの大切な時間をもらった冴木は民族村の出会いから、約二週間にしてようやく日本に帰国することになった。

転居

日本に帰った冴木はしばらくの間、住まい探しに翻弄されていた。今の日本ではアパートに入居するにも収入証明が必要らしい。また、家賃にしてもバブル期とほぼ同じで、今の冴木には月に五万となると到底そんな所には住むことが出来なかった。

それにしても生活が苦しい。冴木にとって今までに無い辛さである。しかし、酒とタバコを買う金だけは何処からとも無く用意した。

数日前、冴木に美奈子から電話があった。たいした用件ではなかったが、その話の中で、息子の英広が「毎日、酒呑んでタバコ吸っていちゃだめだ」と言ったと伝えてくれた。思えば息子も大きくなったものだ、と感心させられる。その通りである。息子は偉大な祖父、美奈子の実父の影響を多分に受けているのだろう。

三年前、フランスにグランドクロスを見に行った時までは、冴木とて年に二回も人間ドックを受けていた。もちろん、タバコなどは健康に良くないから吸わなかった。考えてみると彼も相当に変わってしまったのである。美奈子の父が肺がんを宣告された時、冴木は美奈子と共に、告知の問題で多く悩んだ記憶がある。原因はタバコだった。

先が見えない、時間が無い、とにかく今の彼には何をどうしてよいのかが全く分らないのが現実だ。できることと言ったら、酒を呑んでタバコを吸うことだけである。そうしていないと心がやりきれないのだ。冴木は実父と同じようになってしまうようで怖かった。しかし、現実に世代間伝播は進んでいる。それが分かるからこそ自暴自棄になりまたタバコを吸って酒を呑む。瓜の蔓に茄子は成らぬ、とはいつの世でも変わらぬ社会的人種の区別用語である。俺だって国会議員の息子だったなら国会議員になれるのに。彼はそう思った。

別宅の競売明渡しの期日が近づくに連れ、彼の気持ちは不安で一杯だった。これから一体どうなってしまうのか？　自分は何処へ行くのか。収入も無く、住む所すらない。しばらくの間は知人のところへ行くのか、行けるのか？　食事はどうする？　一軒の家の重大さ、尊さ、有難さを、今まで、これほど感じたことは無かった。会社を経営して倒産、破産をしてゆく者がこんなに苦しんでいるなんて、体験した人じゃなければ分かりっこない。そうした人をきっと話のネタにして敬遠するのが日本の慣わしである。放漫経営が中小企業倒産の半数以上だなどと言うマスコミや経済評論家は現実を理解していない。放漫経営とはその実、正直者が悪者に騙され利用された場合だってありえるのではないか。自ら進んで死を選ぶ者などこの資本主義社会に存在するはずがないのである。放漫というのだから金儲けは、そこそこ出来るのに、なぜその彼らはどこかに消えてしまうのか。冴木は自問自答に苦しんだ。己を正当化しないと自己嫌悪に拍車がかかってしまうのだ。

結果的に、冴木の住居の問題は知人の離れを借りるということで結論が出た。しかし、いざそうした所に移るとなると、本当に自分が今までに住んでいた家が恋しくてたまらなかった。知人も、その好意で家賃はなくてよいと言ってくれるのだが、そう言われると余計に気が重くなるのも事実だった。電気やガスなどの光熱費と水道代だけは彼が負担しなければならないことは当然である。だから、月の出費は、そこに食費を加えて、一ヶ月あたり六万円と言ったところである。しかし、これだけでは商売や移動は不可能だ。それにしても良い事が一つだけある。それは電話が移動式だからである。

　電話賃を抑えれば、後輩から車を借りて移動したとしても、十万円もあれば一ヶ月は生活可能だ、と冴木は考えた。当座の間は美術の依託商売で食べていける、そう冴木は思った。彼には日本刀の鑑定ができるという特技があった。この特技はこれからの冴木を助けてくれるはずである。

　それでも、競売にかけられた最後の砦は、新しい所有者がその納金を済ませるまでの、およそ一ヶ月間は居住が可能だから、それまでの間は、家にある家財道具その他をリサイクルショップにでも処分すれば、いくらかの金にはなるはずだと彼は思った。

　しかし、そうした調度品には数々の思い出がある。思い起こせばきりが無い物ばかりで、処分といっても実際には手付かずのまま、そこを払う羽目になってしまった。どっち道、新しい所有者が調度品その他は全部処分するのであろうが、例えば子供達の使ったピアノなどは、それが、いくらの価値があろうとも、冴木にとっては、そこに存在していた、という満足感の方が大切だった。

　冴木が日本に戻ってからというもの、彼を気遣って毎日のようにミサが電話をしていた。韓国からの電話は、日本からの料金の半分くらいだから、と言うミサは、彼がミサに電話をすると、すぐに折り返し電話をかけるという癖さえつけた。また、そればかりでなく、月の生活費までも送金するのだった。それでは、ヒモと同じような気がした冴木はその後、何度もミサに、送金しないように告げたが、彼女は頑として自分の決めたことを延々と実行に移すのだった。有難いといえば有難い。金ほど便利で邪魔にならないものはこの世にはない。しかし、冴木は、結局、この金に手をつけることはなかった。

仕事は美術品販売の仲介役が主だった。だから、高い美術品が販売できた時には、こんな仕事でも生きてゆくことが出来ると彼は感じていた。欲望さえ捨てれば月に六万あれば生きてゆける、しかし、そう思う時、彼は自分の人間としての存在意義は何だろうとも考えてしまうのだ。

冴木は新しい新居に大きな旅行用カバンをふたつだけ持って引っ越した。中身は衣類だけである。惨めなものだ。これでは、昔、彼が使っていた三谷の人夫となんら変わらない。きっと、あの連中の中にも、今の俺と同じ心境の者が混じっていたことも事実だろう、そう冴木は思った。

友人の離れには一応の生活必需品が用意されていた。もちろん、新品ではなかったが、寝具、ビデオ付のテレビに、冷蔵庫、電気式ストーブ、鍋、釜、茶碗、それにフライパンまで用意されていた。冴木は、彼の昔を知る人の好意が痛いほど身に沁みた。

彼は新しい生活の経過をミサに国際電話で毎日伝えていた。ミサは喜んでくれるどころか、なおも冴木を心配して渡韓を促す。冴木とて、ミサに会いたくないといえば嘘になる。しかし、渡韓すればしたで、経費がかかる上、ミサに迷惑をかける。日本にいれば一ヶ月に六万円で生活できるのだし、そのくらいは何をやっても稼げるのである。また、冴木とミサの関係は基本的には友情である。そう思いつつ、彼はミサに会いたい気持ちを辛抱しなければならないと自分に言い聞かせていた。

毎晩、夜中の二時ごろになるとミサと冴木の会話が携帯電話を通して、どちらかの電池が無くなるまで始まった。彼が新居に越して二日目の晩のことである。

「チャギヤ、私に会いたくないの？　私の事心配ないですか？」ミサがこう切り出した。

「ウエー？《どうして》　もちろん会いたい。お前の体のことだって心配だよ。それにしても急性腹膜炎って、もう少し遅かったら大変だったな」と冴木が言った。

「うん。私、シャワールーム掃除してた時、転んだでしょ。あれが原因だって。私は腰をぶつけたと思っていたのに、あの時、トイレの角がお腹に当たって……そうかもしれない、思う」

冴木と出会った時からみると、ミサの日本語が少し下手になったような気がするのは、ミサが日本語の深い部分をうまく表現できなかったことに加え、日常使わないためであろう。

「チャギヤ、今、その話、違うでしょ。私、チャギ、会いたい」

「分かるさ。俺だって同じだ。でもなあ……」

「でもな、は何？」と、ミサが言う。

「うん？　でも、金がないから……お前に迷惑をかけるのが嫌なんだよ」そう冴木はミサに本心を伝えた。

「チャギ、迷惑？　違う。当たり前違う？　ん？　例えば、チャギが私だったらどう思う？」

ミサのこの話し方は、冴木がミサに教えたものだった。

「俺がお前なら、金がなくても来い、と言うよ」冴木はミサに誘導された。

「そうでしょ？　それだったら、明日来てください。アラッチ《分かった》？」

「明日来てくださいって、エアー予約してないよ。行く金は……お前が送ってくれた十万円はあるけど……」冴木がこう言うと、

「そう、それなら大丈夫ね、飛行機の予約は私が入れといたから、コクチョン、ハジマ《心配しないでね》」彼女はこう告げた。

再訪

平成十四年八月上旬。一ヶ月の月日を経て冴木は再びチェジュへ向かった。松本発二時三十六分のしなの特急大阪行きに乗って、名古屋まで移動していた。夕方の国際線に乗って再びミサに会うためだ。

木曽路に沿って進むこの路線は平安期の面影を多く残している。木曾義仲が、妾、巴御前と共に、この地の木曾馬に乗って、上京のために軍事演習を行ったとも聞いた山々が、その沿線に見える。この特急のゆれ心地は乗馬に引けを取らない。振り子電車の異称どおり、その乗り心地は、実に乗馬の気分に似ているのだ。眼下に流れる木曾川の大きな白い花崗岩のうねりさえ、人の踏み入った感じがしない。彼は行き抜けるトンネルの度に、その時代へと次々とタイムトラベルさせられていた。

冴木は、その大自然の雰囲気に、古き良き日の日本のロマンを感じずに入られなかった。皆が夢を抱いて戦った戦国の時代。冴木は戦国時代の男の生き方に常々に魅了されていた。足軽の子、羽柴秀吉は日本一の舞踊に登り上がった。しかも、今の国会議員のように派閥政党政治にとらわれたような生きかたでなく、筋をわきまえた武士道然としてである。彼もそんな時代に生きたかった。今のような日本で暴動が起きないのが不思議だ。

特急の止まる名古屋の手前は千種である。実際には分からないが、名古屋空港に向かうにはこの駅のほうが名古屋より近いだろう。彼は過去、随分とこの駅から空港へと向かった。そんな折に、タクシーの運転手とする会話も冴木の楽しみの一つである。

「名古屋空港までたのむ」冴木がこう告げると、

「はい。かしこまりました」運転手は心地よい返事をくれた。

「どうだい？　名古屋の景気は？」と冴木が聞いた。

「いやー。だめですね。どうしようも無いですよ」

「給与も下がっているらしいね、タクシー業は」

「そうなんですよ。生活がきびしいです」と運転手は本音を吐いた。

「なんで、ストライキを起こさないの？」と冴木が、また、聞く。

「そんなことしたら、首ですよ、首」

「そんな馬鹿なこと有るのかね？　労働運動は合法じゃないの？　じゃあ、これからどうやって生きていくの？」という冴木に、

「これからは女房も働けば、何とかなると思うんですがね」と運転手が答える。

「そんな、甘い事を言ってたらだめだね、きっと家族が崩壊するよ。決まっているよ、そんなこと。女房《かかあ》、だってさあ、今まで働いていないのに、これから働くって事はさ、なんで？　て思わない？　働くのならば自分のために働くようになっちゃうよ。最初の内は、いいだろうけど、労働環境は人間を大きく変えていくと思うな。それよりも、男なら暴動を起こさなきゃ。タクシー労働者の連合で給料上げろ、って主張した方が解決性はあるよ。給料が上がれば問題ないんだから。首にされるって？　昔は、皆が生活を良くするために、ストライキしたって本で読んだけどな。アメリカ人なら、こんな時世になったと分かった時点で、すぐ暴動を起こすと思うよ。日本人はおとなしすぎるな」

冴木は本で読んだなどとは言ったが、実に、それは自分の目で見て来たものであった。

「はい」とだけ答えた運転手は二の句を継げなかった。これ以上の話は酷だ、そう感じた冴木もそのまま黙りこくった。

今、一般国民の多くが生活苦だとつくづく知らされたが、さりとてそれは冴木とて同じことであるのは言うまでも無い。


冴木は、この日からまた、ミサのアパートに滞在するようになった。再会したその当日、二人きりで酒を呑みに行った。冴木とミサの関係は自然と恋人のそれになっている。

この晩の雲行きは怪しかった。日本の今年の夏も一段と暑い。競売の家にいて、汗をかきながら自己再生の道を模索する彼が机に向かうと、昭和四十年代に聞いたちり紙交換のスピーカーの音がした。今は平成も一世代過ぎようというこの時代に、ちり紙交換のスピーカーである。たまに、国道を走ってみても、やはり、昭和五十年代の車が数多く走るようになった。商用のクレーンつきの大型トラックが昭和四十年代までの鼻の伸びた形で、これが対面から走ってくる時には、驚きと滑稽さで思わず吹き出してしまう。バブルの時には見たくても見られない代物だったはずだ。

なぜ、一部の者を除いて時間が逆行していくのだろう。これからは貧富の差が拡大してゆく、それだけは、きっと確かなことだ。金持ちに成りたかったら、人と同じ事をしていてはだめである。また、この日本では正直者は決して利口にもなれない。確か、小学生の頃だと思うが夏休みに一人蟬をとって歩いた。あの夏もこのくらい暑かった。地球温暖化のせいかもしれないが、バブルの夏の涼しさと比べると、それはただ単にクーラーが無いだけの暑さなのだ、いわゆる不況のための暑さなのだ、と冴木は一生懸命にミサに語って聞かせた。

この日の飛行時間は一時間二十五分と短かった。7５５旅客機がいくらか大きかったせいである。若き日、パイロットを目指して防衛大を受験した。しかし、視力のおかげで進路が陸上に内定した時、冴木は入校を諦めた。辛い家庭環境が彼に与えた唯一の収入の夢だった。

あの時、その援護射撃をしてくれて、入校をあきらめさせたのは人の良いキリスト教信者だった。戦争に係わってはならない、その信者の言葉である。一ヶ月間の冴木の孤独はそんな話に形を変えていた。冴木は真剣にミサに話し続けた。ミサは彼の語りをニコニコしながら良く聞いて、彼の心を開かせつつあった。

長い酒の席は、いつものように、二人に随分と酔いを回す。

「お前、友達に俺のこと好きかと聞かれた時、好きでもない、嫌いでもないって言ったな」

冴木はミサに絡み始めた。彼はこの頃になって酒癖が悪くなったようだ。

「そう、なんで怒るの？」ミサはこう答えた。

「好きでもないのに、お前は俺と一緒にいるのか？」

「ほんとのことでしょ？」

「ほんとのことでしょ、ってなあ……俺はお前の何なんだ？」

「チャギでしょ」ミサは単純にこう答えた。

「そうだろ。なのに、なんで、好きでもない、嫌いでもないんだ。チャギは好きな人の意味だろ」冴木がまた問い詰める。

「そう……チャギャ、喧嘩したいの?」ミサも相当に酔っている。その証拠に短い舌が回っていない。

「喧嘩? 俺がなんでお前と喧嘩するんだ? 俺は自己主張してるだけだろ。俺はお前を好きなんだ。それなのに、お前はなんで、好きでもない、嫌いでもない、なの?」

こんな話をいくら話しても、酔ったら、ミサにも結構、酒癖はある。だから、こんな話は堂々巡りになるだけだった。冴木はそれでも、部屋に戻ってもこの話を延々と続けた。気が付けば朝になっていたことは言うまでもなく、既に、ミサは眠りに就いているのを疑う余地はなかった。彼はそんなミサの頭をなでながら、自らもベッドに突っ伏して眠りに就くのだった。

数日が飛ぶように過ぎていった。ミサは冴木を同伴してチェジュの霊地を毎日のように訪れていた。この島には本当に数多くの霊地が存在している。焼酎の二合ビンと線香と蝋燭はこの二人の必需品である。時にはそこに飴玉も加わることがある。

「チャギャ、飴、買ってきて」というミサに、

「飴って、なめる飴のことか?」と冴木が聞く。

「うん」

「どんな飴がいいんだ？」

「いろいろ入ってるやつ」

「分かった」そう言って冴木は漁村の雑貨屋に入っていった。

冴木は、気を利かせて、自分が舐めたい飴とミサが舐める飴を袋から出した。

「俺、これ舐めてもいいか？　甘そうだから」と冴木が言うと、

「んん」と首を横に振る。

「ん？　だめ？」と訝しがる冴木に、

「それは、海の神様に上げる物でしょ」とミサは言った。

「嘘？　袋開けちゃったぜ、どうする？」冴木は何か悪いことでもしたように、しばらく呆然とする。

「ケンチャナ《だいじょうぶ》。ひとつ食べてもいいよ。そんなことぐらいは神様も許してくれるから。でも、あとは神様に上げましょうね」と言ってミサは冴木をなぐさめた。彼はミサの前では子供と同じようなものである。

「チャギ、こんな話がある。むかーし、むかーし、の話。生まれつき目の見えない人がいたって。ある日、その人が信仰のためにあるお寺に行ったって。そしたらお坊さんが目の見えない人に銅を集めて持って来て下さい、お寺の鐘を作るために銅がいります、って言ったっ

て。その日、また、そのお寺に、生まれ付いて歩けない人が、信仰のために来たんだって。お坊さんは、その人にも一緒の話をしました。目の見えない人と歩けない人はお互いが知らない者同士だった。どうしたらいいかを二人とも悩んだって。そして、二人が出した結論は目の見えない人が歩けない人を、おんぶしてお寺の鐘を造るための銅を、全国を回って集めるって言うことになったたって。彼等はたくさんの銅を集めてお寺に寄付したの。三年掛かったって、いっぱいの銅よ。チャギ、考えてみて。大変なことじゃない？　うんと苦労して、三年もかかったけど、その二人のお陰でお寺に鐘が出来たの。そしたら、そのことに神様が感動して、目の見えない人には目が見えるように、歩けない人には歩けるようにしてくれたって。この話の意味は、二人とも何の欲も持たずに、お寺の鐘のため、一生懸命人生を尽くしたって言うことよ。どう？　いい話でしょ？　人間は苦労する時もある。でも、そんな時はこんなこともある、って自分に言い聞かせればいいのよ。今はこんな時だから、一生懸命信仰して、神様のためになれるように努力すれば、ただそれだけでいい。どんな時でも神様は見てる。私、そう思う。違う？　人間には前世がある。前世で悪い事するとそんな人達は、来世、家畜に生まれちゃうのよ。人に悪くしたら、次の世では人のために生きなきゃいけなくなるの。分かる？　チャギ」

ミサの話は冴木の心の深い部分に沁みこんでいった。全くその通りだ、正しいことだ。そう冴木は思った。

戯れ

ミサの信仰を、身をもって体験している冴木は、この頃から自暴自棄的な生き方から前進的な生き方に変わりつつあった。ミサの仕事の関係で、長く一緒にいることが出来なかったのは当然である。ミサとて事業主である。ミサは月に最低一度はソウルの工場や市場を訪れなければならなかったし、各店の商務もこなさなければならなかった。日本人の韓国滞在のビザの有効期間も一回当たり三十日が限度であるから、ミサと冴木は長くても月に十日前後しか一緒にいることができないことになる。

チェジュでの二人の出会いから二ヶ月が過ぎ去ろうとしていた頃、ミサの部屋で缶ビールを手にかざした冴木は、今日の昼食の話を持ち出していた。ミサの旧友でスミと言う女性がミサがトイレに立った時に、冴木に言った一言のためである。

「スミにそんな事をどうして話をする？　俺のプライバシーはお前だけのものだ。お前は自分にもプライドがあると言って、俺にすら話さないことだってあるんじゃないのか？　それを聞いたら、チャギが嫌う、と言ったことを覚えているか？　スミにミサから聞きましたけど、頑張って下さい、って言われたって、俺は、何を頑張ればいいんだ？　俺だって、何を頑張るのかがわかれば苦労しないのに、お前に頑張って、って言われたら頑張り様が有るかも知れないけど、……例えばな、俺に仲のいい友達がいて、俺がその友達に、お前から聞いたお前のプライバシーを話しした、例えばな、それをお前がその俺の友達から、私、聞きました、頑張って下さい、って言われたらお前、どう思う？　私にもプライドあります、と言って俺に文句言うんじゃないか？　分かるか？　俺は怒っているんじゃないぞ、恥ずかしいってことだ。お前は嘘を言っている訳じゃないし、間違っている事をしている訳じゃない、でも、俺のプライバシーとプライドはお前だけのものなんだっていうことを忘れないでほしい。分かったか？」

冴木は多くの経験を積んできたと自負している。そんな上で、気にかけたことは多々あるが、人の口には戸は立たず、という諺が本当だと信じて疑わない。噂は噂、等といって片付けられやすいが、この噂が命取りになることを彼は身をもって体験してきた。

しかし、人間社会は言語で成り立っているのだから、噂に負けない行動力や信念を身につけることの方が重要である。言われて嫌なら喋らなければ何も起こらないのに、人間は、特に男は、自分の心の流れを愛する女に話しがちである。犯罪捜査官が容疑者の男を逮捕したい場合、その男の愛する女のパーソナルエリアをつめていって、終には捜査協力させるという手法がある。それは男の心理を本能的に熟知した男同士だから為せる術である。だから、自分にとって本当に大事な事は、女に寝物語するな、と言うのが葉隠れの心得である。

それを冴木は分かっていても、自分のすべてをミサに話して聞かせたのだ。理屈はどうでも、人は本当に不安で心寂しい時、たとえ、将来自分がどうなろうとも、愛する者には本心を語るものである。

「チャギヤ、ごめんなさい、そうね、私、パボ《バカ》ね……」とミサは言った。

「怒っている訳じゃない。大丈夫、怒っている訳じゃない。サランヘヨ《愛しているよ》、チィンチャ《本当に》サランヘヨ《愛しているよ》」と冴木が言うと、

「……シラヨ《嫌よ》。だって、私、チャギのプライバシーなんて誰にも言ってないもん。チャギも色々あって大変なのよ、って言っただけ。私がそんな女なの？」

その言葉には、微笑と共に今年一番の暖かさが包まれていた。それは、この二人が既に完全な恋人同士という証である。それにしても、冴木は早とちりをしすぎた自分に腹が立った。こんな思い込みのために、今までも他人に迷惑をかけたことがあるかもしれない。そう思うと冴木は内心、恥ずかしさで、いっぱいになるのだった。

二人はいつも二人だけの会話の時間を大切にしていた。会話が済むと、二人はビデオをレンタルして、洋画のラブロマンスものを楽しんで観る。過激なアクションものをミサは好まなかったので、冴木が好きなアクションものは、ミサが眠りに就いてから、彼がいつも一人で観ることになる。この二人には、いろいろに共通点がある。お互いに夢を多く見るという

点では、それが二人の会話の絶好のテーマとなる。ある時などは、一日中、二人がみた夢の話で盛り上がるのだ。

ひとつのアクションビデオが終わって、冴木が眠りに就こうした時、ミサが寝返りを打って目を覚ました。

「お前、さっき、寝言、言っていたぞ。俺の顔見て、オッパ《お兄さん》、何とかカンとか言っていたが、お前、俺を誰かと間違えたんじゃないか?」そう言いながら冴木は、真夜中ベッドに半身を起している。

「チンチャ《ほんとう》? ナ《私》、夢見た」ミサは欠伸《あくび》をしながら答えた。

「韓国語で話していたから、何を言っているか、分からなかったけど、やっぱり、韓国人で、お前ほど日本語が上手くても、韓国語で夢見るんだな?」冴木は当たり前の事を聞いた。

「当たり前でしょ」ミサはあっさりと冴木に告げた。

「それから、お前、寝言でチャギヤ、サランヘヨ《愛してる》って言っていたけど、俺の夢でも見ていたのか?」冴木は顔に笑みを浮かべながら、冗談交じりにこう言った。もちろん、ミサがそう寝言を言ったと言うのは嘘である。

「アニ《いいえ》、覚えてない。私、サランへ言った? 嘘でしょ。私、誰にもサランへ言ったことない。チャギヤ、嘘でしょ?」と、ミサが真剣に聞く。

「うん、本当は嘘。でも、お前、俺のこと、愛してない?」と冴木が聞いた。

「私、愛、分からない、知らない、それなのに嘘、出来ますか?」ミサが正直に言った。

「…………」

「チャギヤ、愛している、言ってほしいの?」ミサは冴木の顔色を伺いながらそう聞いた。

「うん」

「シラヨ《嫌よ》」そういうとミサは冷たく背を向けた。

愛している、とは軽々しく男が女に口にするのもではあるが、女は軽々しくは口にしないものなのかもしれない。それにしても愛とは一体何なのか。それは、いわずと知れた哲学である。愛している、とは……。この日を境にミサは冴木にせがまれるとサランへと言うようになった。

忽　然

再度日本に帰国した冴木は、二週間前の新居での出来事を思い出していた。

彼は決して家主と喧嘩になったわけではない。家主の夫婦が彼のことで口論しているのを聞いてしまっただけだった。冴木にしてみれば自分の事で他人を害することが嫌だっただけだ。だから、理由をつけてそこを離れようと決心したのである。

家主夫婦は冴木に滞在を促したが、彼は礼を言って謝礼の五万円を手渡すと、しばらく間借りしたその場所を潔く去ったのだった。移動は実に簡単だ。カバン二つで済むのだから。人の心というものは……難しいものだ、と冴木は思った。彼は一ヶ月間ロシアで暮らすことを決めた。

「ミサ、明日ソウルに行くよ」冴木は国際電話でミサに連絡した。

「チンチャ《ほんとう》？　アラソ《分かった》、何時着くの？」ミサの声が心なしか弾んでいる。

「ん？　お昼だな」さらりと冴木は言う。

「だったら、私、十二時にインチョン空港に行っているからね。着いたら電話して下さい」

ミサの声はまさに弾んだ。しかし、ミサは冴木がモスクワに向けて出発する事を、この時はまだ知らされていなかった。

予定通り冴木はインチョン国際空国に降り立った。ワールドカップのために建設されたこの空港は非常にでかい。インチョンのタクシー乗り場に冴木が着くと、ミサがタクシーに乗車運賃を払っているところである。

「ヤー。ミサ」こう叫ぶ冴木の声は秋空に抜けて行った。ニコニコしながら、モデルさながらの膝使いでミサは冴木に向かって歩み寄って来た。

「お前、車ないの？」という冴木に、

「ここ、車、止められないから駐車場に、止、め、た」とミサは答えた。

「そう？　で、なんで、タクシーでここまで来たの？」と、また聞く冴木に、

「早く来て時間があったから、タクシーで買い物に行って来た」とミサは答えた。

インチョンの空港駐車場も広い。そのど真ん中に、真黄色のスポーツカーが止まっている。

「なあ、あの黄色のスポーツカー、目立つなあ。な？　ソウルまで来るとああいうカッコいい車があるんだな？」と冴木は天候も良かったせいか、お得意の冗談交じりに話を始める。

「そうね」とだけミサは答えた。

二人は結局その真黄色のスポーツカーの脇まで行って、その車に乗ることとなった。

「え？　これ、お前の車？　嘘、すげーじゃん」冴木は思わずこう口走ってしまった。

「三年前かな？　兄弟の仲で私だけ結婚しなかったから、お父さんが買ってくれた」とミサはさらりと言った。ミサの一族が大金持ちに違いがないことは、ミサの身なりや形振りを見れば自然と理解できる。


ミサは猛スピードで高速を走り抜けていく。ミサの運転の様子を見ながら、冴木は彼女の勝ち気を良く理解した。

「ミサ、俺、今日からロシアに行くよ」と冴木が口走る。

「え？　チンチャ？　どうしてロシアに行くの？　今日はチャギと泊まる、そう思ってカバンに着替え入れて持ってきたのに」とミサは言葉に戸惑いを隠せなかった。

「勉強にいくのさ」

「勉強？　勉強しに行くの？」とミサはいつもの素直さで言った。

「うん。もう、住む家もなくなったから……しばらくの間、ロシアで暮らす」と冴木が言う。

「チャギャ……住む家は見つかった、違う？」ミサは冴木に確認しながら聞いた。

「うん。一度は、な。でも、そこを持ち主が何かの用で使うんだって。だから、そこに住めなくなっちゃったんだよ。近くに旅館があって、しばらくはそこで暮らそうと思っているんだけど……一泊二食付きで長く泊まっても一日五千円は欲しいって言うんだ。もし、一ヶ月ぐらいの長さだったら、一日あたり七千円だってさ。すると、約、月に二十万だろ、それなら、マイレージがまだいっぱい残っているから、この際、ロシアに行って精神医学の研究をしたい、そう思ってさ」

「チャギャ、ロシアへ行って精神の勉強できるの？」ミサが優しく冴木に質問した。

「分からねえな。でも、行ってみれば何とかなるさ。キリストは、ルカの書で言っている。思い煩うな、ってな」

冴木は今の自分が歯がゆくてならなかったのだ。何かをしないといけない。ただ、そう思い続けることで精一杯だった。

「チャギはすごいね。ロシア、怖い、違う」

「かもな。でも、またそれがいいんだよ。今はお前がいるから安心さ。俺が怖いのはお前と別れることだ……」

　冴木がそう結ぶと、ミサはただ沈黙した。

　ミサの車は二十分もするとソウル市内へ入って行った。田舎者の冴木にはこんなところでは運転は不可能である。ミサがひとつの喫茶店を見つけた。

「チャギャ、あそこで、お茶飲みましょう」ミサはわざと元気そうに振舞った。

「そうだな。時間がないからな」と冴木は言った。

　喫茶店に入った二人はいつものように、ベンチスタイルをとって二人仲良く座った。手を洗いに行く時も、トイレに行く時も、いつもこの二人は同時に席を立つ。冴木が注文したのは日本茶である。ミサはいつものブラックだ。

「なあ、ミサ、」と言いながら、冴木は一通の封筒をミサに手渡した。

「これ、何?」と聞くミサに、

「ん? それは……お前に何かプレゼントしたいんだけど、今は金がないから物は買えない。それは、俺の心さ……プレゼントは必ず俺が再生したら買ってやる。でも、それは金では買えないのもだから……」冴木がこう言うと、ミサはそれを開いてみた。

「チャギャ、日本語読めない……読んでよ」

　とミサは冴木に二枚の便箋を差し戻した。

わたしの部屋

今日も来なかった留守番電話
ようやく慣れてきたパソコン
部屋の中で響く冷蔵庫の音
忘れた頃に利きだす空調
目の前に置かれた専門図書
壁に掲げた思い出の写真
禿げゆくあたまを見る鏡
押入れにつまった努力の結晶

時計のないからだ
止まることのない壁掛け時計
時間が動かない
時間の感覚がない
今、私はこの部屋の真ん中におかれた
小さなテーブルで
毎日のほとんどを生活している
外に出ることがない

外に出るのは日が落ちてから
　一人ぼっち
愛するものがいない時、
それを求めてやまない自分が存在する
太陽の存在も
月や星の存在も
自分には関係がない
関係？

それは愛する者との接しあい語り合い
心の存在だけが
確かさを追い求めて
宇宙の果てまで飛んでゆく
愛する者のいない虚無
長い
長い年月よりも
もっと遥か
苦しく辛い

嗚呼、

今すぐにでも愛するものに会いたい

そう冴木がミサに読んで聞かせると、ミサは俯いたまま、何も言わなかった。二人は、暫く会うことの出来ない事実に浸っていた。

長く続いた沈黙の後、冴木はミサに声を掛ける。

「さあ、そろそろ行くか?」そう言った彼にミサは頷き席を立った。再びインチョンに向かう車は心なしか速度が出ていない。ミサはボーっとフロントガラスを見つめてハンドルを握っていた。

「ミサ」冴木は男らしい声で彼女の名を呼んだ。

「はい」

「どうした? これで会えなくなるわけじゃない。たかが一ヶ月の間だけだ。俺は勉強に行くんだぜ。何の勉強かは分からないが……な、まあ、社会勉強くらいにはなる。生きていればこんな事もある。経験は必ず役立つものだ。俺がたとえ少しでもでかくなって戻って来たら、褒めてくれよ。アラッチ《分かった》?」冴木がそういうとミサは冴木の手を握った。

「チャギャ、私……今も、チャギ、愛している、そう思うけど？　いるけど、来年になったら、きっと、もっと、チャギ愛する、思う」ミサがこう呟いた。

「お前の愛情は変わるってことか？」冴木は意地悪な質問をした。

「そうじゃなくて、愛が強くなる、そう思う」こう言って、冴木の顔を見つめた。

「分かった」冴木にはこの時、ミサの言った意味が良く理解できた。彼はそんな彼女の励ましの言葉が本当に嬉しかった。

ロシア

精神物理学で有名なパブロフはロシア人である。世界の文豪ドストエフスキーもロシア人である。日本とロシアの関係は、第二次世界大戦で日ソ不可侵条約をロシア側が破って、南樺太以北全千島列島の領土権を侵したことで、今なお不仲が続いていると言った方が良いだろう。

冴木は１９９０年にスペインへ行った。旅客機の燃料給油のために一日だけロシアに滞在したことがある。その当時、ちょうどロシアはペレストロイカでエリツィンが活躍していた。天候と給油トラブルのために、新設のヨーロピアンのノボテルというホテルに宿泊できたのだが、ビザが取得出来ていないという理由で、日本人は全員、ホテルからの外出が許されなかった。日本は初秋であったのに、ロシアは雪が降り積もって、初冬だったという記憶がある。

日本人には太平洋戦争当時の記憶や言い伝え残っていて、ロシアに関してよい印象がないが、冴木がその時に感じたロシア人の印象は、一人一人の単位で言えば良い人々だ、と言うのが実感だった。ロシア帝国がレーニンによって、ソビエト連邦社会主義共和国へと変わり、東西ドイツのベルリンの壁が崩壊するのと期を同じくして、自由資本主義へと変遷したのは周知の事実である。

ロシアはまさに資本主義経済社会の荒波に乗り出したばかりの国である。再生を目指す冴木にとって、どうしても一度は見ておきたい国でもあった。ロシアという国は世界の国土面積の7分の1とも8分の一ともいわれる広さを持つ。氷河に眠るその資源は二一世紀の夢を語る上でなくてはならない存在であることは事実である。

また、国士を自負する冴木にはシベリア鉄道に消えていった先達の英霊に、この期に及んで同化したいと思ったことも自然なことであろう。彼の祖父も捕虜となり日露戦争でシベリアに散っていた。

ソウルからの飛行時間は八時間四十五分。長いと言えば長い時間をかけて冴木はロシアに向かった。何のためにロシアに行くのか？　なぜロシアに行くのか？　はっきり言って彼にも分からない。モスクワへの旅客機の中、彼が自分に質問する。

確かに、長年苦労して払ってきた住宅から競売で立ち退きを迫られ、もう既に二つも人の手に渡ってしまった。悲しみの中、冴木は思い出の多い数々の品々を置き去りにして、無理に笑顔を作って立ち退きに応じてきた。

考えてみるとよくもまあ、こんなお人よしを演じたものである。十数年かけて銀行利息を優先的に払い続けて漸く元金が目減りしてきた段階だったのに、こんなことなら税金対策など考えずに、金儲けができた時に一遍に支払ってしまうべきだった。貧乏のどん底から這い上がった冴木は余分な金が出来ると、常にビジネスチャンスを睨んでキャッシュフローし続け、事業を成功に導いて来たのであった。しかし、現状を顧みると、もっと一般的に、家内工業として事業を行うべきだったと後悔した。

いずれにしても借金経営はだめだ。税金対策などと称して貸借関係を作っておいたら、不景気や事故によって事業は潰れてしまう。何度も思い返したように、事業家に成ろうとする者は、失敗や倒産が引き起こす諸事象を学んだ後に事業を起こすべきである。これだけ複雑な社会では堅実などという経営は存在し得ないし、堅実でない以上、事業はいつでも潰れるシャボン玉のようなものであることを知るべきである。

人に寿命があるように企業にも寿命が存在する。人の命の存在は生命の終わりであるが、企業生命の終わりは地獄への登竜門である。すべてが無くなる。名誉、家族、財産、人格、信念、信用、仲間、友、自分。本当である。だから、多くの企業家や実業家が自殺するのだ。能の足りない実業家の似非友人等は実業が豊かな時には金を引き、潰れてしまったら足を引く。そう考えると実業家の周りにいる人達は、実業家の金品が目あてだけであって、実業家の人間性を見て付き合っているのではないのだ。

この資本主義社会は、そういう観点から人間を見るとつくづく嫌になる。共産主義から脱却し西側の仲間入りをしたロシアはなぜ六十年前に革命を起こせたのか。この命題はおおいなる問題提起だ。冴木の脳裏にこんな考えが駆け巡っていた。

平成十四年、秋、冴木はモスクワの地を踏んだ。かつての日本人では渡露を理解できないかもしれない。しかし、現代のモスクワには多からずの日本人や韓国人がいる。モスクワ市内はヨーロッパ旧都そのものではあるが、一頃前の東南アジア、特にタイあたりの街の感じに似ている。

確かに建物はフランス市内の物のように、百年以上も経過した物がたくさんあるのだが、実際を精査して見ると、いたるところに不備と不便がある。建物前の石門などは、だらしなく傾斜が変わっているし、金網のフェンスに至ってはほとんどが破れている。だから、むしろ全体の町のイメージは、廃墟と言ったほうがふさわしいくらいの感じがするのだ。

驚くのは、犬が至る所に、まるでその地の番犬のように寝転がっていることだ。韓国の犬は利口で、横断歩道などを人間よりも法規を守って渡る姿を見せて、冴木を感動させたのだが、モスクワの犬は、きっとすべてが野良犬に違いない。ただし、それらが人を襲うことはない。また、すずめの体臭を嗅げるのもこの街ぐらいだろう。人の食べ残した物やこぼした物を、人の側にいて、すかさず平らげる。ロシア人は日本人と違って、すずめの姿焼きは食べないのが分かる。こんなところに、この街の人達の真の姿が物語られているのかもしれない。

それと市内を走るトローリという電気バスなどは電力の供給が落ちると停止してしまうのだが、それはあたかも、モンゴルのウランバートルの様と変わらないものである。ただ、物価は安くタバコなどは日本の二分の一から五分の一だし、ワインも750ミリリットルのビン売りで約三百円から売っている。もしかしたら、それ以上に安い物もたくさんあるに違いない。

十数年前にマドリッドで、そう、日本がバブルになる前だが、「ここのワインが安いので日本に持って行ったら高く売れますよ」などとツアーコンダクターに言われ、ただ鵜飲みにしていたことも思い出す。その後に日本でワインブームがやってきたが、日本人が如何に世界のマーケッティングターゲットになっているのかを実感させてくれる。

今の日本は物価が高く、世界的に宗教上の倫理統制が少ないためも手伝って、多くの消費者がやはり苦労していることを、このモスクワの地で再度理解できる。とは言え、このモスクワの物価は東京、大阪につぐ世界第三位であることはあまり知られていないかもしれない。いずれにしても東京より断然安い感があると冴木は思った。

ロシアの秋の風はどこかで嗅いだ匂いがする。冷たくさわやかなこの風はどこの匂いに似ているのか、と自問自答する冴木であった。思い出すことができない事実に己が次第に年を重ねていることに気づくのである。

冴木はモスクワの街を一人で散策しはじめた。広い道路は、やはり、軍事用の戦略があってのものだろう。六車線の道路を横切る。ところどころで目にする物乞いの姿は、これからの自分を象徴しているようでとても怖かった。

車の運転の仕方に因縁をつけて男達が取っ組み合いの喧嘩をしている。一人の男がもう一人の男にねじ伏せられた。群集が群がる。そこに、ゴーリキ、ゴーリキと奇声を掛けてゆく。自分の目にしている光景は決して日本では見ることはできない光景だ。モスクワの人々が必死に生きているのが分かる。男の喧嘩に警察は関係ない。負けた男が片足を引きずって車に乗り込んだ。傷みのせいで彼の車は発車せずにいる。

喧嘩が終わると人々は何もなかったかのように、各自の方向へ向かって散っていった。そんな光景を見ると、ドフトエフスキーの小説さながらで、いきなり十八世紀へタイムスリップしたようだ。それと同時につくづく日本は良い国なんだ、と感嘆するのは自分がまだ甘いせいであろう。祖国日本。わが国日本。俺も日本も、一体、これからどこへ行くのだろう。

車窓からごみを投げ捨てる人々などの姿が見える。思い起こして見ると、嘗ての日本もそうだったことを思い出す。道行く女のほとんどがタバコを吹かしている。所々で見つけることが出来るカップルの求愛の抱擁はアメリカナイズであろうか？　それにしても人々のギャプを感じずにはいられない町だ。貧富の差が相当に大きいようである。これからの日本もその傾向になるだろうことは否めない。

冴木は食事のためにレストランと思しきところに入った。ロシア語はぜんぜん分からない。英語での会話を試みるのだが、一向に通じることもない。やはり、ここもフランスやスペインと同じで自国語に自信を持っているのだ。困り果てて、ジェスチャーで食事の真似事をする。財布も出して見せて、ようやく応諾が得られるのだ。どこから見ても東洋人は西洋人とは違うのだし、モスクワの人にとっても、無銭飲食などされたらたまらないのが分かる。

メニューをみても何がなんだか分からずに、結局ビヤープリーズということになるのである。言葉が分からないと食事すら、まともにできないことを知る冴木である。彼は当然この日は宿泊先のビジネスホテルへ戻るしかなく、空腹のきわみに浸りながらこれからのことを考えてみた。

まずは、言語。英語は通じない。ならば日本語や韓国語がけっして通じるはずはない。日本から買ってきたロシア語の会話本だけが頼りであるが、ロシア語のアルファベットすら分からないから、どうしたものかと思案するしかない。

彼が出した結論は、その会話本から必要な部分だけ書き出して、日本食のレストランへ行くと言うことだ。日本食のレストランならば食事には事欠かず、そこの日本語を理解できる者に必要な熟語を教われば良いのだ。この冴木の考えはうまくいった。こうして、彼のロシアでの生活が始まることになった。

冴木は白タクを使ってクレムリンに行ってみた。タクシー料金の二百ルーブルは前払いで交渉したのだ。世界を旅慣れている冴木だけあって、外人との交渉事も慣れているほうである。それにしてもロシア人は車を運転している全員がタクシー運転手だとは知らなかった。いろいろな資本主義が存在する。

だが、赤の広場あたりのタクシー看板を背負った正業のタクシーに乗った時は、莫大の金額を要求されて驚かされた。メーターを見せて安心したのは、束の間、ものの五分も走って下車したら、二百ルーブルの約束が四千ルーブル掛かったと言うのである。いくら話しても、言語が通じないのではどうしようもなく、しぶしぶと金を払うのもここがモスクワだからだろう。俺も、井の中の蛙か、などと冴木は思った。

広い広いクレムリンを歩いていくと、この日は土曜の晴天も手伝って、結婚式のカップルがひしめいていた。約二百年前の建立とされるモスク調の教会を右手に眺めながら正面へ向かう。やはり、シャンゼリゼなどの通りと同じく、ピンころ石を埋め詰めたその舗装道路は、フランスと比べて石の大きさが少し大きいせいで歩きづらい。

時計台のほうからのクレムリンに入って中ほどまでいくと、左側に警備員が立った四、五十坪の平屋の建物があった。ここにはレーニンの亡骸が納められている。この国の共産信念の終《つい》の住処《すみか》なのだ。クレムリンを抜けきると、ゼネラルらしき男が騎乗した銅像が建っていて、その下で初老の男二人が旧ソビエトの赤色旗をかざして誇らしげに立っていた。他のヨーロッパ観光客がカメラを向けると、彼等は胸を張り威厳を増した。しかし、近くを通る若者達は、そっちのけといった顔をしている。この光景はここ十年間の複雑な世相変化を象徴している。

モスクワで一番有名なところと言えば、もちろんクレムリンである。逆に言うとクレムリンしか見るところはない。

クレムリンから車で東に五分ほど走ると、大きな六車線の道路が広がる。歩道の広さも相当広い。この通りに来るとヨーロッパ感覚が生まれる。道行く人々はまさしくヨーロッパ白人であり、特に女性のスタイルの良さには感動を覚える。八頭身美人はこの国には限りなく存在するし、特に足の長さが飛び切りと目立つ。それにしても、いざ、すれ違ってみると、そうした女性の背は高い。格好は良いが、あまり背が高いと釣り合いがとれない、などと勝手に思い込んではピープルウォッチングを楽しむ冴木であった。

その通りのクレムリン側に、サムライという日本レストランがあった。入り口を抜けると紋付袴のロシアの男が立っていて、お辞儀をしながら「いらっしゃいませ」と言って、中に案内してくれた。見れば客に日本人の姿は全くなく、混雑に比例する客は全員がロシア人と思しき人々であった。彼がビヤーホッパーのすぐ対面に設置されたカウンターに座る。隣には一人の茶髪ハゲの中年が座っていた。見ると、男は口秀を生やし、メガネをかけている。

「となり、失礼します」冴木は何気なく独り言を呟きながら姿勢を正すと、

「ええ、そうぞ」と返答が帰って来た。

思わず見返す彼の眼中に飛び込んできた茶髪ハゲは、目の細い人の良さそうなおどけた顔の男だった。冴木は一瞬困惑して言葉を失った。こんなところに日本人がいた。明らかに日本人に間違いない。しかも一人である。気を取り直した彼は、ここぞとばかりに言葉を発した。不思議な物である。日本が嫌いでこんなところまで来たのかもしれないのに、日本人に行き会ったら嬉しくてたまらない。

「失礼ですが、こちらに住んでいるのですか?」冴木はこう聞いてみた。

「いいえ、私は出張で来ているのです。三年前にモスクワ大学から招請がありましてね」

「本当ですか? 失礼ですが大学の教授をしていらっしゃるのですか?」

「ええ、客員教授です」それを聞いて冴木はもしや、と思った。

「ご専攻は何を?」

「行動心理学です」

「本当ですか?」冴木はこれがチャンスだと思い込む。

「ええ。ところであなたは何をしにこちらへ?」

「実は今、精神医学、特に臨床心理学を独学で研究しています」

「ほーう」と茶髪ハゲが驚いて見せた。

「ですが、コネや学識があってここへ来たのではなく、独自に心理学の研究所の門を叩いてみようと考えてやってきました」

「ふん」

「先生、こんなことを申し上げられた義理ではないかもしれませんが、どこか先生のお力で紹介していただける研究機関はありませんか?」と思い切って質問してみる。

「ん、それならうちへ来ればいい」

「本当ですか?」と言って冴木は興奮した。人の縁とは凄い物だ。

「ただ、あなたがロシア語をできれば、の話です」

「ロシア語はできませんが、英語ならできます」

「ふーん、英語でも良いでしょう。私の研究は『催眠に於ける乖離現象』ですが、意味は分かりますね」

「はい、分かります」

「良いでしょう。明日からでも、明後日からでも、あなたのご都合で大学へいらっしゃってください。大学の事務局でこれを」といって名刺を差し出した。

　こんな嘘みたいな話で、冴木はこの茶髪ハゲの研究所に入所することになった。


　ロシアに到着してから一週間あまりが過ぎた。少ない旅費を計算しながら、その日の計画を立てる。ロシア人の本当の姿がよく見えない。顔を見ても誰も彼もが同じに見える。昨日、出かけたアルバート通りは軽井沢の銀座通りの三倍弱の規模だったが、カメラをぶら下げリュックサックを背負った若者三人組みは、明らかに日本人だったことを思い出す。

　モスクワの見所の一つであるアルバート通は、本当に面白い。旧来のロシアの感覚が身に沁みて来る。広い遊歩道では十軒おき程度に、大型屋台が道行く人々に向かって店を開いていて、軍服や骨董品を売っている。建物沿いの屋根の下ではバイオリン弾きが音楽を奏でていて、スターリンやレーニンに扮した道化師達が道行く人々の目を楽しませている。東京のアメ横ほどの賑わいはないが、だから余計にヨーロッパの雰囲気を演出しているのである。その通りの店々は、やはりアンティークショップが群を抜いて多いのだが、レストランやカフェもバランスよく配置されていて、十二分に満足の出来る所である。

　コミュニストのおばさんから五百ルーブルのカーネーションの花束を買ってこのうす汚いビジネスホテルの棚に飾った。本能的に、母やアル中の父を捨て、子を捨て、恋人との約束のためだけに生きていて、ここに来るしかなかった。

今、ここで何をしているのか。思えば弟達のことも気がかりになる。不思議だ。子供のことは然程気にかからない。それはきっと美奈子がしっかりしていることを熟知しているからなのに、二十年も前に美奈子に言われた「あなたは私の夫なのに、いつも考えるのは実家のことばかり。私のことは全然、考えてはくれない」という言葉が頭の中をよぎる。

テレビを点けても耳に入ってくるのはロシア語だけ。難解で理解することが不可能だ。そう思い込む時、学生時代に描いた海外留学の夢は夢でしかなかったような気がしてくる。あの頃の日本は貧乏だったが、家族がしっかりしていてそれなりの安らぎはあった。今の時代と比べれば人々には真心があった。頭の中で精神分析でいうエスが長渕の歌『ジャパーン』を繰り返す。日本は一体どこへ行こうとしているのか。それにしても日本が恋しくなるのは何故なのか。

この国の人々はどうもやはり日本人をあまり好きではないようだ。そんな気がしてならない。世界の中で危険地域に名連ねているだけのことはある。ニュースの特番では警官達の悪事の実態が日常茶飯事のごとく放映されている。日本も六十年前はそうだったのだろうが、つくづく人間の欲望のつゆ汚さを感じずにはいられない。

それにしても言葉が通じないほど冴木にとって不安なことはなかった。言葉の大切さが改めて分かる。冴木の過去における言葉遣いは悪かった。言葉一つでも人を傷つける事はできる。それでも冴木は旅の意義を思い出して、研究所が早く終わる時には、白タクやメトロを使ってはモスクワ市内の探索を試みた。商用バン大の大きさの薄汚れたバスにも乗った。

しかし、世界中どこに行ってもマクドナルドの看板がある。すると、全然気にかけていなかった子供の事を思い浮かべてしまう。人間の心理とは複雑なものだ。その看板を見ると心がなぜか馴染む。昔、息子と連れ立ってそこへ行ったのは、息子の目当てとするお土産のおもちゃだった。高校年になった息子は、もうきっと背が伸びたに違いない。恋人の一人も出来ただろうかと自分の青春時代に時間を遡らせて、それに準えて思い返してみる。

市内を行きかう車はみんな下級の中古車のようだ。とにかく、すごいという感覚でしか表現できない。はっきり言って、ポンコツがひしめき合って走っている。ここはニーヨークと同じかそれ以上に夜道も危険なところである。


自分の人生に加えて、この地の危険さは、毎夜みる夢に、親しい人々の姿を導き出すのだ。潜在意識。人は愛する者がいて、愛される者がいて真の己の姿に迫れることを冴木は実感した。愛とは何か。この答えを生意気に言えば分かったような気がした。

愛とは理解できないもの。理解できたら愛じゃない。例えば人が人を好きになった理由が分かったら、それはきっと友情になってしまうだろう。何故か分からないが、その人を思い続けられること、それが愛。何故か分からないが、特定の人をいとおしく思う気持ち、それが愛。たとえ、どんなに離れていても、どんなに時間がかかっても特定の人を求めて止まない気持ち、それが愛。親が、子がその存在を大切にし、それらを思う気持ち、それが愛。

イエスやブッダは多くの人達を愛していた。そんな神聖な心、それが愛。イエスやブッダを愛するのに理由は要らない。それが愛。人は誰だって愛し愛される存在になれる。イエスやブッダはそれを証明してくれたのだ。

信仰心とは神や仏を愛する心持のこと。恋人とは神や仏に匹敵した存在の者である。わが子のために、本来、母や父は命すら掛けられるはずだ。アブラハムの子イサクにヤーウエが、やきもちを焼いたのも、その子が神と同じように、アブラハムに愛されたからなのだ。この世の中はファミリー、即ち、愛し愛される者の集団によって始動するのである。人の真髄は欲望ではなく、愛でなくてはならないのだ。愛とは自分以外の他人を自分と同じように労わること、その者と同じ気持ちを自分の心に持てることである、と冴木は不惑の歳になってようやく愛の意義を悟ったのだった。

冴木はミサのことを考えていた。俺はミサを愛していると彼女に言うが、俺が言うそれは言葉であって、本当は愛を口にはしないミサが俺を愛してくれているのだ、と冴木は混沌とした環境の中で自分を再発見しはじめていた。

次の日の夕方、冴木がアルバート通りを南に進んでゆくと、左手に絶景が浮かび上がってきた。天空にそびえるウクライナホテルの高さは現代建築の比ではない美しさだ。これを見てしまうと、曇った夕方に訪れる誰もがモスクワ好事家に一躍変身できるかも知れない。この建物とこの空のバランス感覚は言葉では言い表せないほど壮観である。サンシャイン60とは明らかにカテゴリーを異にする物である。

猫を抱いた男達が猫の展覧会の案内をしていた。思えば愛犬を友人に預けて転居した冴木は自分も実は動物好きだったことを思い出した。学生時代何度も家出した。父親の暴力に耐えられなかったからだ。ビルのことを思い出す。あの頃の日本はよかった。犬も利口だった。毎日、あの長い距離を引綱もつけず祖母のいる村へ、勉強もせずに通ったんだ。そう、あの頃、北海道に行って牧場で働きたいと思っていたんだ。愛犬ビルと一緒に。しかし、……ビルは生まれて、たった半年間だけの命だった。半年間だけ、半年だけだ。思い起こすと今でも目頭が熱くなる。貧乏は嫌だ。貧乏のために唯一の友達が殺されたのだ。やくざの子だったから、アル中の子だったから、友人が出来なかった。だから、だから、……俺はミサを大切にしなくちゃいけないんだ、冴木は心の中でそう叫んだ。

案内に釣られて覗き込んだその建物は、八十年を優に経過しているだろう建物であった。三十畳ほどの場所で、動物愛護団体のメンバーのように見える女性達十五、六人程度が見学者と主催とのコーディネートをしている。それにしても、白人女性のスタイルバランスの良さに納得させられる。すると、後ろから誰かが冴木の肩を叩いた。

「冴木？」

独特のイントネーション、どこかで聞き覚えのあるその声に、振り向いた冴木は自分の目を疑った。見れば絶世の白人美人。それにしても大陸には美人が多いものだ。ところで、こんな女性が何で俺の名前を知っているのか？　この女は誰だろう？　見聞が好きで確かに世界で行ったことがないのはアフガンとイラクぐらいだと思い込んでいる彼が、十数年来の記憶を忙しくなぞってゆく。しかし、理解することは不可能で、ましてや聞きなれた日本語を話す白人女性となると、どこかのクラブで行き会った女だな、と彼の頭にはそんな考えが浮かんだ。

「んん。誰？」冴木は東京の飲み屋での記憶を回想していた。

「冴木。私、分からない？」その女はしつこく質問を繰り返した。

「んん。分からない」

冴木は心当たりの見当をつけたのだが、西洋女性は皆、同じ顔に見えてしまう。昔見たアメリカの『チャーリーズエンジェル』という映画だって、三人の違いは背の高さで区別は出来たが、個々に見たら誰が誰だか理解できなかったことを冴木は思い返す。それだから迂闊なことは言えるはずはない。

「あなた、私、分からない?」くどいと思うほどの質問に比例させて、その女性はその瞳を冴木に釘付けにしているのだ。

「んん。すみません。誰だっけ?」彼が行ったことのある外人クラブやパブのことは思い出しても、いちいちその人々の名前まで覚えているはずがなかった。

「あなた、私、分からない? ほんと? あなた私分からない?」

こう言うその女性の、腰に手をやる生意気そうな仕草。両手をマグカップの取っ手のように左右に張り出す仕草に、まるで冴木は条件反射のように

「リダ?」と言葉が出た。

「ダ。ダ《そう》」この女性は二度三度頷いて見せた。

「お前、こんな所で何しているの?」それにしても縁とはもの凄いものである。こんな地の果ての大都市に来て、冴木は昔の女に出会ったのである。こういうのを運命的出会いと言うのだろう。その女は昔、僅かな期間、冴木と付き合った。

「あなた、こんな所で何してる?」リダは唐突に冴木に質問した。

「俺？　俺モスクワへ来たんだよ。勉強で」とあっさりと冴木は答えた。

「びんきょう？　何？　あなた何びんきょうする？」

「ロシア語。ロシア語だよ」

「プラウダ？」と若干嬉しそうな顔をしながらリダが答えた。

「プラウダ、プラウダ《ほんとう》。それにしても良く俺のことが分かったな」と冴木は言った。

「私、あなた分かる。あなた、ジャパニーズマフィアのカッコ」

とリダは冴木のお気に入りであるヤマモトカンサイのスタジャンを見て言った。お互いに、昔の連絡先は当の昔に変わってしまっていた。音信不通となって分かれた二人は神のいたずらに寄って、こうして再会してしまったのだった。冴木とて昔はリダを愛していた。それは事実である。この地を訪れるきっかけを作ったのもリダでないと言えば嘘になるかもしれない。かつて愛した女性の祖国を見ておきたかったことが彼の心の何処かにあったかもしれない。この頃、無性に信仰心の厚くなってきた冴木に、この出会いが運命と呼べないはずがなかった。

「お前、これ仕事？　何時まで仕事するの？」冴木はリダにこう聞いた。

「この仕事、アルバイト。大丈夫、大丈夫。私、あなた、行く」

主語と述語だけのこんなリダの言葉でも何故か冴木にはその意味が理解できた。

「ほんと、大丈夫？　俺、連絡先教えるから後で電話くれればいいよ」と冴木が言った。

「だめ、だめ、大丈夫、私、あなた、一緒いく。あなた、ロシア語分かる？　だから、私、行く、一緒、プラウダ《ほんとう》」

とリダは彼女の友達と思われるちょっと彫りの深い小太りの女性に声を掛けに行った。その姿を見ながら冴木は心なし嬉しかったのは事実である。リダが冴木の腕を引っ張って外へ彼を連れ出した。アルバート通りを抜けた右側に、またマクドナルドがあった。その前を通り過ぎながらリダと冴木の会話が始まった。

「冴木、ヤングブラダー元気？」

とリダが聞く。それにしても日本語がいつまでも上手いものだ。リダも頭が良い女だったんだな、と冴木は感心した。

「ん？　分からねえ」冴木は正直に答えた。

「あなた、奥さんある？」というリダの質問に、

「ない」とだけ冴木は答えた。

「ほんと？」リダが吃驚した様子で目を剥いた。

「別れたよ」冴木が今、それを隠す必要はないのだ。

「どうして？」

「色々あったのさ」

「何、色々？」

「話せば長いよ」冴木は歩きながら話すことにあまり慣れていなかった。

「お前こそ、どうしたハズバンド？　元気か？」冴木は昔の記憶を辿りながら、リダにそう聞いた。

「元気、元気。聞きたい？」リダは手を大きく振り上げながら、大声にも似た声でそう言った。

「聞きたい？　何、聞きたい？」冴木は半ば呆れ顔でこう言った。

「私、ハズバンド愛ないね。だから、離婚した」リダがあっさりと答える。

ロシアでは一般に女性の結婚が早いようである。性交渉で妊娠にいたれば十四歳でも結婚する例があるそうだ。もちろん、親の承諾が必要ではあろう。このリダも十八歳で結婚した、と冴木は彼女から嘗て聞かされていた。

「あなた、一人？」リダの質問は続く。

「おお、俺は一人だ」誇らしげに冴木は言葉を発して、胸を張って見せた。


リダはロシアのダンサーで十九歳に時に横須賀のホテルで踊っていた。冴木が横須賀の知人の招きで泊まったホテルで彼女は踊っていた。知人との会食の後で、そのホテルで二次会ということになり、呑み直した大きなホールで仲間七・八人と踊っていたのがリダだ。なぜ、その女と知り合いになったのか、彼に定かな記憶はないが、いずれにしても若かった二人が恋に落ちて深い関係になったのは事実だった。

ロシア女は気が強く、自己主張にしても半端な表現力じゃない。夫婦喧嘩でも暴力を振るうとすればもちろんそれは女である。日本人との気質の差は特に行動に現れるが、動きも遅く日本人や韓国人のような機敏さはない。性格的には猫型で甘え方が上手い分、自分勝手さも相当の物である。女としてのプライドの高さでは世界的にも一番か二番だろう。

リダが日本にやって来た頃の日本はバブルの過渡期でまだ相当に景気が良かった。当然、当時の冴木も羽振りが良く、身なり格好にしても他に類を見ないほど着飾っていたソロモンに匹敵したと言っても過言ではないだろう。高級腕時計一つをとっても、ローレックスあたりの二流品とはスタイルも金額も一桁違った物を身につけていた。フローレンス級のメレダイヤが四十キャラットもちりばめたパテックは誰が見ても金持ちを演出してくれた。だから、誰が見てもリッチに見えるのは当たり前で、外人ダンサーが、もし収入を目的として日本に来たのなら見逃すはずはなかっただろう。

二人の恋は、当時リダの帰国によって十ヶ月足らずで終わったのだが、ハリウッドの映画張りの激しい恋に落ちたのも事実だった。選挙に落選した冴木は暫くの間、今にも劣らぬ飲酒量で体を病んでいた。リダが仕事を休むことはなかったが自動車電話が携帯電話に変わり始めたあの時期に、二人は毎日連絡を取り合い、リダの休日には冴木の運転手付きのベントレーで近県の名所を観光して回った。そんな記憶が短時間にして二人の脳裏に蘇える。

「あなた、覚えている？」リダが冴木に問う。

「何を？」

「あなた、私、会う時、覚えてる？」

リダは冴木と話がしたくてたまらない様子である。

「ん。忘れた」

「忘れた？　ほんと、あなた、覚えてない？」

「ん、よく覚えてない」

「相撲男元気？　あなた友達」とリダが言う。

「おっ、和泰か？　うん元気だと思う。あいつは国会議員になったんだ。国会議員、分かるか？」冴木は義兄弟の話が出たので上機嫌になった。冴木がこの期に及んで唯一自慢できる竹馬の友である。

「私、分からない、あなた、何言う？　何考える？」

こんなリダとの会話こそがピーマン会話であろう。全く話は通じていない。

「エリチン、知ってる？　プーチン、知ってる？」

冴木もリダの口真似をしながら話の真意を伝えようと努力する。

「もちろーん、エリチン、アル中ね。あなたアル中？　私アル中、やだ、私、お兄さんアル中、ロシア男、みんな、みんな、アル中でしょ」

ここぞとばかりにリダがまくし立てるから、冴木が国会議員になった自分の義兄弟の話なんかできる余地はなかった。男の世界には男同士の付き合いという物がある。義兄弟は決して裏社会にだけ存在する物ではない。

「相撲男、私のブラダー、分かる？」

冴木はリダに懸命に説明しようとするのだが、リダはそんなことはどうでも良いといった態度で、冴木を翻弄した。

「分かる、あなた、何欲しい？」リダは昔からこう言うのが癖だった。

「……まあいいや……」冴木は諦めて別の話題に移行しようとした。

「何、まあいいや？　何？」リダほどの女を扱える男は、そうざらにはいないはずだ。

「リダ、ヤティバ《私はあなたを》　ルーブル《愛してる》」冴木が昔口癖にしたこのフレイズを言うと、リダは猫のように体をくねらせた。

「ばーか、うそ、あなた、嘘上手いね、ねー、フフフ……」とリダは冴木の腕に絡みついたのだった。

アルバート通りの一角にあるシーラというレストランで二人は十年の空白を埋め始めた。

過去を振り返って、リダは目に涙を浮かべていた。ボルゾイのように切れ上がった目尻が日本人並みに下がり始めた頃には、純白でサワークリーム色の白目は中西ヨーロッパの夕焼けのように変わった。漆黒の形のよいブルーベリー色の虹彩もそれと同時にグリーンに変色している。

白人女性が涙するのは実に絵になる。しかし、冴木は女性に泣かれるということで、なんとも言いがたい複雑な心境に陥るのだった。ただただ、頭は垂れて、首が肩に埋もれるのみである。テーブルにひじを置いた腕先では手づくな、口先は自然と尖ってしまう。

「リダ、もうそろそろ帰らないといけない」と冴木が言って、

「なに？　あなた、どこ帰る？」

「ホテルさ」

「ホテルどこ？」

「エルモスさ」

「エルモス？　エルモスどこ？」

「ベガホテルだよ。ベゴバヤ駅の近くにあるだろう。競馬場の表側だ」

「ベガ？　分からない！」

「俺も良く分からないんだが、なんでエルモスがベガなんだろうなあ」と冴木も訝しがる。

要はベガホテルの何階かをエルモスというホテルが貸して、日本人にサービスを提供しているのである。

リダがベゴバヤまで地下鉄を使って冴木に同伴した。

「冴木、私、ここ泊まれない」

「ああ」

「でも、朝、大丈夫。私、明日、朝、ここに来る」そう言って、リダは辛そうに踵を返した。

外貨獲得のための売春行為が資本制ロシアで行われるようになっている。その防止目的、加えて共産制時代の人員配置の名残か、モスクワのホテルは各階に監守がいて、宿泊者以外の宿泊は原則的に許可しなかったが、この日から、リダが冴木のガイドとなった。

リダの存在は大いに価値があった。目的地までは地下鉄が走っていた。毎朝冴木を迎えに来るリダの様子はどこか美奈子のようだった。リダは彼の研究が終わるまで近くにいて待っていた。

自炊可能な冴木の部屋では、食事が取れるために食費は大いに浮いたが、料理はリダが毎日担当した。冴木が作ろうとしても、「ジャパニーズサムライ、それしない」と言って手を出させなかった。白タクの交渉にしても、リダのおかげで随分と安く済んだ。このため最後の週末には、サンクトペテルブルクまでにも行くことが可能になった。サンクトペテルブルクとは昔のレニングラードである。

モスクワの雨は長かった。もう二週間も雨が降り続いている。どんよりと曇った空。地から襲って来る凍て付く寒さ。心の隙間を凍らせるような風。こんな環境に暮らしたら誰だって暗い性格になるに違いない、そう冴木は思った。

それにしても、いつになったら太陽が見えるのか。日本にいてこんな天気は想像が出来なかった。彼には、本当に日の元の国日本が懐かしくて仕方がない。この国に暮らすことを多少でも空想してみるのだが、それを考える度にどんな犠牲を払ってでも、日本に戻りたいと思うのだった。

彼にとって祖国は日本であることに違いはなかった。まさかこの歳にしてホームシックでもあるまい、と冴木は人間の弱さをつくづくと感じていた。ここに師の大村先生がいたならばどう感じるのか。沢田の叔父貴だったら。そんな事を考えながら彼は自分を励ました。だが励ませば励ますほど、落ち込んでゆく自分が分かるその不思議は孤独の象徴である。旅は返る家があるからこそ、意義があるのだと言うことがつくづくと理解できる。

国際電話で実家に電話をしたくなるのも不思議なことだ。こんな感覚、同じ血が流れる弟達にしても同じであろう。彼らは今どこで何をしているのか。そんなことを思うのも冴木が長男である証である。モスクワへやって来て、何もかも忘れ、自分自身を見つめなおそうと考えた冴木だったのに、考える事と言えば、弟達の事や親の事だ。何がどうして自分をこんな風に追い込むのか、彼には不思議でならなかった。毎夜に見る夢も、愛する者達の物だけである。

「あなた、私愛してない?」これがリダの口癖である。

「リダ、俺はもう昔の俺じゃない。ファミリーがなくなったんだ。分かるか? 俺はもう当分の間、再生できない。分かるか?」冴木は心からリダに話をした。

「…………」

冴木の目を見つめてはリダが大きく頷く。

「あれから、十年が経つ。それでも、お前はまだ若い、だから、いい男見つけて早く結婚しろ」そういう冴木にリダは、

「私ね、あなたね、ね、ね、愛してる……ママ、ね、冴木、好き、みんな冴木好き」

一生懸命に、リダが自分の気持ちを伝えようとする。リダの言いたい事は冴木には本当に良く分かる。

「お前、俺のどこがいいんだ?」冴木はリダの本心を問質した。

「ロシア男、みんな優しい。冴木、強い。だから、ね、私、強い男、好き。冴木好き。だから、私好き、ママ好き、お兄さん好き、みんな、みんな冴木好き」

リダが冴木を思う気持ちが変わらないのが彼には良く分かった。リダは二人で取った写真、自分が空想でスケッチした彼の似顔絵、そんな物を毎日持って部屋に現れた。また、彼に会うことができるようにと十年間教会に行き祈り続けた、という事実も冴木は自分の目で見て理解した。リダは冴木と離れ離れになってから、日本の事を随分と学習していた。それは、いつの日か冴木と行き合う日を夢見てのことである。こうして、リダと冴木が出会えたのも、リダの信仰の為せる業なのかもしれない。

だが、今の冴木には、というより、これからの彼には生きる術すら存在しない。また、冴

木にとって何より忘れてはならないことはミサの存在である。ミサに出会うことがなければ、冴木はリダと難なくその関係を復縁できたのかもしれない。しかし、今は冴木が心からミサを愛してしまったのだし、それに考え方かもしれないが、こうしてリダと再会出来たのも、ミサとの出会いのおかげなのかもしれなかった。そう考えると冴木はリダとの関係を修復できるはずもなかった。

「俺は、今もこれからも金がない。お前を食べさせることができない。だから、お前はロシアの男と結婚して幸せにならなきゃいけないんだ。分かるか?」冴木は強くリダに訴える。

「私、分からない。あなた、日本帰るだめ。私、アルバイト、あなた、食べる。あなた、私、結婚する、明日……」

リダが働いて冴木を食わせるから、日本に帰らずにこの地に留まれと言うのだ。冴木は、確かに、そう言われるだけで、有難くも、嬉しくもあった。しかし……今、冴木がミサを思う気持ちは本当に強い物となっていた。

「あなた、恋人ある?」リダがこう質問した。

「ある」冴木は、リダに正直な事を伝えたかった。

「誰、恋人? 私、あなた恋人! 日本人? コリアン人? 嘘! あなた、恋人ない、ファミリーない、お金ない、どうしてあなた恋人ある? あなた恋人、私、あなたの恋人」

確かに、リダは冴木の昔の恋人であった。リダにしてみれば冴木の言い方には納得できるはずもなかった。長い時間と遠距離の関係で離れ離れになった二人ではある。冴木が今、他の女を愛してしまったとしても、リダにしてみれば、そんなことは自分よりも後のことなのだ。リダは冴木を今でも愛している。だが、リダが今まで彼を愛していたとは、冴木自身、想像すらしなかったことなのだ。

これ以上の事を言っても心が辛くなる、そう思った冴木は、黙って、タバコに火を点けた。窓の外では犬が泣いたように遠吠えをする。その声はリダの今までの寂しさを象徴しているかのようだった。

ロシアの空港は、やはり暗かった。

「リダ、俺には、今、本当に大切な人がいる、名前はミサだ。俺は、本当にその女を愛している。だから、お前がいくら俺を愛してくれていても……いいか？　リダ、俺とお前とは、これからは友達だ。友達としてなら、これからも付き合っていける。早くにいい男を見つけろ」そういう冴木にリダは俯いて、

「私、あなた、待つ。あなた、心、戻る、待つ。私、あなたの恋人、ダラゴイ《愛するあなた》、プラウダ《ほんとう》」

リダはそういってシュレメティボ国際第二空港のロビーで大粒の涙を再び流した。冴木の心が痛んだ。真っ赤なコートを着て、彼の姿が見えなくなるまで手を振っていたリダの姿は、冴木の脳裏にしっかりと焼き付いた。

関係

一ヶ月間のロシア留学を終えた冴木は再び、インチョン空港でミサと再会した。

「チャギヤ、お帰りなさい」ミサが冴木の好きなハスキーボイスで話かける。

「お前、少し太ったか?」と冴木はミサの顔を見て言った。

「太った? お母さんが、いっぱい、食べさすよ」

「ロシアから何度か電話したけど、あんまし繋がらなかったな。時差のせいか?」冴木が言った。

「チャギヤ、電話したの?」ミサは少し照れくさそうな顔をしてそう答えた。

「うん。ロシアは寒かった。でも、いっぱい勉強になった。催眠研究もしてきた」

「チンチャ? チャギ、すごいね」

ミサはいつも冴木を励ます言葉を忘れない。

「ムロンニャヨ《もちろんだよ》」

二人はタクシーをつかまえると、足早にチェジュへ向かった。

韓国は空港整備に余念がない。国際社会において、こんなにスピーディに都市間を移動できる国は、この国より他には存在しない。一九七〇年代に韓国は東洋の奇跡といわれ、世界にその名を馳せたが、その奇跡を実現できたのは、この空港整備のためである。

この日は冴木の誕生日だった。ミサの友人達が集まって、彼の誕生会をしてくれると言うのだ。去年までは、僅かに残った冴木の社員が彼の誕生日を祝ってくれた。しかし、今年、日本で冴木の誕生日を思い出すのは息子の英広くらいだろう。企画をしてくれたミサに彼は感謝した。パーティーはともかく、今の冴木には自分の誕生日を忘れないでいてくれる者がいる事実ほど嬉しいことはなかった。

冴木がロシアから帰国して一週間ほどが過ぎ去った。いつもの霊所周りを終えたミサと冴木はビデオレンタル店でビデオを何点か借りて帰宅した。二人のお目当ては、アントニオ・バンデラスとアンジェリーナ・ジョリー主演の『オリジナル・シン』だった。この主人公達の生き方は、なんとなくミサと冴木に似ていたから、二人はこの映画をちょくちょく見ては映画談義をするのであった。

「何回見ても、この映画は何か心に残る物があるなあ」という冴木の言葉に、

「チャギ、私、チャギに言ってないことがある」と突然ミサが開口した。

「何？　何の話だ？」冴木がそんなことを言われて驚かないはずはなかった。もしかしたら、結婚しているとか？　子供がいるとか？　そう言えば、かつて、リダも冴木と交際を始めて

から、既婚の事実を伝えた。彼は悶々とする中で、これから襲ってくるであろう不安に、頭の痛い思いを空想しはじめた。

「私……でも、これチャギに言ったら怒る、思う。だから、今は言えない」

映画を見た後にいきなりこんな事を言われた冴木はとても戸惑った。

「俺に言ってない話って、一体、なんだ？」

彼は心臓を躍らせながらミサにその話が何なのかを聞いてみた。

「今は言えない。でも……」

ミサは喋りたいが喋れないといった仕草で俯く。

「例えば、お前が俺で、俺がお前に、実はお前に言ってない事がある、でも、今は言えないって、オリジナル・シン見た後に言ったら、お前だったら、どう思うか？」

と冴木は、不安を隠せないまま、ミサを誘導した。

「チャギ、来年まで待ってよ、来年になったら話すから」とミサが言う。

「来年の話をすれば、鬼が笑うって、日本では言うよ」

「鬼は何ですか？」ミサは子供のように話を展開してしまう癖がある。

「鬼って……あのな、鬼の話はどうでもいい。例えば、俺が、お前の聞きたい話を、来年になったら話す、って言ったら、お前だったらどう思うか？」再び冴木が誘導する。

「チャギヤ、一ヶ月だけ待って下さい」ミサは俯きながらこう言った。

「だからな、俺が、お前に、その話は一ヶ月待て、そしたら話すと言ったら、お前だったら、どう思う？　一体、何の話だ？　そんな話されたら、気になって眠れないよ」

こう言う冴木はミサのすべてを知っているつもりだった。だから、そんな発言を耳にした時、ほとんど、気絶寸前だったのだ。さりとて、話すことを強要しても、ミサの性格からして、話が破談になることは重々承知していたから、彼はおとなしく話を促してみていたのだった。

「……チャギャ、怒らない？」ミサが歩み寄る。

「怒るはずがないだろう。なんで俺がお前を怒るんだ？」

とは言っても、もし、実はミサが結婚していたとか、子供があるとかという話だったら、冴木は自分がどうなってしまうか分からなかった。彼はミサがいるからこそ、自分が存在しているのだと考えているし、加えてミサに心底惚れている。ミサとてそうだと冴木が確信している矢先に、そんな話をされたら、正直なところ、自分を抑えられるかどうか分からなかった。

「……チャギに話、したことある、思う。今日も話したよ」

と言うミサの目を見つめながら、冴木はミサが今日した話をじっくりと思い出してみる。

だが、何の話か、理解できなかった。

「分かんね、なんだか、分かんね。とにかく、正直に言ってみ」

冴木は再度、ミサを促した。

「チャギ、私が、チャギを信じて、一緒にいるんだったら、捨てなければならない物が、いっぱいあるよ。それは、分かるでしょ？　私はチャギ信じる。だから……言わなくちゃだめえ？」

とミサが、また、ごね出した。

「ん、とにかく言ってみろ」

「……チャギャ、私を愛している男がいる話、したでしょ。私、するんだったら、すぐする、言ったでしょ。その男はソウルにいるよ。大金持ちです。ハンサムで背も高い、大学も出ていて、家族で大きな商売をしている。その男が財産は私に全部くれる話、しました。だから、結婚して欲しいって。女は私だけしかいないって。私と結婚するために、ずーっと待っている。チャギがロシアにいて連絡取れなかった時、何回か、私、会って下さい、って言われて、何度か会ったよ。チャギより早くの知り合いだから、仕方ないでしょ……。でも、私、セックスした訳じゃないし、食事だけ付き合ったんですよ。その男が、この間、私と結婚できないんだったら、生きている価値がない、といって自殺した……死ななかったけど……それが、アントニオ・バンデラスに似ていると思った……。正直な話です。アントニオ・バンデラスはチャギだと思っているけど、半分はその男と思えた。でも、私の心はその男にはない。私の心はチャギにある。だから、私も……ちょっと危険感じる。ちょっと怖い男ね……怒ったでしょ？」

ミサは冴木の顔色を窺った。

「なんだ、そんなことか。全然、そんなことなら……腹はたたねえ。でもな、よく考えてみろ、そんな脅迫じみた行為は愛じゃないよ。そういうのを欲望って言うんだ。その男はお前にコンパかなんかで行き合って、一目惚れしただけなんだろう？　それなのに、お前の気持ちも考えずに、そんなことをする奴は死んじまった方が良かったな。男らしくねえな、そのソウル男は。俺は、そんなことなら怒りはしない。お前の心が俺にあるんだったら、それでいい。怖がることもない。俺がお前を守る。お前を不安にするなんて、どうしようもねえ野郎だなあ」

と冴木は吐き捨てた。

「チャギヤ、良かった、チャギが怒ると思った。これで、チャギに全部話した。心がすっきりしました。その男のお母さんやお兄さんの奥さんまで電話をかけてきて、この男と結婚してやって下さいと言うから……私、そこまでされて、愛がなくっていいんだったら、結婚して一年で分かれることも考えていました」

ミサが一年と言ったのはこういう意味だったのだ。

「でもな、それをしたら、オリジナル・シンそのものになっちゃうから……もし、俺が、何も出来なかった時には……仕方がない、プー太郎と結婚したってしょうがないんだから、そうすることも必要かもしれないな。でも、いいか、そんなマザーボーイなんか気にするな、所詮、そいつはそれまでの男だ。毒なんて飲んで死ぬことぐらい、愛を知っている人間なら誰でも出来ることだ」

冴木は自分に気合を入れながら、自殺について自問自答するのだった。

「…………」ミサが静かに微笑み返す。

「それにしても、背が高くてハンサムとは……羨ましいな……」

冴木が最後に呟いたのはそんな言葉だった。

あくる日、ミサと冴木はいつもの居酒屋「コア」で食事をした。真露の二十二度は甘口の焼酎だ。この二合ビンを煽った二人は、また、昨日のソウル男の話になった。

「でも、あの人、可愛想思う」酒に少し酔ったミサが突然に昨日の話を始めた。

「ん？　あの人って誰のこと？」冴木は、今日も回った例の霊地での、年寄りの話かと思っていた。

「ソウルの男です。話はしても、実際に毒を飲んで死ぬ人って、いないと思う。アントニオ・バンデラスは、半分はチャギだけど半分はあの人だと思う」

これを聞いた冴木は、ほぼ半分切れた。

「あのな、そんなのは可哀想じゃねえだろう。お前に関係のねえ男が勝手にお前に惚れて毒煽れば、お前、みんなを可哀想で、アントニオ・バンデラスになるのか？　俺、もうオリジナル・シン見ねえ。そんな、アマちゃん、始めっから、死ぬ気なんてねえんだよ。死ぬ気だったら、とっくに死んでいるだろう。死ぬ気なんかなくて、お前の気を惹くために始めから計算づくでやっていることだ。んなこと、ちょっと考えれば馬鹿じゃなきゃ分かりきってることだろう。死んだら、お前を手に入れられねえじゃねえか。だから、駄々こねて、今度はママや姉使って、お前にコンタクト取っているんだろうが！」

冴木はミサに行き会って初めて大きな声を出した。

「本人から、メールや手紙も、いっぱい来てるよ。こんなに」

とミサは冴木に向かって自分の親指と人差し指を広げて見せた。

「だから、そんな奴が死ぬわきゃねえだろう。死ぬんだったら、自殺した後に、私はあなたのために自殺しましたって、わざわざ言ってくる訳がねえだろう。私はあなたのために死にますって言ったら、今頃、この世にいちゃいけねえんだ。そう言うのを日本では往生際が悪いとか、だらしねえとか言うんだ、いずれにしても、男らしくねえ野郎の話は聞きたくねえ」

と冴木は自分なりの整合性をもって話をした。嘗て彼が裏世界にいた頃、絵図《えず》と言って計画的に人の心を揺さぶることがあった。冴木は似たような話をたくさん見聞して知っている。だから、その男の取る行動と心理が手に取るように分かるのであった。

「チャギャ、怒ったの？　そんな男、私に関係ない。心無い……チャギャ、チャギ……、私、だめにするでしょ」

これを聞いた冴木は完全にぶち切れた。

「俺が、お前をだめにする？　そうだな、確かにそうだ、俺はお前をだめにする男だ。畜生！」

こう言い放つと、冴木はミサを置いてコアを飛び出した。

俺は、ミサをだめにする男だ。ミサは俺みたいな男といちゃいけないんだ。糞ー！　どうして、俺はこんなになっちまったのか？　よし、キースを呼んで俺も潔く死のう。こんなことを呟きながら、冴木はポケットの中で、なり続ける携帯を無視して歩き続けた。

ミサから逃げるつもりでコアを後にしたのだから、ミサに発見される前に近くのどこかに入る必要があった冴木は、コアから、新《シン》チェジュの大通りに向かって歩き出す。五十メートルほど離れた右側の知らない居酒屋に、すぐに飛び込む。ミサから何度も携帯が鳴る。

電話に出たいのは山々だったが、おのれの変な意地から冴木は電話に出なかった。冴木は金キースと言う自分の実弟同然の男に電話をした。しかし、ヨボセヨ、と言えるだけで後は全く話が通じない。居酒屋に居合わせた婦人客の一人が、泥酔いの冴木から電話を取り上げて代わりに話してくれた。

数分もすると、そこにキースが飛んできた。冴木はキースの顔を見つめながらニコリと笑う。随分と酒に酔いすぎた彼は、キースの肩を借りて外に出た。すると、そこに今度はミサが車で通りかかった。冴木とキースに気が付いたミサはすぐさま車を降りて、彼等に向かって走ってくる。

「チャギ！」とミサに声を掛けられた冴木は、その反動で後ろに飛び跳ねた。

ミサの声に反応した冴木の体は道路脇の地下階段を二、三転して転げ落ちてしまった！

「……痛ってー……」

と言って冴木は蹲《うずくま》る。

ミサとキースが慌てた素振りで冴木に駆け寄る。

「パボー《バカ》、ケンチャヤナ《だいじょうぶ》？」

と優しくミサは冴木の頭を撫でた。嬉しかった。自分なんかどうなったって良い、と考えていた矢先にこうなって、ミサが冴木の頭を撫でてくれたからだ。

「ミサ……サランへヨ《愛してる》……」そう冴木はミサに伝えた。

「チャギヤ、キースさんいるのに」と一言だけ言った。

キースの強靭な体は冴木を軽々と持ち上げてミサの車まで運んだ。ミサが、心配そうなキースに丁寧に礼を言っているのが、車の中の冴木の耳に届いた。

「チャギヤ、お医者さん、行きましょ？　二十四時間のお医者さん、ある」とミサが心配そうに言いながら、車を発進させた。

「俺はお前をだめにするんだろ」冴木はミサに言われたその言葉を呪文のように言った。

「うん、そう。チャギは私のだめにするでしょ？」とミサが言う。

「チャギは私のだめにするじゃない。チャギは私をだめにする、だ」

冴木は日本語の教師のように言う。

「チャギは私のだめにする、です。違う？　チャギ、何で怒るの？　私、悪い事言ってないよ」

とミサは真剣な目つきで冴木を見つめた。

「あのな……『の』じゃなくて『を』って言うんだよ」

酒に酔った冴木はくどくど日本語の講義をした。

「違う！　違うの？　の『の』です。チャギは私のだめにするでしょ」とミサも復唱する。

「モ《何》？　お前の言っていること、良く分かんねえ。……お前、た、め、って言ってみ？」

冴木が言葉を分解して言う。

「だめ」

「モ？　何？　もう一度」

「だめ、だめ」とミサは濁音を交えてはっきりと区切りながら発音した。

「……お前、もしかしたら『チャギは私のためにするでしょ？』って言ったのか？」と冴木が聞く。

「そう。チャギは私のだめにするでしょ。ウエー《どうして》？　どうして怒るー？」

少し酒が入るとミサの舌が短くなるのは確かなことだ。

「ああ……そうか、やっぱりそうだ。お前、『だ』と『た』の発音が同じなんだな」冴木は複雑な心境になった。

「チャギャ、私、やっぱり、昨日、ソウル男の話して悪かったね」ミサは、昨日の話を後悔して見せた。

「ん？　そうじゃねえ。お前の日本語の発音が、ちょっとおかしいんだ。きっと、舌が短いからだな。お前、チャギは私のためにするでしょ。って、言ったんだな？」と冴木は言った。

「うん、そう」

というミサの言葉を聞いて、冴木は暫くの間、ぶつぶつと自分の口で何回も、だめとため、を繰り返して発声してみる。

「あのな、ミサ、だめは、ための反対なんだ。分かるか？」冴木はミサにこう聞いた。

「よく分からない」

「分かった、分かった、俺の聞き間違いだ」

こういう冴木に対してミサは真剣な眼差しで冴木を見つめ返した。

「チャギャ、」

「分かった、もう言うな。分かった、分かった。俺がきっと酒によって聞き間違えたんだ。……俺も、やっぱ少し年取ったんだな。……ミヤンネヨ《ごめんね》。チンチャ《ほんとう》、ミヤンネ」

冴木はこう言うとミサのいつものセダンをリクライニングして寝たふりを始めたのだった。

そんな話から十分もすると二人はミサの部屋の中にいた。

「チャギャ……」というミサの言葉を冴木は顔をそむけて遮った。

「チンチャ、ミ・ヤ・ン・ネ。分かったから、さあ寝るぞ。今日は酔った」

そう語ると、彼はシャワーも浴びずに、そのまま、ベッドに寝転がった。ミサもすかさず、冴木の脇に突っ伏すと二人は何もなかったように静かに眠りに就こうとするのだった。

「チャギャ、足、大丈夫？」冴木の耳元で小さく囁くミサに、彼は小さく頷いた。

この日から数日の後、冴木はミサの存在が、自分にとってより大きなものになっているのを感じた。しかし、ミサに甘えるような形だけは取りたくなかった彼は、今回限りで暫くの間、チェジュには来ないことをミサに告げた。このままでは本当に自分がだめになってしまうからである。

ミサにもらった心。それを自分の心の底から理解した彼は、当分の間、独り日本で暮らすことを決心し、それをミサに告げたのだ。どんな形をとっても、まじめに生きるよ、それが冴木のミサに言った言葉だった。ミサは冴木のことを相当に心配したが、彼の頑なな態度にミサも従わざるを得なかった。

「チャギ、ロシアで何かあったと違う？」こう聞くミサに、

「何もないさ、ただ、これからは、アルバイトでも何でもやりながら暮らさなきゃいけないと思う。今、勉強しているだろう？　何の勉強か分からないけど。それを、時間がかかってもいいから、身に付けてしまいたいんだ。ことはなんでも、中途半端だと何の意味もなくなってしまうから、さ。変な風には取らないでくれ、俺は死んでもお前と別れない。お前が俺と別れない限り、な。俺は男だし、お前にこれ以上依存して生きていくことは……俺はお前を尊敬している。だから、俺も、俺なりに頑張りたいんだ」

こう言った三日後、冴木は日本に帰国した。

第三章

無情

日本に戻った冴木は再び宿探しに翻弄されていた。宿を探さないと、今度こそは、本当のホームレスになってしまうからだ。当座の間はビジネスホテルを転々としなければならなかった。そんな時、運良く出会った後輩の佐藤が、ある安宿を紹介した。

冴木は御代田《みよた》の古い旅館を日に二食の食事つきで、月に四万円で契約することとなった。料金は先払いである。金がないことを察した佐藤がその支払いを済ませる。

「先輩、一か月分しか協力できないけど……頑張って下さいね」後輩は笑顔でこう言った。

「すまん。この借りは必ず返す。悪いな」

冴木はこの後輩に心から感謝した。彼にとって温泉がついたその旅館の居心地に文句はないのだが、不便なこともあった。それは携帯電話の電波が届かないということである。加えて、車がないということは、今後の彼の生活において、ミサとの連絡が外出時以外には不可能となると言うことになる。

冴木は美術の委託販売を専業として続けていた。そうは言っても、中々、デフレの時世では難しい商売である。冴木は客からの依頼を受けて商品を見せに行くのだ。だが、商談が纏まらない時は、問屋と客との間を行き来するだけである。その経費だけでもバカにならなかった。日々の無駄を抑えても、時にそれが彼に大変な苦労を与えた。この仕事は客任せである。だから、客からの連絡待ちに数ヶ月かかることもある。

そんな事情から、冴木はミサに電話をしたくても国際電話カードすら買えなくなった。電話を待つにしても限られた時間だけである。運良く電波が届く時間帯に市街地にいるより他はない。しかし、現実にはそんなことは不可能であった。こうして、長い月日は流れていった。

住所不定無職。そんな気持ちにしばしばなる冴木であった。こんなはずではなかった。こんなレッテルだけは、死んでも貼られたくない、嘗て、そう思いながら毎日の新聞やテレビニュースを見ていた。あの平安な日々を思い出す度に、苦しくて恥ずかしくて気が狂いそうになった。日本に帰って数ヶ月もすると、人の顔すらまともに見ることが出来なくなった。外出する時は、いつも、サングラスで顔を隠す。彼の心理状態は日増しに悪転していった。

日々激しい焦燥感が冴木を襲う。やるせない思いは、その頃には、もうすでにあれから三年の月日が流れたのに一向に変わることがない。ケーブルテレビの番組すらが、そんな田舎にいて、三十六チャンネルも見られるようになっても、有意義な番組があるわけではないという気がした。彼はテレビすら観なくなりつつあった。テレビを観るたびに、人を馬鹿にしたような日本特有の漫才師だけが出演しているのが、ほどほど嫌になってしまったからだ。

それにしても、なんと多くの人々が失業しているだろう。今となっては政治家だけが安定収入者である。日本はいい国だ。もっと言えば、のん気な国なのだ。

選挙などは、大変な成人の権利なのに、誰も彼も人ごとのように、うわの空である。アメリカみたいに、多くの人間が立候補して、自分の収入を得ようとも考えれば、宝くじなどを購入するよりも当選の確率がはるかに高い、などと冴木はニュース番組だけを見て自分の感想を、自分に聞かせた。

ミサと離れて一年後の年の夏は短かった。ちょくちょくやって来る台風のせいか、真夏なのに、毎年、自然界の獅子威しが、ウシガエルの唸りによって始まる頃には、蝉もジージーとうるさく鳴くいている筈なのに、今年は寒さのせいで、奴等が余計に鳴くこともできずにいる。いつもの散歩道で、仰向けに転がって、天を仰いでいるそいつの姿を見ると、冴木は、いつもの夏なら……うるさく感じるのに、そんな格好で死を待っているのか? と蝉に問いたくなる。その様を食い入るように、じーっと、見つめる。すると、アメリカ映画さながらの審判の日が近いと感じてしまう。明らかに繁殖活動が行えないのであるから、こんな異常気象が続けば、明らかに生態系に支障をきたしてしまうであろう。

そんなことまで気にかかる今日この頃である。冴木の人との交流がほぼ途絶えたことに疑いはなかった。とはいえ、立秋が過ぎたのだから、もう暦の上では秋なのだ。この道を彼の失った犬達を連れて散歩すると、稲の穂すら未だに穂を出すこともしないことに気付く。車で少し走ると隣村だが、その稲はもう穂を付けたそうだが、やはり、決して垂れようとしないのだと聞いた。

この世界は本当に自由になったのだ。稲でさえ、気候に関係なく、己が生き方で生きている。太古の先人たちが見たら、きっと不吉の兆しと驚いて、山ノ神、地の神にいけにえを捧げ、毎夜祈祷するだろう。

それでも、田舎では盆入りともなれば、家族が連れ立って、墓地や庭先で藁を焚き、先祖の霊を形式的にでも迎えている。あたりの家から、ピチピチというてんぷらを揚げる音が聞こえてきて、古き良き時代を彷彿している。いくら形式的とはいえ、こんなことこそが大切な日本の心なのだと感じる。

今年は本当ならば、美奈子のかあさんの新盆で、今頃は英広も母の実家で親戚を迎えているることだろう。本当に申し訳なく、やるせない気持ちが彼を苦しめる。事業をやっていた時は、行く年も来る年も、義理ごとだけは捨てなかったものである。そんな風に考えると、自分が人間ではないような気がしてきた。いくら、時代が変わっても変わっちゃいけない物がある。自分だけは変わりたくない。そう考えれば、考えるほど、彼は自分の苦しみを増してゆくのだった。

携帯電話に一本の電話も掛かってこない日々が続く。そうすると冴木は携帯電話そのものの存在に不平を言った。携帯が人の関係を維持するものであるとすれば、彼には維持する人間関係もないことになる。

確かに、冴木達の幼少の頃、男の子はトランシーバを使って少しでも離れた友達と連絡が取れたことに、究極の喜びやロマンを感じ、それが一体どこまで繋がるのか、正確にテストすることに余念がなかった。学校の先生に糸電話の作り方を教えてもらって、理科の成績が上がってゆくのは、むしろ、そんな男の兄弟を持っていた平凡な女友達だった。昔は、男の子と女の子の遊びは原則的に違っていたから、能力を発揮する場面で、いつもお互いのバランスが取れていた。でも、現代ではそんな現象が消滅して、男子も女子も基本的にはテレビゲームで育って行く。間違ってはいないかもしれないが、コミュケーションの取り方は、想像もできない方向へ子供たちを向けている。良いか悪いかは別にしても、変えちゃいけない物を、親は子に教えなくちゃいけないはずだ、と冴木は自分の辛さを携帯の存在にぶつけるのだった。

冴木はこの頃、そんな感情に流されて、苦しくなるといつも本屋に出かけてった。小さな私立の図書館よりも、ある程度、大きな本屋のほうが情報収集には打ってつけである。今時は、インターネットの普及によって、多くの情報は瞬時に入手できるようになった。しかし、彼にはネットを繋ぐ回線すら存在しない。人に会いたくなくとも、誰かには会いたい気持ちがある。彼には独り暮らしの老人の気持ちが分かった。老人になれば歩くことすら侭ならなくなる。それを思えばまだ幸せなのかもしれない。

冴木は毎晩寝る前にチェジュでミサと過ごした僅かな期間を思い出しながら、信仰のなせる業について考えていた。人に悪くすると来世は人のためになるために生まれる……そう言ったミサだけが、心の拠り所となっている。ミサが話した数々の話を頭に思い浮かべながら眠りに就くことが日課となっていた。

次の春、冴木は一組の中年夫婦と出会った。行商で知り合いになった夫婦なのだが、冴木の理想とする人々であった。その家族と親密に付き合うようになった彼は、日々に楽しみを見出し始めている。しかし、一般に田舎ほど生活に苦しむところはない。田舎に生活する者はよそ者を受け入れない。だから、情報はクチコミネットによってインターネットよりも早くに駆け巡る。

未知の者は田舎ではエイリアンと同じである。素性が知れないと、確実にエイリアンは阻害されてしまう。プライバシーなどというものが存在すれば、誰も彼もがよそ者をエイリアンとして烙印押ししてくれる。

それにしても、この竹重さんだけは、夫婦して良い人達である。先日、冴木は、その夫婦のあまりの心の優しさに、つい涙してしまった。男の厄年においおいと泣くのは嫌だったが、貰った三十五度の焼酎を、ストレートで煽ったせいも手伝って、涙が止まるまでに三十分はかかっただろう。この世知がらい世の中にも、冴木を好いてくれる人達がいたからである。

嘘でも、

「お前が苦しい時は出掛けてきて、酒でも呑んでいけ、飯も食っていけ、いつ来たって構わない、お前は俺たちの弟だ。お前の過去など関係ない、俺たちは今のお前が好きなんだ」

そんな優しい旦那さんの言葉が本当に身に沁みたのだった。思えば過去、多くの人達に対して暴言を吐いてきた。言葉の使い方一つとっても、使い方によっては暴力だ、とモスクワで思ったことを、ここでも感じたのだった。心ある言葉は、何にもまして嬉しいものである。ミサに行き会ってから、それを知った冴木である。

夜直鳥《よただどり》が遠くで、てっぺんかけたか、と高い声で鳴いている。こんな真夜中にこの鳥は鳴くのである。江戸時代の夜鷹と称する下級の売春婦は元来、夜直ではなかったのか？　てっぺんが主の意味ならば、かけたかは禿げたか、の意か？　何の因果か、中世の戦国武将はこの鳥を鳴かすことで、殺すの、鳴かすの、待つの、と言うが、こうして自然にこの鳥の声が聞こえるようになると、今が夏の夜だと冴木には認識できた。それと同時に、戦国の武将達よりも、自分の方がこの鳥を自由にできるような錯覚を起こすのも、田舎ならではのことである。人里を離れ、孤立感に咽《むせ》ぶからでもある。

そんな夏のある日、見なれぬ電話番号が冴木の携帯に残っていた。冴木が留守番電話を聞く……それは最愛のミサからだった。

「チャギヤ、今、日本に来ているよ。チャギ、チンチャ心配《ほんとう》。ケンチャヤナ？《だいじょうぶ》 ここは大阪だけど……チャギに会いたい。この番号に電話してね。知り合いの電話だから、ケンチャナヨ。パリ、ハセヨ《早くしてね》」

冴木を舞い上がらんばかりの嬉しさが襲った。考えてみれば、ミサとはもうすでに一年も会っていない。毎夜夢でしか会えないミサ。やっと会える。冴木はミサに会ったら、何を話そうか、と考えるだけで胸が幸せでいっぱいになった。それにしても、ミサは何をしに日本に来たんだろう。まあいいか、と彼は留守番に残された電話番号に電話した。

「ヨボセヨ？《もしもし》」

と電話に出た声はまさしく愛する者の声だった。この日から、また、一年前までのように、二人は毎日電話が出来るようになるのだった。

日本酒

ミサが大阪に来てから二ヶ月目に入ったが、冴木にとって大阪とは一体、近いのか、それとも遠いのか定かではない心境である。それは金がないために、ミサに会いたくても会えないということを証明するものであった。また、それはミサとの約束通りに、冴木が生きてきたという証でもある。彼が、かの霊地で吸収したものは欲望からの解脱であった。自分の欲望のために他人を苦しめたり傷つけたりしないことに、今では結構満足している。

それにしても、子供じゃないのに、ミサに電話する度に、

「ナジユンエ《あとで》、チョナ《電話》ハッケヨ《します》」

と言われる彼は、そう言って電話を切ってしまうミサの態度に不満を募らせた。一年前に癖付いたこの方法は、なぜか、冴木を悲しくもその指示に従わせてしまう。あの時は料金の高い国際電話だったから、そういう手段をとったはずなのに、国内電話でも、そうしなければならない自分が本当に情けなかった。

電話が携帯化され、いくら便利になったからといっても、冴木からミサに電話をかければ、その高い日本の電話代は彼の負担である。だから電話に出てすぐに切ってしまう、ミサの行為はあってはならないものだ、そう彼は自分勝手に不満を持った。当然、そのことを愛する

ミサに指摘することなど、今の冴木には出来る筈もなかったのは事実だ。欲を捨てた代償に、冴木は電話代ひとつにも、文句を言うようなケチな人間に変わってしまっていたのである。ケチは一生直らぬとは言うものの、貧乏人がケチでなければ生きられないこともまた事実である。

収入源が安定しないというのは、なんとも心もとなく惨めなものである。金、金、金、で生きている現代人ほど信用できる人間はないのが事実であることを考えると、冴木はますます、金儲けなんかしたくなくなる。彼には人間の愛も家族も絆すらも、すべての物が金で買える、現代とはそんな構造になっているような気がしてならなかった。休む暇もなく働く者達さえ、金で作られたものを守るために、今日も金を追いかけている。金のない社会なんて考えられないから、手段を選ばずとも、金をいち早く手にした者が英雄になる、などということは刹那現実である。この社会では冴木のように、金がなければ、負け犬《アンダードッグ》であることに変わりはないのだ。


そんな思いを十日も続けると、ミサから昼時に電話が冴木に入る。

「チャギャ、パンモコッソ《ごはん食べた》？」と聞くミサに、

「朝はちゃんと食べるよ」と冴木は答えた。

「チャギ、今、私、箱根にいる」

「箱根？　神奈川の箱根か？」と冴木が聞いた。

「？　箱根は大きな美術館がある箱根よ。温泉もあるし、私、温泉大好き。フフ」とミサは自己満足の世界に浸っている。

「じゃあ、箱根だな。そこの美術館に行ってみたか？」と冴木はミサに口を合わせる。

「行ってみない。明日、大阪に帰るよ」

「お前、一体、日本で何やっているの？」そう聞く冴木に、

「服、売る仕事に決まっているでしょ」とミサはあっさりと答えた。

「わざわざ日本に行商に来たのか？」

「？　どうしろ？　どうしろは何？」とミサが聞き返した。

「どうしろ、じゃなくて行商だよ。……ん、もう行商はいい。次。それで、お前、俺に会いたくないのか？」と冴木は聞いた。

「会いたい。もちろんでしょ……」ミサが黙り込む。

「お前、明日、大阪に帰らないで、こっちに来られないか？」と冴木はミサに唐突に言った。

「んーん。明日、大阪で約束がある」

「その約束を一日伸ばせないか、と言っているんだよ」と冴木は言った。

「電話してみないと……」ミサがこう言うと、

「ボーコウシッタンマリア《会いたくてしかたがない》」と冴木が言う。その言葉を聴くとミサは、

「ナド《私も》、トカテ《同じ》……分かった、もう一度電話するから、ナジュンエ《あとで》、チャナハッケヨ《電話します》」とだけ言って、また、電話を切ってしまった。

　ミサの奴、またやりやがったと内心腹を立てる冴木であった。仕方がないか？　と思いつつ、タバコを買いコンビニへ寄り込む。すると、五分もしない間にミサから再度、電話が鳴る。

「ナ《俺だ》」と電話を受ける冴木に、

「明日、私、長野へ行くから、待っててね」と受話器から可愛い声がする。

「チンチャ《ほんとう》？　嬉しいなあ」と冴木は心から喜んだ。その彼の声を聞いたミサも電話口で大いに喜ぶのは当たり前のことである。

　あくる日、ミサは上信越新幹線佐久平駅に夕刻到着した。

「お前、遠くから見るとモデルだな」と冴木は言った。洗練されたミサの身なりは会社帰りの男達の目のやり場となっていた。ここはやはり田舎なのだ。

「嘘？　私？　そんなじゃない。チャギャ、元気だった？　ん？」

とミサは冴木の瞳をまじまじと見つめる。久しぶりに行き会うといくら自分の恋人とは言え恥ずかしくなるところに彼の純粋さも滲み出ている。

「チャギ？」

とミサは人目も憚らず首を傾げながら、冴木の顎を引いた上使いの眼を覗き込んで微笑んだ。冴木にも笑みが浮かぶ。彼はミサが重そうに引く、ヴィトンの大型衣装ケースと旅行バックを手にする。二人は駅のエレベーターへと向かって進んだ。

冴木が後輩に借りた車は二人を乗せて、国道を北の方向へと向かって発進した。

「久しぶりだな」という冴木に、

「チンチャ、オレガンマニイエヨ《お久しぶりです》」

と言って、ミサは冴木の横顔を見つめた。

「日本はどうだ？」

「うん、好い所、この間、京都に行ってきた。綺麗ね。私、京都が大好き。京都に知り合いのお姉さんがいる。色々、お世話になった」

とミサの話し方は、一年振りでも変わっていなかった。

「チャギ、体どう？　お金ある？　今日どこ行くの？」とミサは言った。

「体は大丈夫。金は要らない。今日は俺のオンマ《お母さん》とアブジ《お父さん》のところで行こう。タダで済む」

と言う冴木に、

「アンデヨ《だめですよ》。迷惑が掛かるから、他へ行きましょう、ね」

とミサがはしゃいで見せる。

「だめ」

「うーん。チャギャ、私、こんな格好で着替えもしてないし、どうするの？」

とミサは女らしく甘えた。

「お前の言う、こんな格好は世界一の格好だ、俺にとって、な。着替えは必要ない」

車を走らせながら、淡々と言う冴木にミサが口を尖らせる。


人様の家にお邪魔する時は、何か土産などを持っていくものだと両親から、きつく教わったと言って聞かないミサが、冴木の両親の住む田舎の街で買い付けた物は果物だった。

ちょうどその日は、その町の夏祭りで花火などの音が辺りに響いていた。そんな中、彼の両親に夏の演出をしてくれたのは、ミサの真っ赤なノースリーブのワンピースと、テーブル一面に広げられた果物のかぐわしい匂いだった。ミサの姿は田舎では見ることのできない華やかさである。

ミサを見て冴木の両親は劇嘆したに違いなかった。端正な顔立ちは、若いころの松坂慶子そっくりである。モデル級のスタイルに加え、ミサの醸し出す独特の色香は男性ならず、女性までをも魅了する。それが証拠に、事実ミサの周りには数えたらきりがないほどの女性の友人がいた。

冴木のアル中の父親ももう既に年老いている。若い頃は、この小さな町の遊び人だったが、今は年も六十五になったせいで、その面影は背の高いところに僅か残すだけである。喧嘩事故で頭を六十針も縫ってからは、酒を呑むと立ち上がることすら出来ない体になっていた。冴木は思った。自分が昔から今のように、だらしがなく、力や金がなければ、もしかしたら……いや、きっと、親父もせめてまともな体だったかもしれない、と。

彼の両親の家は、今では往年のような人の出入りはさっぱりとなく、孤独な老人の成れの果て、といった感じの、築後六十年という風呂やトイレすらない借家長屋である。三十年近く前、冴木はこの家が嫌いであった。と言っても古いからとか惨めだからといった意味ではなく、ただ純粋に自由を欲して高校卒業と同時にこの家を出た。そこは父親が自分を束縛する家であったからだ。思い返してみれば、はじめて借りた隣町のマンションは家賃こそ高かったが、快適だった、などと思う彼は久しぶりに寄った実家にいても、過去に縛られて生きている。

楽しい時をミサが作った。冴木の両親は本当に喜んだ。この女はすごい力のある女だと冴木は感じる。この冴木の父親がミサの言うことを良く聞くからである。こんな親父でも良いところがある。そう感じる冴木は、やはりミサに出会って大きく人間が変わったのかもしれない。宴席で酒のつまみに絶対に手を付ける筈もないこの父親は、ミサに、

「お父さん、食べて。つまみ、食べないと体に悪いでしょ？　お酒だけ呑んだらアンデヨ《だめですよ》、お母さんが一生懸命に作ってくれたんです、食べましょう、ね」と言われる。

ミサが箸に摘んだてんぷらを父親の口へと運ぶと、

「分かった、分かった、」と自らがつまみに手を出し、もぐもぐと食べる。父親は酒を煽る度にミサにそうされるから、酒が進まない。それを見て母親が笑う。すると、今度はその母親を見て冴木が笑う。冴木が笑う顔を、ミサは一回ものすごく驚いた顔で見つめてから大笑いする。ここで、そのミサの仕草を見て皆が大笑いする。笑いの連鎖は止め処なく続くのであった。

短い夏の夜が更けてゆく。年寄りを気遣って、冴木がミサに行こうという合図を送る。だが、初めて呑んだ日本酒に精神まで奪われたミサはそれを無視した。

「ミサ、そろそろ行くぞ」と冴木が声を掛ける。

「シラ《嫌》ヨ《よ》、シラ《嫌》」とミサが駄々をこねた。

「ミサ、みんな、もう寝る時間なんだ。分かるか？」と言う冴木に、

「ムーンラ《わからない》」とミサが顔を振りながら冴木の言うことを聞かない。加えて、舌鼓までもそこに付け加えた。

「ムーンラってどういうこと？」と冴木の母親が聞いた。

「分かんね、って言うこと」そう冴木が母親に言うと、

「やだ、ひょうきんだに」と言って母親は腹を抱えて笑い出す。

「まだ、いいじゃないか」と言う父親に、

「そうだよ。そんな、時間なんか気にすることねえだよ」と母親が添え口をする。これに気

を良くしたミサは、うふーん、と冴木に微笑み掛ける。

気が付けば時計は十二時を廻った。今度こそは、と気合を入れて冴木はミサを説得して退座させる。

「お母さん、私、ここで今日、眠る。ケンチャナ《だいじょうぶ》？」とミサは最後の最後まで冴木に幸せな苦労を感じさせたのだった。

ミサはあくる日の来訪を冴木の両親と硬く約束して、涙ながらに冴木の実家を去った。彼はそんなミサの姿に、再び感動した。


ミサはその二日後、大阪に向かって帰路についた。その時、ミサはこう告げる。

「チャギ、私のお父さんもチャギと同じになっちゃった」

「？　会社つぶれたのか？」冴木が驚いて聞く。

「アニー《いいえ》。潰れたではない。騙されて取られちゃった。チャギが帰ってすぐ後だった、思う」

とミサは言った。

ミサの父親は去年までソウルで大事業を展開していた。冴木が日本に戻ったすぐ後に、七十を超えていたミサの父親は一過性の脳血栓で倒れてしまった。それを機に有力な政治家に入れ知恵された取締役会の造反にあってしまったそうだ。ミサの父親の持ち株が僅かに足りなかったのである。

こうして、政治政策を交えたミサの父親の事業計画は、その仲間の裏切りにあって、すべてが終わったとミサは冴木に伝えた。ここ一年間、この問題で、今現在二十六回目の裁判が行われているとのことである。裁判の費用は莫大な額に膨れ上がっているということである。

裁判費用は弁護代を含めて、勝てば戻るが負ければ戻らないと言う。また、金がなければ裁判を進められないと言う話からすると、原告はミサの父親ということになる。このため、この裁判に負けるとミサの父親の財産はすべてが消滅すると言う。冴木は韓国の法律を全く知らなかったから、話の判断に苦しんだ。そんな彼の様子を見て、

「それで私も借金作った。ケンチャヤナヨ《だいじょうぶよ》。こんな事もある」

とミサは明るく大阪に向かって帰って行った。それが、なぜか余計に冴木を苦しめた。

思惑

時は時として過ぎてしまうと、途轍《とてつ》もなく早く感じるものである。その日も、

「ナジュンエ《あとで》、チョナハッケヨ《電話します》」と言って電話が切れる。言いようのない焦燥感が冴木の胸を締め付ける。冴木はミサの、借金を作った、と言ったあの言葉が気になって仕方なかった。

その日も、

「オディエヨ？《どこにいる》」と聞く冴木の質問に、ミサは、

「ちょっと《そと》……。ナジュンエ、チョナハッケ」と短く吐き捨てた。

いつもの決まりきった言葉に、冴木は返す言葉がなく、ただ呆然と携帯を閉じる。何故、人生とはこうなっていくのか？　慣れといえば聞こえはいいが、人間関係がただの行きずりの、成り行きの関係と思えば悲しくなってくる。友情とは季節に咲いた花と同じとは言うが、俺たちは恋人同士のはずだ。

　冴木はミサの関係する男にも嫉妬していた。それは、ミサが夜のクラブなどの水商売の女性達にドレスやスーツを販売することを目的に、来日したのをミサ自身から聞いていたからである。その職業上、複数の男性とも係わる可能性はあるだろうし、悪い考え方をすれば、今回の来日も冴木の知らない男の介入が皆無だったとは言えないような気がしてくる。そうなると、彼の頭の中では、見たこともない男性像が増幅されていく。

　韓国が日本に対する北朝鮮からの脅威を軍事的にその国民が体を張って守ってくれてきたのは事実である。しかし、今、長野の権堂を歩いたらきっと、外国人女性の数は数百人にも及ぶだろう。そのほとんどが水商売である。夜な夜な外人クラブやスナックの出かけるこの県の男達は、女を目的に出掛けて行くのが事実だろう。

　こんな片田舎に住んでいる冴木は、あたかもミサがそんな対象にされるのではないか、とことを作って考えてしまっていた。

ミサが日本に来て携帯電話を購入してからも、その接続率の悪さは彼女の性格を現すものでなかった。仮に、夜間、冴木がミサに電話して繋がった場合には、いつも酒に酔った状態である。そうなれば当然に異性関係の疑いが冴木の頭に浮かぶ。営業目的で呑み歩くと言うミサの言い分も分らない訳ではないが、つい先日、ミサが彼の実家を訪れた折も、冴木に用を言いつけては、その隙を計らったように、携帯電話で電話をするミサの姿を彼は思い返していた。

なぜ、ミサは俺の前で正々堂々と電話が出来ない？　ミサを誰かに取られるかもしれない。そうなっても仕方がない？　今のこんな俺ではミサを愛する価値がない？　いや、それはだめだ。そんな思いを繰り返してしまうのであった。

冴木がミサと真剣に交際を続けるのは、彼が立ち直ろうとする動機付けを、ミサが信仰やその思いやりを通じて冴木に与えたからである。ミサが見守ってくれている、という事実だけを彼は信じて今まで生きてきたのだ。

しばらくの間、そんな冴木の思い込みのために、ミサと冴木は互いのすれ違いを生じていった。

「チャギヤ、私、電池終わっちゃって……今、電話の電池、交換して、留守電いた。何？あれ、気分悪いですね。チャギの電話、繋がらないね。電池ないですか？　チャルジャヨ《おやすみなさい》」

などと言って、ミサは冴木の留守電に伝言を残す。冴木が昼間ミサに電話をした時には繋がるのだが、夜になると、ミサはほとんど連絡が取れなくなる。冴木はミサの留守電に伝言を残すより仕方がないのだ。冴木が旅館に帰ってしまうと今度は彼の電話の電波が切れるからである。

これも携帯電話が創った文化かもしれないが、愛し合って一緒にいる者達以外は、行動が限定されてしまうか、若しくは互いが監視状態になって大変な精神的苦痛を味わうようになる。冴木にしてみれば柄にもなく、やきもち、などという気を使うのは、ミサが自分の愛する者だからである。それでも、遠慮がちに留守電に伝言を残すのだ。留守電が苦手な年代に生きた冴木には、それとて当初、大変な苦しみを、味わなければならなかった。

気分悪いですね、か？　またこれで、数日間は話をしなくても良い。そんな理不尽な思い込みが自分に良くないことは分かっているのに、そう思い込んで、ミサとの携帯電話のトラブルを解決に導く。気分悪いですね、などという言葉は、冴木にとってみれば、まるで傷害事件を起こした後のような罪悪感にも似た言葉である。まあ、外国人とのクロスカルチャーだから、と自分に納得させてみても、古き良き日の美奈子が決して発することがなかった言葉だっただけに、その困惑を隠せなかった。

ミサに留守電を残したその日は、たまに行く田舎の一杯飲み屋で、酒を煽った後だった。

冴木は、この頃、こうしてミサの電話を待っている。その一杯飲み屋のカラオケ屋は、飲み代は安いが、店主の愛想が悪いという田舎特有の個性があった。そこの店主は冴木よりも歳が少し若い女である。そこに足を運んだ冴木は、つくづく、彼女に腹を立てていた。その店の常連だという、いつもの席に座った近所のコンビニの経営者とその店のママとの会話が、もう既に二時間に及んでいるからだ。冴木はただ独り止まり木に座って、その人達の話を片耳で聞いていた。

「いやね、この間、ヤマウラがさ、ほんとに、綺麗な、可愛いい奥さん連れて来てさ……」

と馬鹿丸出しで、この三十代後半のママが話し出した。新座の客である冴木の相手は一切しないでである。

「と言っても……なに人？　日本人じゃねーだず？」とママと同じ歳のその常連客が聞き返す。

「ん、外国人だって」

冴木に対して挨拶もせずに、突き出しだけを突き出しただけのママの話は、例のごとく下らん世間話だった。客商売をしていて、他人のことを正々と公言できるのもそこが田舎だからである。

「へー。良くそんな可愛いの……捕まえたんだな？」と冴木から見ればそら若いコンビニ店主がママに聞く。

「×××スナックのさあ」

「ああ、だず。だず。それなら、なー」と、どこかのコメディアンの真似でもしているかのように、このコンビニ店主が相槌を打った。

それは、外国人のスナックの女を相手にするなら、金銭さえ持っていれば誰でもできる、の意味である。この会話の主が日本人の、しかも三十台後半と思うと、いかに外国人女性を馬鹿にしているかが、彼には分かるのだ。冴木はこの馬鹿どもに異様な怒りを覚えた。自分達だって、そんな、立派な事が言える連中とはとても思えない。また、そうでない事を、予予《かねがね》、嫌いな噂を聞いて知っている。その客も、そのママも、この歳にして結婚は二度目。日本より外国のほうが進んだ部分が多いことも知らない連中である。外国人じゃなくたって、金の欲しい日本女性も同じ生き方をしている。そんな連中は世界中にいっぱいいるじゃないか？　と冴木は腹を立てる。

このママは数十日前、恋愛論を冴木と論じて敗れたのである。跋《ばつ》が悪くなったこのママは、今日は看板です、と冴木を追い返したという愚《ぐ》れ者である。こんな連中である。だから、言いたい事があっても仕方なく黙っていたのだ。

その店では、といってもこの辺りの多くの田舎者が経営する飲み屋がそうであるように、水商売などという、水を売る商売をしたとしても、サービス業に徹さず、自分が気に入らなかったら、商売を忘れて客の悪口を言うのが常である。そういう場合は、客に対して、どこの馬の骨か分からない、酔っ払い、などと言う共通用語を使うのが常套手段である。

この晩、冴木はカウンターで連中の話を聞きながら、人間とは皆、自分勝手なものだと考えていた。自分がどんな生き様をしてこようが、愛してやまない相方よりも、常連で同じ歳と言うだけの男と毎日毎日同じ話をしようが、他の客の存在はおかまいなしである。

赤の他人が韓国人と付き合おうが、アメリカ人と付き合おうが、お前らよりも清く正しく美しければ、いいじゃないか？　自分の再婚の相方を、本当に愛しているのだったら、四六時中一緒にいるのが道理じゃないのか？　一緒にいたくたっていられない俺のような人間だってこの世にはいるんだ。

他人から見れば、お前等は互いにもう夫婦関係に飽きが来ているだけだ。お互いが再婚という傷をただ舐めあっているだけじゃないのか？　幼馴みだとかって延々と喋り続けるお前らが結婚すりゃ客に迷惑は掛からない、と冴木はそんな不満を感じ、その日の飲み代千円をカウンターにおいてその店を出た。

「ちゃぎや、うえ、ちょな、あんぱだよ（愛する恋人よ、どうして、電話に出ないんだ）？　やりやがったな、お前は夜になると繋がらなくなっちゃうね。ま、いいか、でも……寂しいな、大阪は店もいっぱいあって、明るいだろうな？　こんな田舎は、なんにもない。きっと、今頃……お前は、友達、いっぱいあるから……ね」

と冴木がミサの留守電に言った返答が、ミサが冴木の留守電に残した、気分悪いですね、であったのだ。

ミサの考え方からすれば冴木は古い考え方の人である。女が酒を呑み歩こうが、酔っ払おうが男女同権の基本が大陸には存在している。現代の韓国では、女が宴会を開き、男が子守をするのが当たり前である。日本人のように、女に重い荷物を持たせる男は男の屑である。ゴミ捨てや買出しは男の日課であり、食事だって分担して行う。男は女を常に労《いた》わる存在でなくてはならないのだ。

それでいて女の自由を束縛するような男は男らしくないのである。女に好きなようにさせて、女と喧嘩になれば、黙っている。男はただそれだけで良い。女の機嫌が直ったら、女の方から男を許すのである。ミサと冴木のジェネレーションギャップはそうすると半端なものじゃない。ミサと冴木では、お互いが知る常識が全くの正反対である。


ミサと冴木は去年まで正気で口論などしたことがなかった。二人で酒を呑んでは絡み合ったことはあるが、それは正気でいる時の栄養剤であって、酒を呑んで口論すれば、正気に戻って二人で笑った。笑いがほとんどで、口論はないと言ったほうが良いほどだ。それなのに、ミサが日本に来てからと言うもの携帯電話のトラブルから、いつも二人はいがみ合っているような感じだ。そんなある日の夕方、ミサは冴木に、

「チャギヤ、いろいろチャギの性格、分かるけど、怒ったらアンデヨ《だめですよ》。私、何も悪いことは

していない、コクチョン、ハジマ《心配しないでね》」と静かな声で冴木に語りかけた。

「うん？　また、夜になったら連絡取れなくなるんだろ？　金のためにお前が一生懸命やっているのは分かる。でもな、俺が電話したら、どうして出ることができない？　仕事中は分かる。それでも、お前だって、トイレくらいには立つんだろうから、その時にでも電話くれないと、心配で旅館に帰れない。帰れないと無駄な金が出ちゃうんだ」

　と言う冴木に、

「分かった……でも、私、……これ言ったらチャギ怒るから言わない」

　と言って意味ありげな話をミサは口走った。

「ん？　何？　お前、これ言ったらチャギが怒るって？　俺がお前に言ったら、お前どう思うの？　俺の性格、知っているだろ？　何？　何の話？」

　と冴木は青ざめてミサに質問した。彼は自分以外の男の存在を疑っていたのだ。

「…………」ミサは電話口で黙りこくる。

「黙ってたら分からないだろう。早く言ってみ？　怒らないから」冴木がそう言うと、

「チャギ、ムソー《怖い》。私、チャギに隠し事できない。嘘も言えない」とミサが言った。

「なんで、俺がムソーなの？　ムソーじゃないから話してみ？　ナジュンエ、チャナ、ハッケって言うなよ」と冴木がミサに釘を打つ。

「…………」

「男か？」と言う冴木にミサは、

「アニー《いいえ》」とだけ呟く。冴木はそれを聞いてほっとした。

「なんだ、それなら全然、怒ることなんかねえじゃん。早く言ってみ？」

と冴木が何度もミサを促しても、彼女は中々言わなかった。

「チャギ、お金ないでしょ？」とミサは言った。

「金？　金は今、三千円くらいならある。何だ？　金、持っていないのか？　お前？」と冴木が言った。

「うん」とだけミサは言った。

「ちょっと待てよ。いくら要る？　お前が金、必要だったら俺がどっかに行って工面してくるから心配するな。十万円くらいなら何とかなると思う」と冴木はミサに伝えた。

「チャギ、怒らない？」

「怒るわけねえだろう。どこに送ったらいいか教えてくれ？」冴木がこう言うと、

「この間、チャギのお父さんとお母さんに十万円上げた」とミサが口走った。携帯の電話口でミサの荒い息遣いが聞こえてくる。

「なにいー？」冴木は驚いて声を高くした。

「チャギヤ、オンマ《お母さん》とアブジ《お父さん》を怒ったらアンデヨ《だめですよ》」とミサは冴木に告げた。

愛する女が、一族の裁判の費用を捻出するために一生懸命に働いている。そうして得た金

を、自分の親に与えてしまった。そのため、愛する者は金がなくなった？　そう考えたら少し腹が立ってきた。彼は人に対する哀れみは金や物ではなく、心で、それも助け合いの心で行うのが良い、今そう考えるようになっている。

あの時の事だ！　冴木はその時の事を徐々に思い出し始めた。

酔ったミサがあの帰り際に、

「お前、俺の言うことを聞かず、どうして、俺が帰ろうというのにすぐ出てこないの？　それで、俺に先に車に行って待っていて、ってどういう事？　お前、酔うと、ちょっとだめだなあ」と言う冴木に、

「ちゃぎゃ、どうして、お父さんと、お母さんと、ちゃぎ、が力ある、昔、偉かった時に、ちゃんとしてあげなかったの？　私、困っている人とか、可哀想な人、見たらお金上げる」

「何？　おまえ、オンマ、アブジに金やったのか？」

「うんうん、やらなかった」

「それならいいけど、なんで、お前がそんな事する必要があるんだ？　俺が、オンマが可哀想と思ったから、さっき、一万円はやって来たんだ。財布の中に千円細かい金があったから、それをアブジにやったのはお前も見てただろ？」

「ちゃぎゃ、あのね、お父さん、お母さん、子供じゃないのに、どうして千円とか一万円と

かあげられるの？　それだったら、子供のお金でしょ」

「ん？　確かにそうかもしれないけど、今は、俺だって金がないからしょうがない。俺だって精一杯やっているんだ」

「ちゃぎゃ。だからいいでしょう。ん。今度。私がして上げても。チャギが偉くなったらそのお金、私がオンマやアブジに上げたい」

「今度？　俺が偉くなったら？　もちろん、それは……そんな事して貰ったら親は有難がるだろうな……正直言って、俺ができたら、嬉しい事さ。でも、俺は、金で……人の心を癒せるとは思っていないんだ」

「ちゃぎゃ、お父さん、お母さん可哀想でしょ。あんなところに住んでいて。どうして？　家くらいは買って上げたら良かったのに」

「そんなことを、やって上げる気持ちは、いっぱいあったさ。いろいろ……お金だって上げて、やってきたよ。でも、普通の人達じゃなかったから、してやってもだめなんだよ。分かんないんだよ。そう言う事の価値が、俺の親は、な」

「自分の親を、そんな風に言うチャギがもっとおかしい」

その時、冴木は酒に酔ってそんな堂々巡りの話をしても、しょせん、いつものもクロスカルチャーとコミニュケーションギャップが働いて、ミサと意思の疎通は取れないと思いその話を切り上げた。その話をしながら、実に冴木は空しかった。ミサがしようとする事は、決して悪い事ではないし、むしろ、そんなミサの心遣いに感謝して当たり前だと感じた。

しかし、ミサの優しさが自分の心と自尊心に傷をつけることがあってはならない。心とは思いやりであり、涙であり、我慢であり、怒りなのだと冴木が自分に言い聞かせた時の事だ、と冴木はその事を完全に思い出した。


冴木はミサが裁判費用のために日本に来てまで頑張っていると思っている。しかし、まあ、大陸の人間だから、と言えば聞こえはいいが、それにしてもミサの移動範囲が大きすぎる。その事が冴木の気がかりとなっていた。また、接待交際の比率にしても異常である。顧客はそんな姿勢を維持すれば、明らかに離れていくだろう。

商品が良くとも、接待を徹底すればするほど、それがゆえに商売がだめになるということは往々にしてある。加えてこの激安の時代に、一着数万の洋服を購入する者は少ないはずだ。良いドレス、スーツは一着だけ持っていれば、後の物は清潔であることが何よりの時代になっている。衣食住に関する仕事に、食いっぱぐれはないかもしれないが、時代様の基本戦略、アイデアは必要不可欠なものである。はっきり言ってミサの商売は、今のままでは成功しない、と冴木は考えていた。

ミサは裁判費用の繋ぎのためにスポンサーを探して移動しているのかもしれない。あれだけの女なら、色恋の色の部分を使えば、彼女の仕事に投資してくれる大物探しが可能だろう。

当然、ミサが成功しないことは実業の経験がある者なら分かることだから、そのスポンサーはミサの自由を所有する権利に、それ相当の金を使える人間ということになる。考え方はいろいろできる。色を武器にすれば、ミサの浅はかな商売よりも、ミサに興味を持った者が何人も、人参をぶら下げてミサの味見をしてゆくことになるだろう。

冴木はミサが、そんな考えを持った男と、もう既にそうなっている可能性すらあるとも考えてしまう。それでは、そこらの売春婦と変わらないではないか？　または、そんな金持ちを、金のためだけの結婚相手として、真剣に、日本へ探しに来ているのかとも考えた。それならソウル男がいるではないか？　だとすれば……いずれにしても、ミサは貧乏人の冴木の三千円や十万円に興味があるはずはない。ただ、ミサは仕方がない、縁だから、そう考えて、自分との関係を保っているのかも知れない。

確かに、ミサだってもう若くはない。ここ二、三年で結婚しないと最終の婚期を逃すだろう。作った借金を考えれば婚期を逃せる筈もなければ、逃すはずもない。結婚を金で買ってくれる男がいれば、その男と沿うことがミサの幸せなのかも知れない。そう考えれば、ミサの良いように生きさせてやることが理想である。どう見積もっても、自分がミサに金を出さない限り、結婚はおろか、交際すら継続できる筈がないという結論に達する。ならば離別しかないという論理は必死である、と冴木はその日、三十本目のタバコに火を点けた。

自然の美

信州の蓼科。奥蓼科にはマリーローランサン美術館などの密かな行楽地があるが、その入り口になる女神湖、また、女神湖から諏訪に抜ける美ヶ原高原の麓には白樺湖という二つの大きな湖がある。昔はこの二つの湖には河童伝説があった。特に女神湖の中仙道側の下り手にある鍵引き石という場所の、鍵引きという石の上で、河童が旅人を待っては、鍵引きの末、湖に引きずり込んだという伝説があって、地元の人々の間では、河童に気をつけろ、などと言うようなお触れが、近代まで残っていたのだそうだ。もとより、そんなことは、今のようなホテルやレジャーランドができる前の話である。

冴木は疲れが溜まると、いつも女神湖の漣《さざなみ》を見に行くことにしている。細かにたつ水面を渡る風が年中涼しく、臭覚、視覚、体感ともに大変な癒しの効果がそこにあるからだ。疲れが溜まると言っても、たいした事はしていない。する事がなくても疲れるのだということも、この頃になって始めて分かったことである。最近では人に会うことすら嫌になってきた。

水面をカルガモの親子連れが行く。今から、十三年ほど前、仕事場から戻った若い衆が冴木にみかん箱をくれた。中に入っていたものは、カルガモの雛五羽だった。現場からの帰社途中で、親からはぐれていたからと、馬鹿者社員共が連れて帰ってきてしまったのだ。冴木はその時、よくも自然の環境にある雛を拾ってきたな、と一端は感心したが、さりとて、鶏の雛でもないのに、どうやって餌を与えればいいのか？　などを悩んだ末に、家族として何とか二羽だけ巣立てた。そんな記憶が彼に甦った。

あれは双子の息子達が三歳になる歳だった。五羽のうちの三羽は連れてこられたその日の晩に死んだ。冴木は徹夜で美奈子と世話をしたが、だめだったのだ。泣きながら、美奈子は若い衆を罵っていた。一命を取り留めた二羽は彼女の手厚い保護の元で、なんとか生きながらえた。それぞれは、グー、ガー、と名付けられた。子供用のビニール製の夏プールで子等と一緒に水遊びをしていた光景が、さらに冴木の脳裏に浮かぶ。二羽の羽の色が変わって、グーが家の二階のベランダまで舞い上がった時、冴木達家族はグーとガーとの別れの日が近いことを知った。数日後、近くの溜池に放してやろうと、美奈子の親父の運転する車に冴木も同行した。

「グー、ガー、バイバイ」と手を振る子らの小さな後姿が、痛く、冴木の眼に浮かんだ。

その湖畔を散歩する家族連れが夏の最後を楽しんで、辺りを散策している。当時の英広と同じくらいの子供に、鍵引き石に座る冴木が目をやる。カルガモの親子を指差すその子の姿が当時の記憶に合致する。彼の顔がほころぶ。知らない人が見たら、彼をおかしく思うかもしれないが、その理由は、グーとガーは子らが帰ろうとすると自分達もと、彼らの後から付いてきてしまったことまでが、冴木の記憶に甦ったからだった。人に飼われたせいかもしれないが、カルガモにだって確かに心があったのだ。グーとガーはその後、子らが見守る中、自宅の池から飛び立って自然に帰って行った。それを英広と広康が父の冴木に一晩もかけて説明してくれたのはもう十数年も前の話である。

池の中に大きなニジマスが泳いでいる。体長は約八十センチ。大きいなあ。と冴木が感心して見ていると、そこにもう一匹現れた。番《つがい》だ。兄弟か、親子か、恋人かは分からぬが、魚だって仲良く暮らしている。空を見上げればまさしく処暑だ。蜻蛉《とんぼ》も番で八型を作って何処かに飛んでゆく。この光景は里では見られなくなった。幼年の頃には、無数の蜻蛉が八形を作って、晩夏の夕空に舞い上がって行ったものだ。特に赤のものが夕焼けに馴染んでいたのを思い出す。

水面を回る風が冴木の鼻をくすぐる。目を瞑《つむ》ると、そこには、万感の至福が感じられる。自然の臭いとはよいものだ。これほど価値があるものは類を見ない。やはり、金では買えないすばらしいものがこの世には存在するのだ。ほんの僅かな時間、風は冴木の鼻と戯れると、彼が目をやる水面に向かって走り抜けた。漣が織り成す幾何学模様は、まさしく偉大な力のみが為しえる業である。

自然から英気をもらった冴木は、水面まで降りて手を洗った。手を洗う事には意味がある。日本古来の生まれ変わりの思想に基づく自然な行為を、冴木は大村一門として古くから身につけていたのだった。彼は、カルガモの親子やニジマスの夫婦に軽く笑みを送って、新たな気持ちを胸に下山した。

自分の人生を振り返りながら、下りのきつい峠道を、旅館で借りた軽乗用車に乗って下ってゆく。それを振り返ると、いろいろな生き方をしてきた自分があった。この道に、多くの科《しな》の木々が生い茂っている。冴木の知り合いが窮地の時、首を吊るための木を探した話を思い出す。ああ、俺も、そろそろなのか、と考える自分はもう精一杯に生きてきた。人のやれない事をやり、人の見たこともない金も持った。今、弟達はどうしているのだろう。俺を裏切っていった連中は、今も人を裏切り続けているだろうか?

そう考えると、ミサとの信仰の日々が鮮明に蘇ってくる。あの美しかったミサの姿、あの線香の香り、天王寺や薬師寺の釈迦如来の姿が目に浮かぶ。サンバンサの四百五十ある石の階段の、最上段に天座する仏に向かって、赤と黄色の衣装を着た和尚がミサと冴木のために祈ってくれた。西に日本を望むその眼下の水平線に、日が落ちるのをミサと見ながら、妙に甲高かったカモメの鳴き声を思い返す。

ミサが言ったあの言葉……偉い人になる人は前世に一生懸命神様にお祈りした人……馬車に乗るような楽な生活をする人は前世に橋や道を人のために作った人……衣食に困らない人は前世に貧乏な人達に施しをした人……

「昔、チベットのお坊さんが仏に捧げるために一匹の羊を生贄に捧げようとしていたの。そうしたら、その羊が笑い出したんだって。高僧が、お前は殺されるのに嬉しいのか？って、その羊に聞いたって。そしたら、羊が早く殺してくれ、俺は四百九十九回羊をやって殺されてきた、五百回目には人間に生まれ変われるんだ、さあ早く殺してくれって言ったって。その高僧が、そうか、それなら殺してやろうとすると、今度は、その羊がおいおいと泣き出したんだって。高僧が、お前は、今度はどうして泣くんだ？と聞いたら、羊は、あんたが可哀想だ、って言ったんだって。高僧は、なんで俺が可哀想なんだ？と羊に聞いた。そうしたら、あんたは四百九十九回人間に生まれてきたが、今度の五百回目には俺のような羊に生まれ変わる、って言ったって。そして、その高僧は羊を殺すのを止めた。これはね、命の大切さについて釈迦が教えたことなの。人を裏切ったり、騙す人は、チャギが復讐しなくても、神様がちゃんと見ているから、その人達の来世で報われるの。だから、チャギが今苦労しているのだって、神様がちゃんと知っていて、チャギが幸せになれるように苦労させてくれている。チャギは大きな男。偉い男です。私はチャギに出会った瞬間にそれが分かったの。私は本来、ブジャ（韓国の女性預言者）みたいな預言者として生まれた女です。でも、私はそうしたくないから、神にこうして許してもらっている。本当は神様のために働かなくっちゃいけないのに」

そう言ったミサの言葉は、その当時、極道に身を落として生きようかと考えた冴木に一条の希望を、改心という形で与えてくれたのだった。

疲れ

地球の傾斜が季節を作る。星月夜となった頃、ようやく涼しくなり始める。この頃の冴木は荒れていた。信用していた知人はみんな自分のためにだけ生きてゆく。すべてが欲望の為せる業であり、各々が金、女、酒の虜になっていく。この日本から当たり前の男達がどんどん消え失せている。国の安全とか、国際問題とか、すべてが他人事として片付けられてゆく。戦争にしても、この国では、もうすでに過去の遺物となってつい果てた。

生きることに精一杯の男達。何とか家族の面目を保とうと、嘘八百を並べて生き抜いているのである。冴木の周りの男達だけがそんな風だとは思えない。この国は、思想も宗教も愛国心も、東洋哲学に言う忠孝仁義礼智信も廃れてしまった。これからは、誰もが自分ひとりで生きていかなければならない。生きるために必要なものは、ばれない嘘である。ああ、なんて悲しい民族になってしまったのだろう。奢れるものは久しからず。胸の中でそんな声が木霊《こだま》する。

約束が果たされないことが当たり前となった。敵国に大和魂であり神である日本刀を接収されたと共に、日本古来の武士道は消滅した。男同士の友情などというものは損得でしか存在しなくなった。損得の友情は金の切れ目が縁の切れ目となる。人をただで使う者。そんな人は自分の主義主張は通そうとするのに、相手の主義主張は聞き入れない。自分が完璧な人間で、他人は不完全な人間だと思い込んでいる。人の面子や立場は考えない。人に要求する常識は、己には要求しない自分勝手な輩である。上辺だけ他人の立場を思っていると見せかける者。自分が口に出しても言った事はやり通さない。見栄欠く、義理欠く、恥欠くは弱者の思想から一般の思想に転じてしまった。人を煽《おだ》てて、利用はしても、自分に不利益が生じる可能性が発生するとすぐに逃げ出す者。現代とはこんな男達が率先して生き抜けるのである。

冴木はこの歳になっても、人を信じて裏切られている。そんな事の繰り返しが、彼の人生そのものだ。冴木はこんな生活を送るようになって新しい数人の知人を得た。その内の一人が冴木に一週間に一度は呑もうと約束した。数ヶ月前、権堂の外国パブへ呑みに行った。そこで気に入った女を金で抱いたその知人は、次の日に冴木との待ち合わせを破る。

「どうした？　十時の約束だったけど、連絡、取れないし。俺は電車で帰って来たよ」という冴木に対して、

「それがさ、まー激しいセックスする女でたまげたわい。朝さ、その女が自分の部屋まで連れてってくれて、飯、ご馳走《ごちそう》になって来ただわい」ととぼけた話を始めた。

「だって、あの女はさ、別の奴ともデートに行くんだよ。金目当ての女に熱くなったらだめ

だよ」という冴木の助言をよそ目に、

「いや、そうじゃねえだわい。デートには行くけど、いつもやらなかったつうわい。それに、金はあるらしいわい」

この知人はもうこんな事を数十回は繰り返していて、冴木と二人で呑みに行く度に、デート専用の女を、取っ換え引っ換えしているのだ。女房も子供もありながら何の不満があるのだろう、と冴木はその知人に不満がいっぱいである。金が出来たのは分かる、がそんな生き方をしてたら、金が無くなるどころか家庭まで無くしてしまうと冴木はその知人を気遣っている。

「日本でそんな事をしている女達は、みんな金のためにやっているんだよ、分からないかい？」冴木が知人を心配した。

別の知人が、ある日、ある和食堂で昼食をとっていた。すると、この色ボケしてしまった知人は性懲りもなく、その売春婦を同伴して、別の知人と同じ場所で食事をしていた。如何にも自分の女として連れ歩いていたのが悪かった。その別の知人が、この話を冴木の耳に入れたのだ。この話を聞いた冴木に、色ボケしたこの知人がそれを指摘されてから、彼は冴木と音信不通となってしまった。もちろん、別の知人も、その女が売春婦であることを知っていたから、なおのこと、彼の跋が悪くなったことは当然である。冴木に忠告されたその彼は、

「あれは、会社の事務員だわい」

と、正々と白を切って見せるところに人の悪さが滲み出てしまった。今は不景気で働けないのに、どこで会社の事務員と知り合えるのかが不思議なことである。大人の、しかも男同士の嘘は人間関係の破綻を招くことは当然である。


ミサは冴木の元気のなさを心配していた。ミサは冴木と九月上旬に会う約束をして冴木を励ました。ミサが冴木に会えることになった前日のこと。冴木は実家へ連絡を取った。前回、ミサに十万円の小遣いを貰っている両親はミサを接客する義務がある筈だと冴木は考える。

「ミサが約束だから。そう言って、明日来ることになったよ。俺も、嬉しくて今日は一杯呑んでいるとこれさ」と冴木は一合コップに安焼酎の生酒を煽る。

「ふーん。ミサが来るだかい？」と電話口で小声の冴木の母親は彼に合槌を打って見せた。

「なんだ？　元気がねえな？　どうした？」と冴木は母親に質問した。

「親父様、呑んでいるからさ。今日も、どこの人かは知ねけど、三人ばかり、一升持ってきて呑んだからさ。昨日は山田さんと呑んだし、な。ここのところずーと呑んでるわい」

この話をしていると、四十数年間、聞き続けているアル中親父の怒号が受話器から聞こえてくる。

その瞬間、冴木の記憶が次々に甦った。その怒号を聞いて、過去何回も冴木は泣いた。いや、何百回、何千回も泣いた。あの怒号の末に、過去四十年、全ての物が破壊されてきた。

お袋は言っていた。その家を気違いの宿だと。洋服ダンス。こたつ。テレビ。襖。障子。玄関。すべての物が毎回破壊されてきた。そして、夫婦喧嘩、母親の叫び声、年寄り達の悲鳴、弟たちの泣き声、パトカーのサイレン。警察官。玄関の前に叩出された調度品のがらくた。畳に滴る母親と年寄りの鮮血。近所中の人盛り。そんな中、警察官と父親の会話が始まる。

「俺の家を改造してどこが悪い」と父親が警察官と問答を始める。

「暴力を振るっちゃいかんだろう」と糺す警官に、

「証拠があるのか？」

「母ちゃん、泣いているじゃねえか」

「泣いてたって、そりゃ、俺の家の勝手だろう。ん？　女房《かかあ》に、模様替えの手伝いをさせて、うまく出来ねーから、怒っただけじゃねえか？　おめえ達は夫婦喧嘩もしねーっつうのか？で、一体、何の用なんだよ、まさか、誰かが俺の模様替えにけち付けて、おめえらを呼んだのか？　だったら、俺が、そいつらと話しつけてやるから、文句ねーだろう。名誉毀損だもんな。おめえら、一体誰に呼ばれたんだ？　ん？」と父親が更に興奮する。

「警邏中だったんだよ」と警官が気を使うと、

「ほんとだな？　それだったら早くけーってくれ。頼むよ。俺、もう寝るんだからさ」と父親が警官を追い返す。

警官が帰った後、父親は延々と家族全員に説教を繰り返す。気が付けば朝靄が当り一面に立ち込めていた。

冴木が生まれて、四十数年経っても一向に変わることのない怒号。これに対して、彼は切れた。

「ちょっと、アル中に代われや」

十四歳で初めて冴木はこの父親と取っ組み合いの喧嘩をした。ビルを射殺した三日後だった。冴木が中学から帰宅すると、父親はまたも酒を呑んで母親を殴りつけていた。母の年老いた両親が、「誰か、誰か、助けて」と、近所中を走り廻っていた。近所の者達も、前に何度か、助けには入ってくれたのだが、入った者はみんな体の大きな父親に殴られた。だから、いくら年寄りが助けを求めても、母を助けてくれる者は誰一人としていなかった。

その日、冴木は母の悲鳴と流血を見た瞬間、体重差約二十キロ、伸長差十センチの父親に戦いを挑んで母親を逃がした。冴木は泣きながら体の大きな父親と喧嘩した。大声で喚き散らした。この世からこの親父がいなくなったら、どんなにみんなが幸せに成れるだろう。ただひたすら、それだけを考えた。ナイフで人を刺す父、飲酒運転で人に家に突っ込む父、飲み屋で喧嘩して人々を殴りつける父、実の兄をバットで殴り半身不随にした父、実の母親を全身アザだらけになるまで折檻して、服毒自殺までに追い込もうとした父の姿は、冴木の目には弱い者いじめをする無頼漢にしか映らなかった。そんな父親の悪行は数え上げたらきりもない。冴木はこんな父親と高校を卒業する時まで、ほぼ一日おきに戦って母親を助け続けた。戦ったと言っても、勝てるはずは無かった。

「殺してくれる」といつも、父親は、木刀、包丁、鉈《なた》、のどれかを手に冴木を追廻した。その恐怖心と言ったら半端な怖さじゃなかった。だから、いつも最後には、山奥、川原、バス停、などに逃げて込んで息を殺して夜が明けるのを待ったのだった。お陰で誰よりも勝気になった冴木ではある。


「アル中、この俺がこの歳になっても変わんねーんだな。よし、分かった。とにかく、アル中に代わってくれ」冴木は酔いに任せてこう母親に告げた。

「なんで？　もう寝てるよ」と母親が親父を擁護する。

「寝てる？　今、能書き言ってたじゃねえか？　この野郎」と冴木の言葉が荒くなり始めた。

「この野郎って、おい、なんだだい？」と母親が冴木を叱責した。

「何？　てめえ、母親だからって、俺の言う通りにしなかったら、許さねーぞ」と冴木が凄む。

「何を言っているの？　おいだ《おまえ》って酔っているでしょう」と冴木を宥めようと母親がした。

「何？　てめえ、さっきなんて、言った？　ん？　今日も知らねえ人が三人来て、呑んで行っただと？　知らねえ人って一体どんな奴らだ？　馬鹿野郎、てめえら、なめやがって、ミサに貰った金で、他人様に昼間っから、酒、くれてんじゃねえ！　ミサはな、てめえらに少しでもいい物、食べさせてえから……薬代にでも困らせたくねえから……そんなこと思って、銭置いていったんだぞ！　てめえら、そんなミサの心が分かんねえんか？」と冴木は本題に入った。

「ん、そんなこと言ったってしょうがねえじゃねえの。親父が勝手に呑むだもの」

冴木は酒を生酒でぐいぐいと煽り続ける。彼はとにかくミサの心が酒に変わってしまった、と考えると悔しくてならなかった。それと同時に大声となる。隣三軒にも木霊せんがばかりの大声を張り上げた。

「良く聞け、この馬鹿野郎共！　お前らも、ミサを外国人だからってバカにしてるんじゃねえだろうな？」と冴木は母親に間違った因縁のつけ方をする。

「誰がそんなことを言ったの？　ミサがいい娘だってことは良く分かっているでしょう。私達が何でミサを馬鹿にしなきゃいけないの？」と母親が反論する。

「こんな田舎のバカ共は、外国の女と言ったら性の対象としか見てねえからさ」と冴木が言う。

「そんなことないでしょう。外国人だって日本人だって同じでしょう」と母親が言う。

「だから、俺が言うのは、ミサに金もらって俺にそれを言わなかったら、俺がミサにどういうふうに礼をしたらいいのか？　てめえに聞いているんだよ！」と冴木は母親を問い詰めていく。

「そんなこと言ったって……」と母親は言葉に詰まった。母親にしてみればミサにしてもらったことを冴木に告げなかったのには理由があったからだ。

「お前ら他人にして貰って、俺に一言もそれを言わねえとはどういう魂胆だ？　てめえら、それでも人間なのか？　それでも人の親か？　ん？　てめえが俺だったらそれで良いのか？　貰って悪とは言わねえが、なんで、それを俺に言わねえんだ？　俺の女にして貰ったら、俺にありがとう、こうして貰ったよ、って言うのが人の筋道じゃねえのか？　馬鹿野郎！　よく考えてみろ！　俺が怒ってるのは、な、そんな当たり前のことができねえような人間になっちまった、てめえと親父に文句言ってんだ！　貰ったら貰ったとはっきりしろ！　てめえらそう俺に教えたんじゃねえのか？」と冴木は頭からは熱気が立たんばかりだ。

「それはその通りだな。それは私達が悪い。おい《おまえ》の言うことは良く分かるし、その通りだ。でも、だからって、おい《おまえ》の言い方はおかしいじゃねえの？」

と母親は冴木に油を注いでしまった。冴木はミサを心配した連続の日々を送っている。それはミサが日本に来て、女として間違ったことをしてしまうのではないか、という心配だった。

　金のために日本にやって来て水商売にどっぷりとつかる外国人女性が、この長野という場所には比較的多かったために、ミサがそんな生き方をしてしまったらどうしよう、そうなったら、自分のせいだと考え詰めていたからである。そういう一部の女性だけを見て、外国人女性全体を悪く解釈しがちな田舎の人々の目を気にするためでもあった。冴木はそんな気持ちを独り興奮して、頭から湯気が立つほど母親にその怒りをぶつけたのだ。こんな時の、暴言は気違《きちげ》えの宿の常套句た。

「この野郎、てめえら、そんな風にミサを見たんか？　ふざけんじゃねーぞ！　この野郎！　ただで済むと思うなよ！　俺を本気で怒らせたな。今から行くから覚悟しておけ！」と冴木が母を一方的に脅した。

「この野郎って、なんだだい？　おい、それ《おまえ》、親に向かって言う言葉か？」

母親にしてみれば、そのことを冴木に伝えたくても伝えなかったのは、あの日の晩、ミサがそのことを冴木に、決して伝えないで欲しいと母親に頼んだからであった。

「何？　親だ？　てめえら、親らしいこと何したんだ？　吉見や信康のことだって、てめえらが、酒ばかりくらってて、おかしくしたんじゃねえのか？　なあ？ミサに何かあったらな、てめえらこの野郎、許さねえからな。今から行くから、親父に首洗って待ってろ、って言っとけ！」

と冴木がすごむと、母親は言葉がなくなり電話をガシャ、と切った。はっきり言って冴木が母に甘えたかったのも事実だ。しかし、この年にもなるとこんな形でしか自分を表現できなかった。悲しい生い立ちと生き様である。

携帯の電池ももう残り少ない。冴木が母にリダイヤルで電話をかけても、受話器が上がったままだ。プープープープーと繋がらない。悔しくて、悲しくて涙が湧き上がった。男のくせにいい加減にしなきゃならんことは分かってはいても、ミサの面子を考えると回りの連中に腹が立って仕方がなかった。その数日後、冴木の母は心筋梗塞で緊急入院した。

誤解

ミサに会えないことに加えて、携帯電話の不便さが引き起こす難問は、冴木にミサに対する余計な心配を重ねさせていった。冴木が何かに取り付かれたように、ミサは間違っても自身の体を汚す女ではないと自分に言い聞かす。無性に辛かった。今日も、やはり、酒が入って、邪推をまわすのは、先まで隣で呑んでいた中年男性が、またもや商売で買った韓国女性を連れていたからだ。日本人の夫婦連れが選挙の帰りに、焼き鳥「ろくがわ」で彼等と同席していた。

韓国女性を連れたその中年客が帰ると、夫婦連れは口々に言ったのだった。

「韓国のそういう女性が多くなったねー。韓国人、すごいわね」と。その人達の言った言葉が頭について冴木を余計に悩ませる。

ミサは違う。ミサだけは違うんだ、と。歳をとったせいか、呑みすぎたせいか、冴木は一人俯きむせび泣く。時間が経っても、悔しさは収まらなかった。ミサ。ミサ。ミサ。冴木の頭の中はやさしい弥勒菩薩のようなミサの姿でいっぱいになった。ミサ、ミサだけは違うんだ、と冴木はミサを思う気持ちから、まるで精神病患者のようにミサの名前を呼び続ける。

それからしばらくすると、ミサからの携帯が鳴った。ミサだ。嬉しくて、冴木は携帯に向かって微笑む。

「今、野球見ています。チャギ、大丈夫? お酒、呑んだの?」と可愛いミサの声がする。

「うん。少し。大丈夫」と冴木は優しく答える。

「私、野球終わったら、また、電話するからね。あんまり呑まないでね。心配しないでよ」

「うん」冴木は嬉しかった。でも、なんで、野球場に行くの? 誰と? なんで俺と行かないの? と、また、酒を呑みながら邪推をする。そう考えて、彼はますます、悔しくなって行く。冴木がミサにやきもちを焼く気持ちはこの頃では異常である。いつも、ミサが冴木に言う、

「心配しないでよ。私がそうするんだったら、すぐできる。明日にでもできるよ。韓国帰っても、男つくるんだったら、すぐできる。でも、チャギ、私、チャギと付き合って、もう一年経ったよ。つくるんだったら、すぐできるけど、今はチャギしかいない。チャギだけよ。私、頑張ってるでしょ。洋服屋さん。だから、理解して下さい」

こんな話を冴木は聞きたくない。ミサのこの話は、彼の感情に火を注いでいるだけだった。

我慢してくれ。理解してくれ。男はいつもできる。そう言われて喜ぶのは馬鹿だけだろう。焼き鳥「ろくがわ」のマスターに冴木はミサの自慢をした。

「俺の韓国の、女房《かかあ》、だけは、そこらの外国女とは違うんだ、勘違いするなよ」と。

ミサが韓国本土の女性だから信じてくれているとは思うが、マスターは黙って冴木の話は良く聞いてくれる。これが一杯飲み屋の秘訣である。

野球が終わってミサは約束どおり、電話をかけてきた。今から電車に乗ると言った。関西の地理感のない冴木の脳裏に、こんな遅い時間に、電車に乗って京都まで帰って、明日、長野へ来られるのだろうか？　という思いが浮かんだ。すると、受話器から男の声が聞えがする。冴木はなんとも言えぬ気持ちになった。どういうことだ？　ミサが、ミサが、今、俺はこの女を信じて生きているのに……。

記憶が、焼酎の生酒一升とともにこの日、生まれて初めて消えた。古ぼけた旅館。六畳一間のカビの匂いのする部屋で、冴木は夜中の三時に目が覚めた。頭が痛い。体が重い。寝ていられない。かといって立てない。どうやって、俺はここまで戻ったのだろう。確か、セブンイレブンでおにぎりと滑子汁を買った。それで、お湯をさして……。部屋の隅に押しやられた四寸角の小さなテーブル。その上に、その滑子汁の空とおにぎりの空袋が三つ転がっている。

冴木は大学時代の刑法の講義を思い返していた。原因において自由な行為。俺様は記憶が無くなった？　ということは、原因において自由な行為者か？　それにしても、記憶が飛んじゃまずい。こんなに苦しくなるまで呑んでもだめだ、冴木はそう思った。

具合が悪いのだから、よく眠れるはずも無かった。なにしろ近頃は、回りの連中におちょくられてばかりである。しかも、みんなの言うことは外国人の女の話だけのような気がしてならない。まあ、それだけ、この頃では外食が多く呑む機会が増えたのだ。そんな中でミサとの会話だけが、唯一の楽しみであり慰めでもあった。しかし、冴木が夜間、電話する時は、決まってミサは電話に出なかった。韓国にミサがいた時は、そんなことが無かったのに、と何度も彼はミサのことを思い返した。

彼の脳裏に、するんだったらすぐできる、と言うミサの言葉がついて離れない。近頃は、あまり眠れない。眠れないから、一杯煽って眠る。こんな事の繰り返しだ。眠れない理由はただ一つ。ミサを心から愛しているからだ。しかし、ミサの例の言葉は冴木の負担となる。夜間、いつかけても繋がらない携帯。冴木はミサの秘密裏を感じて苦しんでいた。

愛しているからこそ、貞操を求める。だが……冴木はミサの借財の事実も知ってしまった。それも辛くてならなかった。自分の力の無さを余計に冴木が呪縛していった。もう、ミサに苦しく悲しい思いはさせたくない。その思いは、ミサが冴木と別れるほうが良いのかもしれない、と考えさせる引き金となる。どうしても、例の言葉を聴くと、こういう結論を導き出して悪い等符号として合致させてしまうのだ。その例の言葉は連絡の不通から生じたものである。辺りの環境はこうして冴木に追い討ちをかけたのだった。

その朝、なんとか風呂だけ浴びると、冴木はいつもよりも快活に動くことができた。今日はミサがやってくる日だったからだ。電話では通じない自分の思いが告知できる。ようやく、楽になれる。きっと。そう信じて、彼はミサの好きなサウナつき温泉旅館まで足を伸ばして予約した。実家へ行った。昨日の話を付けた。酔っていなければ話もスムースに進む。やはり、人間は人の顔を見て話さなければ通じないことがある。電話での話は声だけだから、誤解が生じてしまうのは仕方の無いことだ。今日、ミサにあったら、よく話をして誤解のないようにしよう。そう決めた。

それにしても、昨日の記憶はどこへ行ったのか。去年ロシアで研究していた乖離《かいり》について冴木は考えてみた。確かに、自分のような環境で養育された者に二重人格が発祥する例は多々ある。しかし、まさか。と自分に問いかけてみる。過去の出来事で記憶がはっきりしないというのは、愛犬の射殺についてだけである。いや、覚えてはいるのだが、はっきりとした記憶のベクトル上に無く、次元の違うところに存在している感がある。それが、父親の怒号が引き金となって、涙とともに何か訳が分からなくなるのである。

冴木がこんな分析を試みている時、今朝一番の携帯が鳴った。

「もしもし、ジョウウンアッチンイムニダ《天気の良い朝ですね》」と冴木は昨晩に何もなかったようにミサにこう告げた。

「何？　何が……」とミサは言葉をはき捨てた。明らかに怒っている。

「何？　どうしたの？」と冴木はさらりと聞く。

「昨日の電話は何ですか？」

「なに、俺、また、変なこと言ったの？」と冴木は驚いた。

「はい」冷たいミサの返事だ。

「俺、昨日……」と言って冴木は物凄く緊張した。その結果、腹痛が襲う。声もかれ、口も渇いて顔は青ざめた。

「なんですか？　昨日、このやろとか、ちきしょ、とか留守電、聞かせるから。ちゃんととってある。昨日、眠られなかった。はあー」とミサは長いため息を吐いた。

「……」

「覚えないの？　お父さんと同じ、違う？」この言葉は冴木にはきつかった。頭がふらふらして心臓が高鳴った。

「俺はそんな馬鹿じゃない」それだけ言うのが精一杯だった。

「はあ。私、ずーっと考えた。私、するんだったら、いつでもするよ」また例の言葉だ。冴木は女性と話して初めて途絶寸前になった。

「電話では伝えられない事があるよ」と冴木はミサに告げたが、

「何？　電話でも話は十分できる」今日のミサは怖い。と言うより、もしかして今日、行かないと言われると、誤解を帳消しできない辛さが怖かったかもしれない。

「今日来たら、話すよ」と冴木が言った。

「行かないよ。行かない」やはり、そう来たか。冴木に粋は完全に消沈した。

「……」

「ヨボセヨ。なぜ黙っていますか？」

怖い。本当に怖い。何か話せと言われても……話したくても声が出ないのだ。確かに、この頃やきもち焼きになっているかもしれないが、こんな怖い思いするなら、いっそ死んだほうがましだ。

「ネー《はい》」とやっとこ冴木が声を出す。大陸の女、しかも、惚れた女に勝てるはずは無い。

「するんだったら、いつでもできるよ」また、例の言葉だ。

「分かってるよ」と冴木は借りてきた猫状態で返答する。

「昨日、電車乗る時、電話したら、ん？　男の声がする？　ちきしょ？　ばかやろ？　仕事する。何回も言って、ほんと、私、この男とは……だめ、ちがう？　思った。私、韓国帰ったら、明日でも、すぐできるのに。帰りの電車の中、男も、おばあさんも、おじいさんもいるのに、男の声がして当たり前でしょ。ん？　それなのに……私、もう、チャギと会わないなら会わないできる女ですよ。何ですか？　昨日のあの電話」

と完全にミサは自分のペースで話の主導権を握った。

結局、その日にミサは来ないこととなった。明日、来ると言った。明日、行って話しましょう、と言った。二人の約束を自分の不甲斐無さが不意にしてしまったのだ。ミサの頑固さもかなりの物である。仕方ないと冴木は腹を括った。

ミサに会いたいのは冴木である。ミサは冴木に会うことよりも、何か別の物を選んだのか？　こう思った瞬間、冴木の心の中で何かが動いた。目覚めの瞬間である。明日の事は明日になってみなければ分からない……。


翌日、京都発一時三十四分の新幹線ひかり百二十号から、東京発四時十六分の新幹線あさまに乗り換え、ミサは佐久平駅に十七時五十分に到着した。

冴木は、何とかミサのために生きられたらと常々考えている。実は、冴木の考えの中に最後の切り札がある。その最後の切り札という賭けに出るのか、それとも、今のままで全く新しい生き方をするのか、彼は大いに悩み始めた。全く新しい生き方では、このまま何らかの学習を積んで専門の職業に就くということである。それが二年先か十年先かは未来のみが知ることであろうが、どちらにしろ、大金を稼ぐことはできないのが確かである。せいぜい、デモシカ先生くらいが上等なトラバーユと考えておけば、平凡な老後を送れる可能性が生まれる。

しかし、最後の賭けに出れば、デモシカとは全く反対の生き方となる。その決断までには、もう少し時間が必要であった。だが、その最後の切り札とて、今の冴木に可能なのかどうかが定かではない。また、潤沢な資金があればあるほど優位になれるこの切り札を使うために、いかに早急に、また、どうやって、資金を捻出するのかが問題である。またこの切り札は、冴木の人生を大きく変えてしまうはずだ。だから、結果的にそれが原因となってミサとの別れが生じる可能性すらある。何よりもこの切り札では、相当の研究も必要である。果たして時間が足りるであろうか？

ミサを快く迎えた冴木はミサとの会話を楽しんだ。何のことはないのである。二人が一緒にいて顔を見ながら話をすれば、ミサも冴木の心が良く理解できるのは当然であった。菅平の山頂から八ヶ岳連峰に沈みゆく夕日を車中から見ながら冴木が言った。

「俺達、どうなると思う？　俺は……きっと、変わらない。でも、お前は変わるだろう」

「なぜ、どうしてそう思うの？　チャギの心が変わらないんだったら、私も変わらないよ」

ミサはこう答えた。

「嘘だと思ったら、一年に一度だけ会う恋人になろうか？」冴木が意地悪な物の言い回しをする。

「チャギが、そうしたいんだったらしかたないけど……でも、一年会わないんだったら、恋人じゃないね」ミサは本音を語った。

「例えば、一年会わなくても、俺の気持ちは変わらないんだ。でも、お前の気持ちは変わるよ」冴木はそう決め付けた。

「チャギャ、私、そんな女と違う、そんな風に私を思うの？」とミサは言った。

「お前は、今、お父さんの裁判費用のために、かなりの金が必要だろう。お前が、ほんと、毎日、お酒呑んでいて……確かに営業は分かる。でもな、例えば、どうして、お盆が過ぎてもソウルに帰らないんだ。それは、売れ残っている夏服があるからでしょう。商売はそんなに甘いものじゃない。確かに、その考え方、やり方は間違ってはいない。でも、売れ残りがあったら、帰れない、それは皆が分かること、知っていることでしょう。売っても、売れない物はどうするか、が決まっていなかったら、だめだよ。お前、さっき大阪で店を出せたら、自分がきっと成功すると思っていると言ったでしょ。そして、今、お前にそうして上げるという人が二人ほどいると言ったでしょ。俺はその人達を良く知らない。でも、もし、若くてお金がある、お前の言うそんな優しい男がお前のために店を出してくれるとしたら、どうなるだろう。交換条件はおまえの自由って言うことになるんじゃないか？　お前、例えば、それでお父さんの裁判費用が捻出できるとしたら、受けるでしょ？……今、お前は恋人あるね、俺が。でも、その男は、最初は、俺のことを承知して許してくれた。でも、やがて、時間がたったら、絶対にその男は冴木と別れなさいと言うよ。当たり前だろ？　始めから俺の存在が分かれば金を出してくれないかも……な」

と冴木は自分たちの将来をミサに思い浮かべさせた。

可哀想なミサ。日本の事を何も知らない。分かる。痛いほど良く分かる。毎日目覚めれば金という不安が襲うのだ。借金とはいかに怖い物だろう。人間の人格、運命、性格のすべてを変えてしまうのだ。ミサは日本に来て真剣に商売をしようとしている。それを協力してくれる人間が無償で、面倒を見てくれると信じているのだ。バブルの絶頂期ならする奴もいたかもしれないが、こんな現況でそれができる、というよりする連中は必ず何かの裏がある。今の日本では、銀行が顧客に金も貸さないし、景気そのものが回復していないのも事実だ。

韓国クラブのママがミサに紹介したいと言う自称実業家にしても、表面的に紳士顔をしても、日本人気質がそこに存在する限り、明らかにミサが考えているような人間でない。ミサの性格では、日本人を手玉にとって、金を稼ぐことは不可能である。ましてや、土俵は日本なのだ。ミサが騙されることは言うまでもない。たぶん、多くの不安や負債を背負い込んで帰国の途につくか、あるいは、こんないい性格を相当に悪く変えられて帰国するか、のどちらかになってしまうことが手に取るように分かるのだ。

将来的には、何らかの方法で必ずミサの問題を解決すると冴木は自分を信じている。しかし、時間的にそれが可能なのかどうか。ミサがどのような選択をするにしても、できるならば、ミサの性格だけは変えたくない。そう考える冴木であった。ミサは近頃、かなり酒癖も悪くなっている。毎日が不安なのだから仕方もないのだが、それを考えるといても立ってもいられない冴木だった。

「そうね……」ミサが言う。

「それで、洋服の商売が成功するかしないかは、また、別の話なんだよ。ソウルで、チェジュで、商売して、例えば巧くいかない場合だって考えられるのに、大阪で成功する保障がどこにある？　なんで？　商売は、な、はじめに借金があったら巧くいかないと俺は思う。やがては……ね、そうした男と、結婚するか、セックスパートナーになるか分からないけど、お金が、例えば、服が売れなくて、収支が合わなかったら、また、その男がお前にお金を出すだろうか？　その男がお前の債務を保障して、お前が金融機関から借り入れを起こすようになってゆくのさ。だから、商売して成功するためには、甘さが命取りになるよ。世の中、すべてがお金だろう」と冴木は現実的な話を始めた。

「チャギヤ、じゃあ、どうしたらいいの？　私がこの洋服の仕事やめて、チャギが面倒見てくれる？　だったらすぐやめる、チャギの言う事を何でも聞く。できるの？　例えばチャギが言うようなことになっても、それは、それで仕方ないでしょ。チャギがしてくれるんだったら……チャギは今、大変でしょ、私が四十まで待てばいいの？　五十まで待てばいいですか？　チャギ……」

ミサは困惑を隠せなかった。冴木が想像した通り、ミサは夜の水商売に興味を持ったと同時に、売り込みに入った先のママさんから、金持ちの男、二人を紹介されていたのだ。ミサは冴木に気を使って、その人達とまだ深い関係にはなってはいなかったのだが、ミサ自身、金のためにはそんな生き方をしても、仕方ないと考えつつあったのだ。

「……俺は、愛について話しているだけ。俺はお前を本当に愛している。その心は変らない。そんな話をしているだけ。人は金で生きたらだめだ、と信じているという話だ」

冴木は何かを悟ったかのように、静かに自分の胸の打ちをミサに伝えた。

「……分かる。チャギの話は分かるよ。私もチャギ、愛しています。でも……どうすればいいの？　私……私、洋服屋さん好きだから、今は頑張っている。遊んでないよ。遊びだったら、チャギとずっと一緒にいたい」ミサは冴木の話を聞いて、自分が心に決めた冴木との別れを嫌った。

「俺だって分かるさ。愛し合っている二人が一緒にいることができないんだ。今は。電話で話しても、顔を見てお互いに話すわけじゃないから、誤解が生まれるし、な。この前の、お前の言った外だって、俺には、ちょっと、に聞こえて、すごく他人行儀だった。そう思ったから、すごく腹が立って……しかも、酒を呑んだ時に、そうなるし、な」冴木は誤解の一つ一つを紐といってゆく。

「チャギヤ、お父さんみたいになったら、どうする？　私、チャギがお父さんみたいになると怖い」ミサはこの頃の冴木の酒癖の悪さを心配した。

「大丈夫。俺はそんな男じゃない」

「チャギヤ、話、変えたらだめ？　もう、その話したくない」

「そうだな、分かった」

冴木はミサの心や気持ちが痛いほど分かった。それ以上のことを言わなかった。ミサが心の綺麗な、家族思いの女であることを冴木は誰よりもよく知っている。

別れの予感

ミサが再び大阪に帰って三日が過ぎ去ったその晩、冴木はまたも大いに荒れた。日曜日だというのにミサの活動資金が気がかりで、一日中知人宅を廻って商品の売込みをしていたのだ。しかも値段は、客の言い値を提示した。冴木がこの一年間委託の買い取をして溜めて来た美術品の全部を持って売り込みをしていたのだ。仕入れをはるかに下回る金額で夜十一時頃までに商品のほとんどを売却したが、金額的には十万くらいにしかならなかった。結果的には仕入れの五分の一ほどの値段にしか成らなかったと言うことである。苦労して買い取ってきた美術品は底値知らずとなった。彼は自分が一年かけた結晶がこの様だと苦笑するより他なかった。

日曜日と言うこともあって、現金でくれる客はほとんどなく、明日の月曜日支払いで確約を貰った。冴木は、いつもの「ろくがわ」に寄った。明日になれば十万の金ができる。確かにそれで、今の冴木の金品はすべてなくなったのも同然だったが、愛するミサのためになるなら、それも良いと気分を良くして、樽ハイを注文する。それは、今の今まで、お客に酒を勧められながらした商売では、いくら多量の生酒を煽っても、商談の緊張や客への礼儀から酒に酔うことができなかったからである。今こうして、一応、ミサに送ってやるための資金を作り、自己満足の境地でうまい酒を呑めたら、という思いのためでもあった。

すぐにミサに報告してやろう。冴木はそう思った。一時間ほど前にミサから電話が入ったが、接客のために電話に出ることができなかった。今日は、昼の二時過ぎに冴木からミサに連絡をした。ミサは堺に向かうために、タクシーに乗る準備をしていると言っていた。多分に荷物も多く、一人でそれをしているとしたら……大変だと冴木はミサの姿を想像する。

冴木が樽ハイをジュースのように呑んだのは、その甘さとのど越しの良さからである。しかも酔えるからである。この日の酒は異様に美味かった。留守電を聞く。

「チャギヤ、チャルジャ」と、だけ言ったミサの声は泥酔いの声である。

冴木はミサに電話をかけていた。出ない。リダイヤルした。出ない。五分経って、もう一度かける。出ない。リダイヤルした。出ない。もう五分してかける。出ない。リダイヤルする。やはり出ない。もう一度五分ほどしてかける。話中となった。リダイヤルする。話中。もう一度リダイヤルする。話中だ。さらにもう一度。電波がなくなった。コールしない。ただいま電話に出ることができません。発信音の後に……。

「ウエ《どうして》、チョナアンパダヨ《電話に出ない》、チョナチユウセイヨ《電話をくれ》」

暫く待ってもミサから電話はかかって来ない。

いつもミサと一緒に行動しているはずの、ミサの友達ミミに冴木は電話をしてみた。時刻は十一時四十八分だ。

「アンニョンハセヨ《こんばんわ》。ナヌン《私は》、ミサエ《ミサの》、ナムジャイエヨ《彼氏です》。ミサ、イッスイムニカ《いますか》?」

「ああ、こんばんわ。ミサね、今、今里に行っています。私が電話して、冴木さんに電話するように言いますよ」とミミが言った。

「今、ミサに電話しているんですけど……電源が入っていないんですよ」と冴木が言う。

「そうですか? でも、一度電話してみますよ」

「ありがとうございます。じゃあ、お願いします。また、かけます」

一緒に行動しているはずのミミはミナミで川田という彼女の彼氏と一緒に酒を呑んでいるのだと言う。先日、ミサは、夜であっても電話に出ることを冴木に約束した。しかし、彼女は、この晩もやはり電話に出なかった。約束からまだ三日も経っていない。

ミサが電話に出てくれることさえしていたら、冴木が彼女を信じていたことは言うまでもない。

「ウエ、チョナアンパダヨ?」

こんな留守電を数度と入れた。不安がよぎる。先日までの辛い思い出。また、金と男の問題か？　やるせない思いで胸がいっぱいになった。何のために今日は仕入れの八割も割って、金を作って歩いたのか？　酒とともに、なんともいえぬ例の焦燥感が冴木の心にこみ上げてきた。金曜に送った十万だって今の冴木には大金で、その後、食事もままならなかったのだ。なぜ？　嘘だろ？　まさか、と冴木は自問自答を繰り返した。自分がとても惨めで哀れな気持ちになった。

ミサが男といれば、電話に出られるはずもなく、電話を切ったとすれば、冴木からの電話と認識して切ったはずだと彼は思った。電波がないところといえば防音システムの連れ込みホテルか？　どちらにしろ、ミサが例の話の男と今一緒にいるということは、論理的に矛盾しないと冴木は判断した。

「やっぱり、出ないでしょ」と言う冴木に、

「出ないですね、明日、電話するように言います」

誰にも負けず酒に酔って、よく口が回っていないミミが簡単に物を言う。

「ミサは今、男と一緒ですね。野村さんでしょ」

と冴木はミサがこの間、口にした男の名前を言ってみた。

「それは……明日話しましょう」とミミが意味ありげな話し方をする。

「なんで、明日なんですか？　今日はミサ、戻らないいんですか？　今日、話す事があるんで

すよ」と冴木はミミにもバカにされているような気がしてならなかった。

「今日は無理ですね」と言うミミに、

「無理？　無理だって言うことをミミさんは知っているんですね？」と冴木が言う。

「今日は無理です。明日、話しましょう」ミミにこう言われて、冴木は本当に悔しかった。

この女は、ミサの事も俺の事もみんな知っている。そう、冴木は思い込んでしまった。ミミはミサの事情を知っていて、俺を馬鹿にしている。

「分かりました。そうしましょう」

と冴木は笑いながら電話を切った。女がその自由を売って金を稼ぐ？　冴木にとってはそれが嫌で、嫌でならなかった。女の心と体は一緒だといつも信じてきた。この頃の日本女子が合コンなどと言って、その日知り合った男と情事に走るなどという世相が、日本人女性の魅力をそぎ落としてしまった。亭主に隠れての浮気。出会い系サイト。そんな物が嫌いで韓国女性に惹かれていたのに……。

「俺は、お前だけは信じていたのに、どうして、俺を裏切るんだ？　お前は何のために日本に来たんだ？　服の商売のためだろう。そんな事やっていて商売が巧くいくのか？　どうして約束を守らない？　お前、男は関係ないと言っただろう。…………………やきもち？　確かにそうだろう。でもな、俺は、毎日お前に会いたいのに、お前が言う会いたくない男と毎日会っていりゃ……人間にはな、単純接触の法則っつうのがあってな……どうして、俺を騙す？　嘘言って、約束守らないで、お前、それでも人間か？　お前は俺に何を教えてきたんだ？　俺はお前を信じて生きてきたのに……こんなに小さくなっても、お前だけを信じているのに。今もおまえを愛してる。だから……なのに、お前、野村ちゃんと一杯やって、これから一発やりに行くのか？……馬鹿野郎！　なめんじゃねえぞ！　この野郎。もう韓国へ帰れ！　そんな事しているんだったら、もう日本に来るな……」

云々と冴木は留守番電話に怒りをぶちまけた。本人には言えなくても留守電にはこの時正直が言えた。しかし、言えば言うほど、自分が惨めになるのも事実で、いくら酒に酔っているとはいえ、言った後の落ち込みは人一倍激しかった。なぜなら、冴木が月に百万の月給取りになれば、こんな問題は生じないのだし、冴木の過去の年収は六千万だったのだから、過去においては可能だった事が、今は不可能だという事が、ますます彼の頭と心を蝕んだ。

「今もお前を愛している。でも……もう、電話しないでくれ。野村ちゃんと仲良くやってくれ。俺は疲れた。唯一のお前との連絡手段、携帯電話、今ここで壊す。じゃあな、バーイ」

そう言って、冴木は自分の携帯電話を力いっぱいに、アスファルト道路にたたきつけた。ミサの電話番号が分かると、また、電話してしまう自分の弱さと、離れていて交信が出来なくなると不安になり、何も手につかなくなる自分の弱さに決裂するために、冴木はそうしてしまったのだ。電話は原型をとどめてはいたが、確実に使用不能となった。

勢いあまって道路脇の川に転落した冴木は、川の流れに身を任せて全身を清めた。田舎の清流はやさしく彼の下の瞼に溜まった涙までも洗い流していった。

その後数日間、冴木の心の中に穴が開いた。何も欲しくない。何もしたくない。でも、きっとこんな感覚が欲しかったのは事実だ。歳をとってからこんな気持ちになれるなんて、考えてみればすばらしいことだ。十代に感じたこの感覚がこの歳で体験できるなんてすごいことだ、といくら強がりを言っても、冴木のミサを思う一途な気持ちにいまだ萎えはなかった。夢の中でミサが電話口で冴木に毎日謝った。冴木の期待がそうさせるのであろう。さりとて夢は夢である。

しかし、時間とは不思議なもので日が過ぎてゆくと、だんだんに気が楽になる。確かにミサを思うことに変わりがないのだが、確実に心の傷が癒えてゆく。冴木の人脈や記憶力を駆使すれば、ミサと再び連絡が取れることは確かなのだ。それを今調べ上げてミサに連絡をすることも可能だろう。しかし、ミサからは破壊された携帯の留守電にも伝言は残っていないようだ。それが示す事はミサが怒っているのか、冴木に事実を指摘されたからかのどちらかの理由があるからである。そうだとすれば、今、こちらから連絡をして同じことを繰り返すよりも、このままの状態でミサに何かを悟ってもらったほうが良い、そう冴木は思った。彼はこんな悶々とした日々を過ごし続けた。

このまま別れてしまうのならそれは仕方のないことではないか。縁があればまた行き合うこともできる。その時、いろいろと語り明かせばいいじゃないか。もう、冴木自身若くはないのだ。仮にその時ミサにパートナーがあれば、またそれはそれで仕方がないことだと思うことで冴木は多少、気持ちが楽になった。欲望を捨てて生きると決心したのに女の問題で、こんな事になるのは欲望から真に脱し切れてはいない証拠だ、と彼はミサに対する未練を心で笑った。

ミサは冴木に信仰の尊さや美しさを教えてくれた。冴木は無神論者であったし、仮に神に手を合わせても、それは当時形式的なものだった。しかし、ミサのあの信仰心、仏に膝間づき、床に額をこすりつけて、合掌する姿は瞼に焼き付いて離れない。あの真芯な背中は人のあるべき真の後姿だ。信仰とは美しく尊いものである。人が誕生した時はお宮へ、他界する時はお寺へ、というように冴木は教えられてきた。神仏混合は日本の一般的な形式である。そんな日本の家庭では現代、信仰概念は一般的に衰退している。なぜなら、そんな人は、ともすると結婚式は教会に行ってしまうからだ。だから、ミサが一週間に最低二回と決めた寺に行って、何時間も祈りをあげる姿は冴木にとって美しく新鮮だった。

冴木は、もしかしたらもうアル中の過程を確実に進んでいるのかもしれない。ミサからの連絡を夜間、酒を呑みながら待ち続けることは、先の見えない孤独感と共に、一層の酒量を冴木に要求する。ミサのためにと作った金も僅か一週間で終わってしまった。もちろん、電話賃や旅館代などの生活費にも金の支払いをしたのだが、毎晩、梯子して呑んで歩けば、五、六万の金は一週間もあれば十分消える。彼は金がなくなってさらに自己嫌悪に陥ってゆく。昔を忘れなければならないことは分かっているのだが、現実、後悔が先に立ったり、人を恨んだり、家族を呪ったりする方が先走ってしまうのだった。

単純に人間関係なんて終わるものだ。人間は神様じゃない。裏と表があって当たり前であるし、いいところ、悪いところがあってしかるべきだ。だから、いい面のみをみて人と付き合わないと人間関係が長くなることはない。そんなことをミサに話して聞かせて事を冴木は思い出している。

考えてみればミサは自分の恋人ではあっても、女房ではないのだ。愛はあっても愛だけでは子供じゃないから生きられないんだ。相応の金がなければ男女の関係は成り立つはずはない。そう思うと、なぜ、あの時あんなに怒ったのか、冴木自身にもそのことが不思議に思えてくる。それが、冴木が子供じゃない証拠である。胸に手をあてて考えてみると、若い頃のようにママゴトのような恋愛ごっこを、映画になぞらえて改訂していた自分に気が付く。理想の恋愛像なんて物は存在しないのに、彼は理想を追い求めたのであった。反省とは良いことだ。人は反省して学習するのだからである。

学習能力のない者はだめだ、というのが口癖だった美奈子の言葉を思い出していた。十四才の時から約二十年間お互いが互いの心の中に存在していた。もっと、過去に美奈子を大切にしていたなら、きっとこんな苦しさを味あわないで済んだだろう。冴木は四十にして初めておろかな自分に気がついた。冴木の義兄弟の和泰が昔、「兄弟、我慢は男の修行だ」と言った言葉がこの時の冴木には、しみじみと理解できるのだった。

そうだとすれば……、ミサと別れるならば、自分自身に後悔を残さぬように、ミサに直接この口から言わなければ冴木の気が済まなくなった。俺はお前と別れない、そう言った自分の言葉に責任を持たないのに、なぜミサが約束を破ったと言えるのか？　ミサが怒っても、自分が考える本心を彼女に伝える必要があると考えた。自分自身に対するけじめである。

「ナヌン《私は》、ミサエ《ミサの》ナムジャ《彼氏》イムニダ《です》。アラヨ《分かる》？」と言って、気が付けば冴木はいつもの焼き鳥「ろくがわ」の電話を手にしていた。

「ああ、冴木さん。元気ですか？」とチェジュで桜というカラオケスナックを経営するマリママが、いつもの、のらりくらり調の口調で電話に出た。このママはミサと冴木の共通の友人である。

「ん、ミサが電話よこさないんだよ」冴木は自分の胸の内を語りだした。

「ん、ミサと何かあったの？　喧嘩した？」と冴木と同じ年のマリママが冴木に優しく質問した。

「この前の日曜日の夜、俺が電話したら……」とその一部始終について冴木はマリママに話した。

「だから、私がミサに日本に行ったらだめ、と言ったんだよ。今度、帰ってきたら、私がミサによく話をするからね。もう日本には行かせないから……冴木さんの気持ちは良く分かったから、明日にでもミサに電話して電話するように言うね。だから、我慢してね」とマリママは冴木の気持ちを理解してくれた。

「うん。分かった。ありがとう。頼む。俺、本当に、あいつを愛しているんだ。じゃあ」と冴木はマリママと三十分も話をすると電話を置いた。彼は韓国内地の人々の優しさや思いやりを思い出した。

マリママとの話が終わると、冴木はミサが彼に教えた因果経について思い返して心を癒した。

親を早くに失う子供や親のない子供は前世で多くの鳥を殺した者。不良になるのは前世で酒と女で生きていた者。牛や馬に生まれたものは前世で人の借金を返さなかった者。豚や犬に生まれたものは前世で人を騙して裏切った者。乞食になる者は前世で心が悪くて弱いものをバカにした者。野垂れ死にするものは前世で女を山で強姦した者。もし前世のことを知りたければ、現世の自分のすることが前世のそれであるし、もし、来世のことを知りたければ、現世で自分がしていることこそが来世の自分として分かる。

ミサが冴木に語り聞かせたこれらの話を、冴木は胸に秘めて心の平安を求めた。いつの世に生きても、人として生まれたならば綺麗な心を持って正しく生きていることが大切なことなのだと、ミサはかつて、かの霊地を回りながらこの話を、繰り返し繰り返し、冴木に語ってくれたのだった。

裏組織

冴木は十代後半から裏組織に十年間所属していた。白山の親父こと大村秀造が率いる日本最大級の民族活動家の組織、右翼団体大日本忠誠社がそれである。

人間の思想というものは二十五歳までに確立される、とその当時の指導者らが語っていたことが冴木の記憶に蘇る。考えてみれば、旧日本軍における軍人たちも歳若くして思想教育がなされた。国に忠、親に孝に始まる日本固有の思想体系が西洋に潜在しない訳でもないのだが、神武天皇以来の日本皇紀はすでに二千六百六十有余年に達する。大切なのは、世界に誇る日本固有の歴史である。

冴木は養父大村の力もあって二十二歳にして組織の最高幹部に君臨していた。大村は旧帝国日本海軍の神風特攻隊の生き残りである。日本に帰った大村が目にしたものは米軍支配による荒れ果てた日本の姿であった。働き盛りの男達はみんな戦争に行って戦死した。昭和二十年から二十五年までの、暗黒の日本の姿を今に伝える者はもういないかもしれない。生きるために多くの女が娼婦と化し、子供達は、食べるものがなくギブミーチョコレイトと言って米兵の後を追い駆け回わしていた。

大村が冴木に語ったのは、そんな子供が半長靴をはいた米兵に犬ころのように蹴飛ばされ即死したことだ。このままではいけない、そう思った大村がしたことは、日本に残った多くの若者を集めて自警の組織を作ることだった。彼等は愚連隊と呼ばれ、後にやくざと呼ばれるようになる。当然、大村ばかりではなく何人かの志士は、日本全国にあって大村と同じような愚連隊を組織していった。米軍の横暴から日本人を救う真の国士の姿がそこにはあった。強い者から巻き上げた物資はそれらの手によって弱い者へと分配されていった。事実上、警察がないこの時代には後に国警、市警といった行政所轄によって治安が回復されるまでの間、大村達が多くの弱者を米兵から守りぬくことになる。

当然、今の裏社会のそれとは趣を異にする組織であった。やくざとは不良の徒を意味する。しかし、その不良は米国支配に対するそれであったのだ。やがてグループ間の利害関係が発生して暴力団へとその姿を変貌させるまで、彼等が日本にもたらした恩恵は多大である。弱気を助け強気をくじくとは、この当時の不良の合言葉であった。

少し前、冴木が所用で長野のインド料理店で昼食を摂っていた時、こんなことがあった。あるインド人がその店にやってきて、流暢な日本語を使って携帯電話で車取引の商談をしていた。冴木はそれに相当驚かされた。彼が東京にいる頃には、日本にこんなに外人がいなかったからだ。時代が変わったと言えばそれまでかもしれない。それにしても日夜発生する犯罪の多くが、不法入国の外国人によって増加傾向にあることが日々の報道から明らかではある。日本政府は一体、何をやっているのだろうか？　大丈夫か？　と冴木は心底思わされる。

こんなに訳の分からぬ外国人が増えてビジネスまでやっている。しかし、そのほとんどが観光ビザの入国であるのは疑う余地がない。まあ、これからの社会は国際社会だから、正規のものは良いとしても、不法を許すことは日本自体がなめられる結果を招く。ろくに英語すら話せない日本人が、二ヶ国語を駆使して生活している外国人にかなうはずもない。大村先生が生きていたら、こんな事態を大いに憂いただろうと冴木は思った。

「我が日本民族は多くを語らずして自らの本心を露呈しない。沈黙は金なりという。いざ鎌倉となれば日本人の闘争性にはすさまじいものがある。人一倍人目を気にして協調性にかけて、強きを助け弱きをくじくという士農工商的な差別感を捨てないところもある。だが家柄や名誉を重んじ、一統には従うという一徹な性分もある。祭りに見る大和民族狂気さは他の民族の比類ではない。東京や大阪などの大都市では江戸っ子、上方商人などと言われる江戸情緒が存在はしたが、日本全体には行きわたっていたわけではない。裏切りや陰謀も一夜にして実行するようなこざかしささえもある。冴木、お前は侍気質を忘れず、大和の心を持ち続け、世のため人のために活躍するようにしなさい。即ちそれは、和の心、で為しうる」

とは冴木の養父にして師の大村の親父の言葉であった。

その師大村が冴木に伝授した思想が東洋思想に加えて、約束、徹底、実行であった。武士道とは死ぬことと見つけたり風の教育は軍隊経験のある師には当然のものであったと言える。愛とは仁である。して見せて、させてみて、ほめてやらねば人は動かぬともよく言っていたものである。時代で言えば体の大きな徳川家康といった感じの大親父だった。冴木の実父とは違い、教育と品格があり酒もタバコも一切嗜まなかった。

大村翁は五回目の正妻が韓国人だったことも手伝って韓国との交流が早く、チョンドファン大統領とも親しく交流していた。そのため日韓交流の先駆者であり、今から三十年も前から日韓親睦のための企画大会を催してきた。そんな大親父は、お前に何かがあれば俺が行く、お前の喧嘩は俺の喧嘩だ、と病床からいつも冴木を励まし続けていたが、肝臓がんのため享年七〇歳の若さにして、平成四年この世を去ってしまった。事実、大村翁の死去後冴木は組織を引退して病弱になったのだった。

大村の養子になって一変した冴木の人生は、ミサに出会って、また、変貌しつつある。冴木はこの時決断した。今こうした状況で収入を得るための方法を冴木は決断したのである。冴木が出した結論は、カジノから金を稼ぎ上げることであった。

第四章

決　意

マリママが仲介役を果たしてくれた。ある程度の時間を置いて話をすれば、今度も何の問題もなく感じられるのは、ミサも冴木も大人だったからだ。

この年の初秋、冴木はミサに告げずに訪韓を果たした。

「ヨボセヨ《もしもし》」という冴木に、

「チャギャ！　今どこ？」とミサが言う。

「済州島《チェジュドー》」

「コジマ《嘘》」嘘でしょ？　というミサに、

「チンチャ《ほんと》、チンチャ《ほんと》」と冴木は真実を告げる。

「チェジュドーどこ?」と聞くミサに、

「東洋ホテルのコーヒーショップ」と冴木がおどけてみせる。

「チンチャ?」ミサの声が、喜びで弾んでいる。

それから、およそ一時間後ミサは冴木と合流する。電話のいざこざが嘘のようである。この二人は会ってさえいれば口論ひとつすることがない。冴木が携帯を壊した日の話をする。ミサは簡単にそれを理解した。

「チャギャ、チンチャミヤンネヨ《本当にごめんなさい》。私がパボ《バカ》。チャギの気持ち分かるのに……あの時は携帯の電池が終わっちゃって……ああ、替えの電池持って行けば、あんなことはなかった……」

ミサがあの日のことを後悔して見せた。

「…………」

「ねえ、チャギ? どうしてあまり喋らないの?」

と、冴木のいつもと違う様子にミサが気づく。

「ん? そんなことはないさ」と冴木はミサに告げた。

「チャギャ、でも、なんか変です。なんかある? 私、浮気しなかった。チンチャ。チャギ信じないの?」とミサは冴木の機嫌を取り繕った。

「…………」冴木は黙ったまま何も言わない。車を走らせるミサも黙りがちになる。

「チャギ、もしも、私と別れても私の話を他の人にしたら、アンデヨ《だめですよ》。アラッチ《分かった》?」

ミサは何かを悟ったように、ふと、こんな事を口走った。すると、冴木が口を開く。

「ん、もしも？　って、お前、もしかして俺と別れるつもりなのか？」

ミサは冴木のこの質問に首を横に振った。今度はミサが黙りがちになってゆく。ミサの顔が明らかに曇っていた。

ミサにしてみれば、親の裁判費用を捻出するために、自分がまるで一族の長男のように振舞って、その面子を背負っているのだ。ミサが冴木をいくら愛しているとはいえ、現実、いつまでも続く愛ではないと自分自身に言い聞かせる時すらある。冴木に対して金銭の要求もしないし、したことすらもないけれども、今のミサには、いや、これからのミサには金が必要なのだ。何とか金のある男と結婚するか、妾に囲ってもらえることが良いことなのかもしれない、とミサは日本での誘惑に惑わされていた。愛はなくても、今の気苦労は若さが許すここ数年でしか克服できない。

冴木を確かに愛している。しかし……冴木はミサが日本にアパレルの仕事に出掛けた時にそうだったように、酒を呑んでは電話に出ないと喚き散らす。確かに冴木の気持ちは良く分かるのだ。だが、今のミサにはどのような手段方法でもいいから、金を得なければならない事情があるというミサの気持ちを、冴木は理解してくれない。人間的に、また、この悲惨な男を母性も手伝って捨てることは出来ないのも事実だが、来るべき時が来れば、各々は各自の道を行くことに相違はないのだ。

「お前、元気のない顔をしているな。もしって、そんなことを言うってことは、俺と別れる考えがあってのことだな」冴木が先の無口を一変させてミサに質問をぶつける。

「……………」

「ミサ、どうして黙っている？　俺が黙りがちになるのは、何か考え事している時だって、お前なら良く知っているだろう？」と冴木はミサに本来の姿で話をした。

「別れない……別れないよ……心配しないでよ」

ミサは車を運転しながら冴木の手を握り締めた。二人の間に長い沈黙が続く。数週間前からのギクシャクした関係は、まだ完全には解決していなかったのだ。ミサが大人であるから、冴木の言い分を聞いて分かった振りをして仲直りしただけ、というのが事実だった。だから、それから冴木と一緒に三日間も過ごしても、その毎日が喧嘩になった。今まで一年半年の間付き合って来ても、喧嘩という喧嘩なんてしたことがなかったのに。

ミサは冴木の訳の分かるやきもちのために、精一杯に自己主張するしかなかったのだ。しかし、ミサ自身も今は冴木に惚れているのは事実である。惚れた男に彼女もまた勝てるはずはなかった。自然に時が別れを誘うのを待つことをミサは望んだ。

冴木が今こうして韓国にいると、バンバンと日本からミサの電話にアクセスがある。冴木はそれに腹を立てた。日本人の本質を知らないミサ。誰でも彼でも、いい人と信じてしまうミサ。日本人は今、人を利用することがあっても、多くの人間が自分自身の事で生きている。

それが精一杯なのである。それなのに、ミサは日本で知り合った、ほとんど詐欺師の人間達が言った事を信じている。冴木が一生懸命に、そんな話をしてもミサは理解しない。冴木は悲しい思いに駆られるのであった。

「ネガ、チョナ、クラ、マルヘンヌンデ、ウェ、イジョボリョソヨ？《俺が電話を切っておけ、と言っているのに、どうして忘れるんだ》

ネガ、チャナ、クラ、マルヘンヌンデ、ウェ、アンカッソヨ？《俺が電話を切っておけ、と言ったのに、どうして切らなかったんだ》」

三日間もこんな状態が続いたのであった。


トビスというコンドミニアムは、アジアに展開するリゾート会社が経営している。チェジュ南東の海岸沿いはまだ旧来の田舎である。沖縄を彷彿とさせる青い珊瑚礁がきれいな場所だ。このトビスの洋食レストランはコンドミニアムを出て海岸に向かって下りて行った所に位置していた。そこのトイレに入って窓を開ければ、眼下に珊瑚を抱いた大海原が見える。沈み行く太陽の大きさは、きっと、ここから見るのが韓国最大であろう。トイレに座ると花札の坊主を思い出す。ミサと冴木は去年ちょくちょくこのレストランへと足を運んでいた。

その日も、どういう訳か、ミサがここまで車を飛ばした。

「なあ、あの太陽を前にも見たな」と冴木が言う。

「そうね」喧嘩が続いて気分が晴れないミサがこうとだけ呟く。

「なあ、太陽はずーっと太陽だな」冴木は子供のような話し方だ。

「そうでしょ」ミサが冷たく答える。

「俺達は……将来どうなるのかな？」と冴木はいつもの質問をする。

「チャギャ！」ミサはその顔をより一層曇らせてこう叫んだ。

「なあ、お前、俺と別れるつもりだな？」冴木が横を向いて膨れるミサに言った。

「……私……んん、別れない、どうしてそんなこと言うの？　心配しないで」ミサの冷たさが増してゆく。

「なあ、お前、この前、もしも、私と別れたら、私の話、しないで、って言っただろう。もしって言うのは、な、マイナス思考で現実になるって、お前知っているか？」冴木がミサにくどい話をしてゆく。

「んん、知らない」ミサの顔は沈み行くオレンジ色の太陽に釘付けだ。

「そっか……俺、昔、ビルという大きな犬を飼っていた話をお前にしただろう」冴木が続ける。

「ネー《はい》」冷たくミサが返答する。

「俺は……その犬を忘れることができなくて……いや、その犬のために、俺は社会に出てから、シリウスというシェパード犬を飼ったんだ。俺は犬が大好きだったからな。犬は唯一の俺の友達だった……シリウスは頭のいい奴でなあ、寿命で死んだんだけど……俺が東京の事務所から自宅に帰ったある日のことだった。普段はあまり家に帰れなかったから、ほんとたまに家に帰った時だったよ、な、その時、別れた女房が大声で俺を呼んだんだ、お父さん、シリウスがおかしいよ、って。女房の奴、本当に、大声でびっくりした様子だったから、慌てて俺はシリウスの小屋へ駆けて行った。そしたら、シリウスが丸く横たわって息遣いが荒くなっていて、目が預言者のブジャみたいになってたんだ。明らかにおかしいから、慌てて、女房の車に乗せて俺は医者のところにシリウスを連れて行った。息子にシリウスの隣に乗るように言って……息子が、シリウス、シリウス、しっかり、しっかりしろ、とシリウスに声をかけるかん高い大きな声が、今でも俺の耳にこびり付いているよ。家から車で十分くらいのところに、俺の同級生が獣医をやっていて、こいつはほんとに腕のいい、心の優しい名医なんだが……そいつの所まで車が壊れるくらいに飛ばして行ったんだ。獣医の所に着いて、診察してもらったら、確かに……シリウスが警察犬の訓練校に入所していた時に、俺はシリウスのトレーナーから、奴の耳に水滴が入って、内耳炎を起こしたと言われたことがあったんだけど……シリウスはその内耳炎の後遺症で相当に長い間病んだ。それで、獣医は、内耳炎の炎症が脳膜に入っただけ、だから心配はいらないと俺に言ったんだ。で、しばらくしたら、シリウスはけろっとした顔で、診察台の上に立ち上がって俺に抱きついた。なんだよ？こいつ俺を脅かしやがって、そう俺は思った。そしたらその時、もし、もしも、シリウスが死んだら、俺、一体どうなるのかな、と考えた。シリウスも、もう既に十年目を迎えていたし、いつ死んでも不思議じゃなかったからな、いつか、こいつが本当に死ぬ時が来るが、歳を取ったこの俺が、シリウスが死んだら、自分が悲しむのかなあ、なんて考えた、そしたらシリウスが、目の前の診察台で腰を抜かしてぐったりとしちまったんだ……息遣いが、また、荒くなってきて、目を閉じた。俺は、どう言うことだろう？　と同級生に、なあ、どういうことだ？　と聞いたら、診察台の上に横たわったシリウスが精一杯の伸びをした。俺の方に向かって大きく口を開いたから、この野郎、頭がおかしくなって俺を噛むのか？　と思ったんだよ。俺が後ろに飛びのいたくらいの、相当に大きな伸びだった……次の瞬間、普通に横たわったと思ったら、同級生の野郎、今度はご臨終です。だって……遅れて付いてきた女房が、お父さんはシリウスを全然、構ってやらなかったけど、シリウスはお父さんが好きで……好きで……いつもお父さんを待っていたんだよ。私達が遊んでやったって、一度だって喜んだことないのに、お父さんが家にいる時は……ほんとに、はしゃいじゃって……と、大泣きを始めた。その瞬間、シリウスの思い出が俺の頭の中で、ぐるぐると回りだした……俺は大声で、シリウス、と叫んだ……そして、頼む、頼む、生き返ってくれ、俺を一人にするな、俺は、俺は、これから、お前を大事にするから、頼む、と声を大にして叫んだ……でも……シリウスは死んだ……俺のその声を聞いて、同級生も、そいつの奥さんももらい泣きしていた。俺は本当に後悔したよ。俺が、もし、もしも、シリウスが死んだら、そんな風に考えたことが、きっと、あいつを死なせたんだって。犬には予知能力があるんだな。俺が、シリウスが死んだら、なんて、そんな風に考えたから、きっと奴は、死を選んだんだ。俺から離れたくなかったんだろうな。俺はあいつが死んで初めて、自分の馬鹿さ加減を知った。死んだら、悲しいのは決まっているのに、ふざけた考えをしたから、そうなっちまったのさ……だから、俺は……俺はもう、愛する者と別れるのは嫌だ、それだけは、絶対に嫌なんだ……」

そう言って、冴木は天を仰いだ。冴木の目に光ったものを見たミサは、すかさず駆け寄り彼の体を抱いた。

「ミヤンネヨ、ミヤンネヨ。分かった、分かった、ごめんね《ごめんね》」

ミサは冴木の体を、まるで母が子供をあやす様に優しく抱きしめた。

「……………」

「私、ほんとはチャギと時間で別れると思っていました。でも、今の話聞いて、私、考え変わったよ。私、チャギと分かれない、絶対別れないよ。チャギの言うとおり、思う。人間は暗い事、考えたらだめね。明るい事、考えるのが良い、思う。私、これから、そうする……日本にも、もう二度と行かない。チャギ、私と結婚したい？……子供は何人つくるの？」

ミサが冴木に優しく質問する。

「ん、そうできたら、本当に幸せなことだ。子供はお前が産める限り、何人でも良い」

と冴木は子供っぽく答えた。

「私、一人だけ子供あったらいい、そう思っていたけど、チャギがそう言うんだったら……ん、ねえ、二人じゃだめ？」とミサはふざけて見せた。

「双子、二回産めば四人になるぞ。子供を連れてキャンプに行きたいな」

冴木は往年の夢を語った。英広がかつて冴木に求めたごく普通の家族慰安である。

「ひぃや、大変ですね。チャギと一緒で、やんちゃ、やんちゃ」

この時、ミサの顔には本来の笑顔が戻った。これから乗り越えるべき二人の苦労は、この瞬間、二人の夢に負けたのである。ミサは冴木と別れないことを真剣に神に誓った。愛がミサに心を取り戻させたのだ。人間は金の奴隷になったらいけない。金を奴隷にしてもいけない。諸悪の根源が金にあることをこの時ミサは身をもって感じ取った。

それからミサと冴木はいくつもの約束をした。これがミサと冴木の二人の関係が事実上、絶対の物となった瞬間である。

移住

冴木を韓国に住まわせることを決心したミサは、彼に次回の彼の誕生日、翌月の中旬までに今の田舎の旅館を引き払って、チェジュに居住することを冴木に勧めた。どうしてそんな話になったのかは良く分からない。しかし、そう言われて反論する必要は何もない冴木は大きくその提案に同意した。

考えてみれば、チェジュ百万人の住民と長野県民二百二十万人とは、人口の違いこそあれ、文化的且つ社会的に大きな相違がある。はるかにチェジュの方が国際的なのだ。長野とチェジュの違いは、チェジュの観点から言えば、各都市に島の居住者が集中して居住しているということであり、しかもその都市間の移動には、車で四、五十分しか要さないという小さな集中国家のような地理的特徴である。

だから、長野の各郡下の市町村とは性格が大きく異なるのだ。チェジュは長野、上田、松本という長野の三大都市とを合併させたものよりも、もっと大きい文化的国際都市である。計画的に整備された佐久市の国際型モデルと言える。

冴木がチェジュに居住するということになれば、基本的な物価でも日本にいるよりはるかに効率が良い。気候、治安、それに交通の便を考えたら、別天地であることに異論がないところである。当然、冴木がそうすることでミサも日本に行くことが不可能となる。しかし、ミサのこの提案は、彼女が日本の誘惑に負けて自分の愛を失うことが、人間としての尊厳を失うことだと認識した結果であり、ミサが今後決して日本に行かないことを、自分自身で結論付けた決意表明であった。

「チャギャ、チェジュに来て住んだらどう？　チェジュなら私の友達もいるし、気候も良いし、きっとチャギ、寂しくない、思う」とミサが突然の提案をした。

「ん、いいな、それも……」ミサの提案は冴木には心地が良かったが、実際の生活のことを考えると難しい点もある。それは収入源である。

「私、チャギ心配、だから、こっち来て住んでよ、ね?」とミサが言った。

「ん、そうしたいな、でも、どうやって生活すればいいのか? 今だって、俺は月収六万円しかないんだぞ」と冴木が意味ありげな言い方をした。

「チャギ、そんなの心配ない、思う。何とかなる、違う?」

ミサは明らかに何かを考えている。冴木はそう思った。考えていないにしても感じている。それが彼には、はっきりと分かった。

「そうだな……」

「チャギ、オーリンしてよ」とミサが言う。

オーリンとはカジノで生きるプロのことで、去年韓国ドラマで演じられたノンフィクションの物語のことであった。そのドラマを二人で見ていた時、冴木がミサに、俺だってあのくらい出来るさ、と言った事実がある。

「ミサ、お前はカジノする人間は嫌いだろ?」そう言う冴木に、

「そんな生き方もある、違う? 私、これからは服の仕事、韓国だけで一生懸命にしてみる。日本には行かない。チャギはオーリンして生きたら生活できる。どう?」

というミサに冴木が最後の切り札として考えていた収入の途を、ミサの方から提案した結果となった。それは冴木の考えがミサから同意を得たことになる。

「ミサ、お前、俺がオーリンだって信じるか?」と冴木が言った。

「信じる」

「ほんとか？」

「ほんと」

こんな発言の後、今日もトビスのベンチソファーに並んで座った二人は頬を寄せ合いながら、窓辺に沈む真っ赤な太陽を見つめた。ものすごい速さで沈むその太陽は、また、明日必ず上がることを二人に誓った。加えて、辺りをミッドナイトブルーに変え、ミサと冴木に最高の雰囲気をプレゼントして潔く去って行った。

人生というものは難しいものである。冴木はテレサテンの曲を聴きながら、明日からの自身の人生を思い巡らせていた。オーリンとして生きることをミサに誓っても、所持金はたったの二十万円しかないのだ。こんなケツもない博打金でオーリンになれるはずもなかった。

それでも、最後の切り札と決めて、愛するミサも納得してくれたのが事実である。このデフレの経済社会で何をしたら成功するのか、単純に考えてもそんな物があるはずもない。あったとしたら、大学なんか存在する意義がない。学卒の三十パーセントが現在フリーターであると言われて久しいのが現実だ。冴木が決めた生き方が良いのか悪のかは神のみぞ知るところである。

「でも、チャギヤ、無理したらアンデヨ、私、心痛い」

ミサの言葉には真実があった。愛する男が、例えば博打のために命を縮めるようなことがあったら、ミサ自身が苦しむのが当たり前である。誰がしたくてカジノで生きようなどと考えるであろう。

「なあミサ。俺は、カジノをやって、どんなことになろうとも……今は、こうすることが男の価値だと思う。俺はお前の存在で生きているんだ。俺のことは心配する必要はない」

冴木は自分の世界に入り込んでそう言った。


渡韓から四日が過ぎた。所持金も減ってゆく。カジノなどやりたくはないが、やらなければ生活のために所持金が確実に減ってゆくのは当たり前のことだ。しかし、ただカジノをやったのでは負けるのは目に見えている。ならば、それ相応の戦略が必要である。

この韓国で最も多く行われるカジノがいわゆるカジノの王様バカラであり、ブラックジャックが次に人気を誇っている。スロットとルーレットは僅かしか存在しない。だから、規模はせいぜいラスベガスのダウンタウンにある小さなホテルのカジノとなんら変わらないと言える。ベガスの中心地にあるシーザース、ＭＧＭクランド、ミラージュ、ベラージオなどとは似てもにつかぬ規模である。冴木はこの日からバカラの必勝法について研究を開始した。

冴木は数日間、バカラの必勝法について真剣に考えてみた。オーリンに負けることは絶対許されないのである。冴木がバカラをその仕事先として選んだのはバカラというゲームが非常に単純なために、経験のない者でもできるゲームであると同時に、掛け金に対し手元に戻ってくる金額の平均である期待値が他のギャンブルに比べて高いためである。

バカラの期待値はプレイヤーにおいて九八・六四パーセントである。期待値が九五パーセントを超えるゲームにはプロが存在することは世界的な事実である。ブラックジャックに比べてバカラは日本人にフレンドリーでもある。ブラックジャックは約四十年前カルフォルニア大学の数学教授であったエドワード・ソープ博士によって必勝法が開発されている。ブラックジャックにおいて必勝法があるならばバカラにも必勝法が存在する可能性は大きいといえる、冴木はそう考えていたのである。

バカラとはプレイヤーとバンカーのどちらかが勝つか、というだけのことで勝つと思う方にチップを賭ければいいだけのゲームである。二枚、もしくは三枚の合計の下一桁の数字が九であれば一番強い手で以下八、七、六……と弱くなっていく。双方条件と言われるものがあり、その条件下になれば、三枚目のカードを引くことになるというだけのゲームである。

配当はバンカーでは一に対して〇・九五でありプレーヤーでは一に対して一が支払われる。バンカーにおける〇・〇五はコミッションと呼ばれるゲーム手数料である。バカラはイタリア語で破産を意味する。これは掛け金の最低額が高く大金が動くからである。このゲームを理論的に行えなければ、どんな大金持ちでも破産するのは当然である。

このゲームの必勝法として考えられることは、まず大数の法則に則って片方にかけ続けることが、理論上考えられる。しかし、結果的にはプレイをする意味がなくなることも事実である。上がりもしなければ下がりもしない。だから、プレイヤーに賭け続けて、運が向いていれば、勝ち越しが可能であるが、勝った分は必ず負けてしまうのである。ニューカードではプレイヤーが出やすくなり、回転カードではバンカーに流れる場合があるという事を、ある時雑誌で冴木は読んだ。確率期待値ではバンカーの方がほんの少しだけ強い、と言われているともその雑誌には書かれていた。

これに加えて考えなくてはならないことに張り方、ベットシステムがある。これは駒の上げ下げによって、駒を増やす方法である。単純にプレイをしてゆき、多く賭けた時に負けてしまう可能性を払拭できない限り、ギャンブルは運に支配されるのが事実である。また、フラットベットといって一定の掛け金をかけ続ける方法では確実に負ける。これは期待値が百パーセントを超えないからである。

ベットシステムでは、負け続ければ役目を果たせないというのも事実であるが、運に任せるよりも、計算されたベットシステムは効果的な戦略アイテムであるといえる。先の片目打ちとベットシステムを複合させて実施してみれば？　と考えた冴木は第一回目の仕事に出かけてみた。

冴木はミサの運転で中文《チュンムン》のHホテルへと足を運んだ。カジノのデータを収集するためである。この仕事で、冴木は四万七千円を稼いだ。初日の仕事を終えた冴木は気分を良くした。当然のことである。月に六万円の収入がやっとの冴木は一時間足らずで三週間分の収入を得たのである。

それにしても、問題なのはカジノをする客の数が圧倒的に少ないということである。ディーラーとの直接勝負では、負ける可能性が高いことが分かっている。そこに出かけていく馬鹿はいない。こうして冴木は週末に絞って仕事に出かけることになった。当然、それ以外の日はこのゲームのシミュレーションを一日に約二十時間行うことになった。

仕事

明日からまた週末になる。冴木はオーリンとしての仕事をしなければならない。しかし、その仕事は失敗する可能性もあるのだ。失敗すれば、ミサのために生きることが出来なくなる。また、仕事に失敗して投資の金額が増えれば、それがミサとの別れの原因となることも考えられる。冴木はあらゆる現実を真剣に考えなくてならないのだ。ミサと別れたくない。結婚の約束までしているのに……。

結論から言えば、冴木の仕事は数ヶ月経っても収支に変化がなかった。取れば取られる状態が事実である。ミニマムベットの金額からして、所持金が少なければシステムを使いようにならないというのが事実だった。カジノで勝つには何よりも潤沢な資金が必要なのだ。

それでも冴木はそんな状況下での戦略を立てて行った。冴木は戦略を立てる上で考えうるいろいろな可能性を分析してみる。スコアカードを見てのデータを分析したらどうか、とまず冴木は考えた。それは、確かに賭け時の指針とはなる。しかし、それがあくまでも結果論である点を考えると、その有効性は未知である。

横面は必ずどのゲームにも存在する。二目も必ず存在する。三目はない場合もあるがほぼ存在する。四目は存在する場合でも少ない。五目になると四目よりも少ない。六目ほとんど存在しないが出る場合がある。七目もほとんど存在しないが出る場合がある。八目は六目七目と同じで、ほとんどない。以上目も同じだ、などと冴木は単純なデータの分析に何日も要した。

この頃から冴木はあることに気がつき始める。過去に勝ったゲームのことを思い出してみると、面打ちといって、同じ目が続いて出た時、あるいは、交互に横に目が続いて出た時に勝つことができるのだ。そうすると、勝つにはこれを見極めれば良いのである。しかし、これが見極められないのも、また事実であった。要は、勘か運かのどちらかが合致した場合は勝てる、ということになる。ならば、潤沢な資金があっても、カジノで金を取ることはできない、そう考えると冴木は他の可能性を分析してゆく。

フォローアップという打ち方について次に冴木は考えてみた。この戦略の理屈は一つ前に出た目に打っていく、いわゆる面狙いである。しかし、これにしてもベットシステムを使えなければ意味がなかった。片目打ちと同じ結果となる。この戦略でも決論から先に言えば結果は上がり下がりはしないが、少し、マイナスに転じる場合がある。横面をロストさせて、同じ目の面に賭ける方法であるこの打ち方は、ベットシステムを併合させると横面が長く続いた場合に、駒を大きくロストする可能性が生じる。ミニバカラといって最低掛け金の少ないテーブルでは、一般に横面は一〇前後である。理論上は有効だが冴木の所持金で実践しても効果はあまり期待できないと冴木は考えた。

さらに冴木はカウンティングという方法について分析を開始する。ブラックジャックの必勝法で使われる手法がこれである。バカラでも当然可能であるこの方法も、バカラではそれが効果のある場合とそうでない場合がはっきりとしている。ニューカードで、しかもデッキ数が少なければ、比較的効果がある場合があるが、バカラの場合ではスコアカード分析に劣るようだ。いずれにしても、乱数の組み合わせによるゲームではカウンティングもあくまでも目安でしかないと冴木は分析した。

考えつくあらゆる可能性を分析した結果、彼が出した結論は、スコアカードにおける面打ちで勝つ、ということ意外に必勝法のための打ち方は存在しないということであった。他の方法では差が出ないばかりか、ベットシステムによっては負けが十二分に発生する。しかし、面打ちと言ってもどこで面になるのかは、神のみぞ知るところで、これを知る方法は今現在では冴木には分からなかった。

打ち方に並行してベットシステム研究に冴木は没頭してゆく。難しいことだが、ベットシステムでは横面に効果のあるものが存在するが、立面では勝つことが出来ない。この逆もまた事実である。考えられるどのベットシステムを使っても下がり続けるばかりである。ベットシステムでは縦面、特に片目打ちで、半目に出られた場合にはバンクロープする。だから、戦略基本はスコアカード分析であり、ベットシステムは統計上、より効果があるこのゲームだけに共通するベットシステムを開発する必要があると冴木は考えた。

フォローアップに彼の開発したベットシステムを使えば勝てる可能性はあるが、やはり、これもまた負ける可能性が存在した。経験則から判断して、バカラでは、その片方の出目が三目止まりの目ではあまり大きく崩れないが、四目まで降りると、目が崩れ易くなる。ただし、三目にはよく五目が対応しがちであるから注意が必要だ。出目にはパターンが存在するのも事実である。即ちこれが流れなのだと冴木は研究を進めた。

冴木はハウスサイドからの観点からも考えてみた。ハウスは客が必ず負けるという事実を知っている。微積分学を確率論に応用した数学者ベルヌーイが紹介した大数の法則によって近代的ギャンブル産業は強大化してきた。それは期待値がどんなに高くとも、このゲームを長く、ハウスが客にさせればさせるほど、客は大数の法則に自然と巻き込まれてゆくという事実に他ならない。

ハウスは、統計学で言う正規分布は、客が長くゲーム続けることで絶対に、大数の法則に収束されてゆくことを知っているのだ。そうなるとハウスサイドでは、ほぼ確実に一定の収益が計算されていることになる。心理的にも客は駒を落とし始めると、それを取り返すために大賭けをするようになる。実際のゲームでは統計学上のゆらぎとの連動で、そんなことが何回も起こると確実に客は負けこむ。落としやすい可能性が増大するように、多くのゲームを毎回連荘で打たせることで、ハウスは駒の上がり下がりを客に繰り返させ、勘を含めたあらゆる感覚や肉体に疲労を蓄積させる。すると、結果的に心理的にも、客より優位に立つことが出来るということになる。

ハウスは統計学上のゆらぎがマイナスに回るのを待てば、如何に期待値が高いゲームであっても、客が必ず負けるのだ。ならば連荘で張り続けるようなまねをせず、じっくりとチャンスを覗う必要と、小額のチップでチャンスにおける理想的なベットが、このゲームでは必要なのではないか、と冴木は結論付けた。

例えば三、四目で双方が並んだ場合の対目一頭に打つとか、五目落ちた場合の対目一頭打つとか、イチニの一に打つとか、七目落ちた場合の対目一頭に打つとか、そして、その場合に理想的なベットシステムを使えば、それが必勝法と言えるのかもしれない。あらゆる状況下に、それぞれのベットシステムをはめ込んでゆくことで、負けを回避できるはずであると冴木は考えた。

これはあくまでも、統計的なデータとしてスコアカードを因数と見た場合の話である。こんな計算や分析が彼の毎日の日課となっていった。しかし、冴木にその考え方を実現するだけの金がないことも疑う余地はなかった。

冴木の姿をミサが毎日見つめていた。ミサの存在が彼の心の平安をもたらす。しかしミサは、ほとんど睡眠を摂らずに一心不乱に研究に打ち込む冴木の体を心配していた。

十月の下旬、ミサは、嫌がる冴木を連れて近くの病院へ向かった。健康チェックのためである。彼が去年転げ落ちた時に怪我をした膝の痛みは、時々、彼に異常な苦しみを与える。ミサは彼の体が気になって仕方がなかった。その病院でミサが冴木に言う。

「チャギヤ、私、百万円だけ借りるから、それでやってみる?」こうミサは言った。

「アンニャ《いいえ》」と冴木はミサに対して、手のジェスチャーも使って拒絶した。

「いや?」

「んー。俺は借金、したくない。俺は借金、したことがない。借金してするカジノはだめだ。自分の力で稼いだ金を増やせなければ、これをする意味がない」と冴木は言った。

「チャギヤ、私もいる、言ったでしょ。私、お母さんに電話して借りてみる。私、お母さんにそんな話したことないから、きっと、すぐに送ってくれると思う。ね? チャギがするのでも、私がするのでも、同じ違う? チャギ、私にも協力させて。それとも、もうこんな生き方辞める?」とミサが聞く。

「辞めない」冴木にしてみれば、辞められないと言った方が心理的には正しかった。

「チンチャ?《ほんと》」とミサがニコニコして微笑み返すと、

「チンチャ」と冴木は言った。

「私、チャギと一緒にいられるんだったら、それ、チンチャ嬉しい」とミサが冴木に向かって微笑んだ。

「お前、俺がこのチェジュにいて、ほんとに嬉しいのか?」と聞く冴木に、

「イエー《はい》」とミサは嬉しそうに、はしゃいで見せた。

今まで、人に裏切られてばかりの冴木には、その言葉の真意を確認する術は何かと探すことが精一杯だった。この女はやはり、金のために生きている女じゃない、そう思わせるミサの純粋な心の伝播を素直に感じ取った。日本での数々の出来事を、心から後悔した。

冴木はミサが頑なに彼の生活費として送り続けていたあの金を、今回ミサに返そうと、訪韓する前にミサの口座宛に送金を済ませていた。

「ミサ、お前の口座に百万円入金してある」と冴木が言うと、

「嘘? チャギ、どこにそんなお金あったの? チャギは六万円男でしょ? いつも人のために生きてきたから、そんなお金あるはずないでしょ。違う? どうしてそんなお金あったの?」とミサは訝しがった。

「それは……お前が俺の生活費として送ってくれたあの金さ……」と冴木は言った。

「嘘？　そのお金、まだあるの？　チャギ……チャギ凄い……わあ、チャギは凄い男ね。あのお金、使わないで今まで生きていたの？　チャギ、私……心痛い、チャギがそんな風だったのに、私が日本に行って、チャギを心配させたね。チャギ……サランへ《愛している》……」こう言って冴木の目を見つめるミサの目は一瞬にして潤んでいた。

「……ナド《俺も》、サランへ」冴木はミサを見つめて言い返した。病院のベッドで膝の科学治療をする冴木のベッドに、ミサは腰を下ろして彼の体を抱いた。


冴木はその晩、ミサの車で中文に向かっていた。チェジュのこの路線の制限速度は八十キロだが、夜のせいか、道路が広いせいか、本来なら速度が遅く感じるはずなのに、冴木にはその速度がものすごく速く感じられた。

二人で手を取り合って、このまま天上に向かうような車内の静けさの中、ケイ・ウンスクの曲が聞こえる。それが二人に一年半前の台風の時のドライブを思い出させる。あの時、こんな関係になるなんて誰に想像ができたであろうか。

「チャギャ、なんで手がこんなに冷たい？」とミサは冴木を心配した。

「寒いからだろう」そういう冴木を気遣って、ファンヒーターのつまみに手を伸ばすミサは明らかに彼の緊張を感じ取った。ミサもまた心から彼を愛している。大切なものを大切に守ろうとする気持ちは冴木と同様だったのだ。

同住

L、S、Hの三箇所のカジノを見て回って冴木が何よりも驚いたのは、またも週末だと言うのに、ゲームをする人達の数の少なさだった。Lホテルには二十人くらいの客がいたが、Hにいたっては、客はゼロだった。冴木はせっかくここまで来たのだし、あくまでもこれが仕事なのだ、と自分に言い聞かせてからLホテルに入ることを決意する。
冴木に促されたいつものセダンは、彼を下ろしてからホテルの駐車場で連絡を待っていた。

「ミニバカラのテーブルは一つしかないよ、開いているのが。座る所がなくてできないな。もう少し待ってみる」

冴木は何回かの経験からルック《休み》ができないデーラーとの一騎打ちが失敗の原因になることを知っている。一人でテーブルに座ってゲームを開始することを嫌ったのだ。そんな折、たった一台だけ開かれたバカラテーブルに一席の空きが出来た。

「チャギヤ、開いた。十分だけ待っていてくれ」冴木は携帯でミサにこう連絡した。

「アラヨ《分かった》」とミサはパートナーらしい会話を短く済ませる。

冴木は、その空いた席に静かに腰を下ろした。十万円分だけ換金してチップをもらったその瞬間、冴木の目指していたチャンスが到来する。ここだと冴木は隣席のスコアカードを拝見しながら、プレイヤーサイドに三十万ウォンをベットした。勝ち。冴木は次のチャンスを待った。二、三分もするとまたチャンスがやって来た。バンカーサイドに前回と同じように三十万ウォンをベッドした。勝ち。冴木はこの日、それで席を立った。過ぎてみるとそれは僅か五分程度の時間だった。

この世界不況のせいか、チェジュのカジノは不景気で週末以外にはカジノの客はほとんどいなかった。ならば、ソウルに出かけてやるしかない。冴木はそう心に決めた。ミサと冴木は話をしてソウルに向かうことを決断する。ソウルならばウォーカーヒルがある。いくら不景気でも、そこはカジノのメッカである。今の所持金を考えれば、到底ラスベガスまで行かれない。ベガスは半年先になる。そんな、プラス思考で自分を元気付ける冴木であった。負ければ後はない。事実上、ミサとの別れがやって来るのだ。そう冴木はいつも自分に言い聞かせていた。

どんなカップルでも、四六時中、狭苦しい部屋の中で顔をつき合わせていたら、三日もすれば飽きが来るだろう。ミサと冴木が、いくら相性がよくとも、仲が良くても、四週間の日々が過ぎれば、喧嘩のひとつも起きるのが当たり前である。しかし、このカップルには喧嘩ということは事実上起きなかった。ただ、二人の愛情が一緒にいれば一緒にいただけ強まるために、晩酌の末に、お互いがやきもちを焼いて心の確かめ合いをすることはごくたまに起こった。まあ、これを喧嘩といえば喧嘩に分類されるのかもしれないが、それは長くても二時間以内には収まって、また二人仲良く笑い出すのだから、喧嘩というよりは心の確かめ合いと言ったほうが正しい。

ある晩、ミサと冴木が眠りに就いたかと思うと、ミサは急に、

「シラヨ《嫌よ》」とはき捨てて、ダブルのベッドから飛び起きた。食卓へと向かったミサはタバコに火を点けて、天を仰ぐ。

「どうしたんだ?」驚いた冴木はこう言う。

「分からない?」とミサが膨れる。

「ん? 一体、何があったんだ?……どうした?」訳が分からない冴木が本当に驚く。

「チャギヤ、ナナの話、しないでよ」

眠りに就く前、冴木とミサは譬え話からミサの友達にナナの話になった。ナナというのはミサの親友の一人だったが、冴木も三年ほど前に、知人のスナックでアルバイトをしていたナナという女を知っていた。それが事の始まりだった。このチェジュには多くのカラオケ屋が存在するし、ナナという名前が日本人に馴染みのある名前だったために、その名が冴木の記憶に残っていたのだ。多くのナナがこの街にいることは明らかなことである。かつて、その冴木が知るナナが一時期、彼に好意を寄せたことがあったから、そんな経緯を冴木が自慢

してミサに話してしまったのだ。

「チャギャ、このチェジュにはナナが多いよ。私の知っているナナがチャギの知っているナナとは限らないでしょ?」とミサは言った。

「そりゃ、そうだ。俺が言うのは、そのナナが、例えばいい女であったにしても、俺は付き合わなかった、という話をしているだけだろう? お前と俺は天が決めた縁だ、ということを言っているのさ。それにしても、お前が言うナナは俺の知っているナナに感じが似ているなあ。なんなら、お前の知っているナナに電話して確かめてみるか?」

酒に酔った二人は、その勢いから、気楽にミサの親友であるナナに電話をかけた。すると、そのナナが冴木の知っていたナナだった。今度、みんなで酒でも呑もうという話になってしまったから、ミサは怒り始めたようだ。

「ナナの話、しないのは良いけど、なんでお前、怒ってんの?」

冴木はミサの真意を確めたかった。

「ミサ、正直に言ってみろ」と冴木がミサにはっきりと物を言う。

「やきもちです。……ああ、恥かしい」と言ったミサが、真っ赤な顔をして今度はベッドに向かって飛んできた。冴木の体に抱きつくと、

「ミヤンネヨ、私、恥ずかしい」と言った。こんなことを言われて嬉しくない男はいないだろう。冴木は上機嫌でミサを抱いて眠りに就いたのだった。

外から聞こえてくる子供たちの声。なんとも生き生きしている。冴木とミサが暮らすこのアパートの真向かいに、西洋風の作りの保育園がある。この日は、いつのように天気がよく、子供たちが一生懸命に遊んでいるのだ。メリーゴーランドに似たブランコが盛んに回っている。滑り台の上に何人かの子供の姿が見える。子供達が口々に大声を上げて、その声を、長く長く引きずって叫び続ける。止むことがない。付き添いの保母の気分などには一切関係がないようだ。

そう、これこそが自由なのだ。エデンの頃のユートピアは現在でもこんなところに存在していた。

その晩、ミサは、冴木がこの部屋で天使に抱かれる夢を見た。抱かれると言ってもセックスではない。ベッドで右向けに立て肘をして、寝そべる冴木に背を向けて、上体を彼の方に向けて座った天使は、大きな白い白鳥のような右の翼で彼の背中を軽くあやしながら、彼に話しかけていた。

彼はまるで、それが姉か妹のように、いつもの生意気な態度を取って黙って聞いて頷くだけだった。翼の肩の辺から翼先に向かった綺麗な茶色のラインカラーが余計にその翼の白さを引き立たせていた。髪の長い絶世の美女は純白のロングドレスを身に纏っていた。生まれて初めて見る夢に、ミサは、昔読んだ聖書の処女受胎の話を思い出した。あの天使には名前があるはずだ。きっと、有名な天使に違いない。ミサが信じたとおり冴木は神の子であるのかもしれないと、ミサはふと感じたのであった。

それから一週間の日々が過ぎていった。冴木はビザの更新のために月に一度は日本に戻らなければならなかった。冴木は十一月上旬日本から戻った。

その日の夕方、冴木はソウルに行く準備に追われていた。

「チャギ、今日はソウルに行くの、止めましょ」とミサが急に言い出す。

「行きたくない？　じゃあ、お前はここで待っていろ」と冴木は手を休めずにミサの話を聞いた。

「シラヨ《嫌よ》。チャギが行く所には、私も行く」ミサのなんとも可愛らしい態度を冴木はいたく気に入っている。

「チャギヤ、ユビニに空港へ迎いに来てもらいましょう」この言葉を聴いて、今度は冴木が気分を損ねた。実はその日の朝、ミサは自分の見た夢の話を、冴木に話して聞かせたのだ。登場人物はミサ、ユビニ、それにソウル男である。ユビニとは、ミサと冴木が出会った次の日に、あの東洋ホテルにミサと食事に現れたミサの妹分である。

冴木の思い込みから口論が始まった。男と女の喧嘩はその多くが、やきもち、で始まるのであれば、それは純愛を意味する。それが金や生活の話で起こるようになると、棺桶に片足をずっぽりとはまり込ませた証拠である。どんなにミサと冴木が金に困っていても、この二人は、金の問題で喧嘩をしたことなどはただの一度もない。

「ユビニは、俺を馬鹿にするんじゃないか。ん？　馬鹿にしているんじゃないか？」

冴木はこうミサに食いついた。

「どうして、ユビニがチャギを馬鹿にするの？」ミサは冴木を宥《なだ》める。

「お前、今朝の夢で、ユビニがソウルの男に呼び出された。ソウル男が涙ながらに、お前との関係をユビニに纏《まと》めて欲しいと言った。ユビニはお前に、そのソウルのマザーボーイと結婚してやって下さいと言った。そんな夢を見た、と俺に話しただろう」

冴木は夢のソウル男に、やきもちを焼き、ユビニが仲介役を務めたから怒ったのであった。

「チャギャ、それは夢でしょ。夢は反対に出ることもあるよ。それに、夢の中で私はユビニが、そのソウル男を気に入ったと思ったから、ユビニがそうしたいんだったら、ユビニがソウル男と結婚してよ、と言って帰って来たと話したでしょ。それなのにどうして、ユビニがチャギを馬鹿にするの？」とミサが本当の話をした。

「ユビニは、そのソウルの男を知っているってことだろう？　ユビニが金持ちボンボンのソウル男の方が、俺よりもお前と釣り合いが取れると考えているんじゃないか？」

冴木にしてみれば、今の自分の立場では、誰を愛するにしても、何をするにしても、とにかく、その対象に対してやきもちを焼き易くなっているのが事実である。

「チャギャ、ユビニはお姉さんが愛する人と一緒になることが一番だって言っているよ。それはチャギの事でしょ。私、他の男は見えないよ」とミサが言った。

「……ユビニが俺の事を、なんて言っているんだって？」と冴木はその手を止めてミサを睨み付ける。

「いい人だって」とミサが言った。

「いい人だと？　ふーん、ほんとか？」と冴木は驚いて見せる。こんな冴木は本当に単純である。

「ほんと」とミサが続ける。

「ユビニは、俺はいい人って言っているんだな？」と冴木がそれを確認する。

「そう、ミサお姉さんがチャギを愛するんだったら、それが一番良い事だって。だから、チャギと一緒に暮らす事、話したら、ユビニはすごく喜んでくれたよ」とミサは冴木に告げた。

「ふーん」今度は冴木が気分を良くする。

「チャギ、信じないの？　ユビニに電話して聞いてみる？」ミサが冴木の機嫌を取る。

「そんな必要はない……分かった……ヨボヤ《愛する妻よ》、マレ、チュウセイヨ《話してください》」

と冴木はミサにせがんだ。

「チャギャ、マニマニサランヘヨ《たくさんたくさん愛しています》」とミサが微笑みながら冴木に言う。

「アラッタ《分かった》」冴木はニコニコした。

こうして、冴木はユビニのいるソウルへミサを連れ立って出かけて行く決心をした。

ソウルのウォーカーヒルは世界的にも有名なカジノだ。十五年ほど前、冴木の仕事上の友人達がよく出かけて行っては、彼にそれを自慢していた頃の事を、冴木は思い出していた。今頃、彼等は何処で何をしているだろう、と冴木はふと思ってみる。かつて社員旅行で冴木は一度だけこのホテルに泊まった。その時に、このカジノを見学したことがある。長く訪れたことはないが、彼にとって、ここの魅力はホテルの下にある「明月館」という焼肉屋の存在だった。今でも冴木はこの焼肉屋が世界で二番目に美味しいと信じている。なぜ二番目かというと、当時の友人達は、口をそろえて皆が、それぞれに世界一美味しい焼肉屋を知っていたからである。今度一緒に行ってみようといった彼等。またと、今度と、お化けは出たことは無いと言うが、冴木はまだ、その世界一の焼肉屋というものには残念ながらお目にかかったことがなかった。

夕方のフライトはロマンチックなものである。夕日が沈んだ後の雲上のその光景は、風景写真家ならば誰でも欲する物だろう。沈むことのない太陽は人生に喜びを与えるかのようである。空港での搭乗検査に外国人であることを忘れて、内国人と同列に並んで搭乗検査を受けた冴木は、検査員に日本人は一番右側の検査場だと指示された。この時、冴木は言い得ぬ不安を内心に感じたのだった。本来ならば約四年前に破産の手続きをして、日本国外への出国を禁止されるはずだった。それなのに、今は、現状がそのままで、こうして外国で生活をしている。

決して悪い事をしたわけではないのだが、なぜか、そうして不安を感じるところに、いまだ自分の自信が完全に回復していない証拠があった。自信が回復しないのに、カジノで勝負しようというのだから冴木の無鉄砲にも程がある。

ミサを連れ立って、冴木はソウルに向かっている。今日からはソウルで仕事をするのだ。心に決めて信じた事は、たとえそれがなんであれ達成できる、成功哲学者の言う理想哲学である。こんな事を思う時、日本にいる僅かな友人たちの安否が気になった。みんな、その日暮しの好い連中である。

冴木は心に決めていた。自分が再生する前に、そんな友人を救う事がそれである。みんなは自分の世界しか知らない。世の中を生きる術は決して一つではないはずである。要は算数なのだ。結果良ければすべて良し。人生の究極の教えはこれである。

こんな事を冴木が考えていると、航空機の窓から、外を眺めては、綺麗、綺麗、とまさか初めて見た光景でもない真っ赤に染まった雲海を、眺めておどけてみせるミサが隣に座っている。ミサの仕草のすべてに純粋さがあった。今こうして、性格の似たミサと冴木は生まれて初めての長い日々を送っている。すべてが感動の連続となってである。

ソウルに到着した二人を待ち受けていたものは、ユビニの遅刻だった。到着の時間がソウルの交通渋滞《トラフィックジャム》の時間帯になるからこそ、ミサがユビニに迎えを頼んだのに、この日に限ってユビニは遅刻した。

ミサと冴木の性格はすごく似ている。決まった事が実現しないと決まって気分を悪くする。

「チャギヤ、タクシーで行きましょうか?」憤慨しながらミサが言った。

「うん、でも、お前もユビニにしばらく会っていないんだし、どこか空港内で食事でもして、待っているか? まあ、一服してから考えよう」

二人は空港内の喫煙所へと移動した。しかし、いくら昔の国際空港であった金甫空港でも、もう、この時間で営業しているレストランはなかった。

「チャギ、ケンチャヤナ《だいじょうぶ》? 気分悪いでしょ」とミサが冴木を気遣った。

「アニ《いいえ》」とはいえ、正直言って予定どおりに事が進まないことほど冴木にストレスを感じさせる物はない。結局、二人はタクシーでイテオンまで移動することにした。なぜならば、とにかく、ソウルの交通渋滞は半端な混み方ではないことをミサが知っていたからだった。

ソウル

冴木はウォーカーヒルで負けた。二晩でここ約一ヶ月間でコツコツと溜めてきた三十万円を使い果たしたのだ。しかし、ミサはそれを知っても冴木を一つも責めなかった。「チャギヤ、過ぎた事は仕方がない。ミサはそれを知っても冴木を一つも責めなかった。

「チャギヤ、過ぎた事は仕方がない。私、すぐに結果が出るとも思っていない。チャギを信じる。ケンチャナヨ。疲れたでしょ。可哀想に」

この言葉とともに冴木に笑みを送った。それが余計に彼を苦しめた。負ける事が許されないのに、ミサは責め句の一つも言わなかったのだ。このままどこかへ消えてしまいたいような心境の彼を、ミサは暖かく包み込む。

ミサと冴木はソウルの「モジュール」というモーテルで二晩過ごした。その間の食事は、そこに用意されたサービス品のカップヌードルだった。そんな物を、美味しい、美味しい、と言って食べるミサを、冴木は心から愛してやまなかった。外で外食したくても、外食する金がない。冴木は心の中で土下座してミサに謝った。四畳一間のその狭苦しいモーテルの窓は壁の上の方に一尺角に開いただけだった。そこから望める風景もレンガ色の建物だけだった。刑務所のような感じのその部屋で、冴木はミサの心を強く確かめる。

ソウルには三日間の滞在となった。仕事で負けた冴木の心と体をミサが労《ねぎら》ったからだった。最後の晩、二人は外食に出かけた。ミサがもしものためにと一万円をこっそりとへそ繰っていたのだ。外食と言ってもソウルの食堂は一般に高くない。酒つきで腹一杯食べても、二人で二千円を超えることは稀だろう。焼酎の二合ビンを二本開けた二人は、ピョンへジャンクを食べてからカラオケボックスへと進んだ。

日本の歌を唄うと、ホームシックにかかったように冴木はサングラス越しに涙を流した。冴木は酒を呑むと泣く癖がついてしまったようだ。親や兄弟を思う気持ち、子を思う気持ちが彼をそうさせたのである。今から遡ること数年前に、こんな環境になるなどと誰が想像できたであろう。それよりも、子らのことを考えて自然に涙するのは未だ冴木の父親としての理性が存するからなのかもしれない。大丈夫、大丈夫、と冴木は自分に言い聞かせる。しかし、今の彼はホームレスさながらである。我が子の面子を自分のそれに置き換えて見る時、彼は自分の人生を呪わずにはいられなかった。仕事の失敗が悔しさを助長させる。

「ミサ。この歌は二人の思い出になるな、俺がどんなことになろうとも、この歌を聞いたら、俺を思い出してくれ」冴木にしてみればそれは精一杯の心の叫びだ。

「何？　私がそんな女じゃないこと知っているでしょ、別れた人の事は考えないよ、今を大切にするだけ」酔ったミサは、いつもの口調で冴木に言葉を吐き捨てた。

この言葉を聞いた冴木は本当に辛かった。胸に楔《くさび》がグサリと刺さった心境に陥った彼は、黙ってその場を離れる。元来の冴木の気性では、絶対に我慢のできなかった場面である。しかし、この場を丸く治めなければ、自分の面子など……と、ミサと同様に酒に酔った冴木はいても立ってもいられずに独り外に飛び出した。

ミサと酒を呑むのは一番の楽しみだったが、時としてミサの酒癖の悪さは冴木を上回る。普段からミサは気が細かい、その分、酒に酔うと、理性が半減して言いたい放題、我侭三昧になることがある、そう冴木は感じた。しかし、それはまた、ミサのブルジョワの証でもあった。それでもミサは冴木と一緒にいる時には、他人といる時よりも誤酒酩酊するのが少なかったのも事実である。愛がミサと冴木の双方をここまで変えさせたのだ。

ソウルのどの辺りかも分からずに、冴木は散策してその気分を紛らわせた。いくら、腹がたっても、自分が辛くても、ミサが酔っていなければ俺の気持ちは理解してくれるのだ、と自分に言い聞かせながら歩を進める。ミサの気性をはっきりと知っているだけに、こんなことをしている自分に余計苦しむのだった。昔から見れば随分と気が長くなった冴木は、以前の自分が我侭すぎたのかもしれないと自問自答を始める。

考えてみれば、歳も、相当に加えたのだし、歳の離れたミサにいろいろと教えようとする自分が、実際には多くをミサから教えられている。そんな自分がなんだか古臭く感じて来る。人間はどんな風になっても、自然に己を任せて、生きて存在してゆくことだって大事なんじゃないかと考える。

日本を離れて外国まで来たのは、確かに、現代社会にだけ許される中年期の心理社会的モラトリアムのおかげである。人が老人になるかのどうかの決め手は還暦よりもその人のライフスタイルにあるものだと冴木は信じている。考えてみれば中年期の危険を迎えていた冴木はミサと出会ったことで自己を再発見できたのである。こうして独り寂しく、この道を歩きながら、冴木は自分勝手な自分を反省した。

三十分ほどの自己探索の散歩は冴木の気分を大いに紛らわせた。素直な気持ちになってカラオケ屋へと戻る。その時、ミサは本当に心配そうな顔をして冴木を気遣った。

「チャギヤ、どこ、行っていたの？　心配したよ」

「おお、ごめん、ごめん。トイレに行っていたのさ」と冴木がとぼける。

「トイレ？　どこのトイレ行ってたの？　心配してトイレへ行ったけど、チャギ、いなかった、ですよ」とミサが言う。

「そうか。ミヤン《ごめん》。外のトイレに行っていたのさ。外の空気が吸いたくなったから……」

「チャギ、仕事の電話するのか？　思った。でも、見たら、ハンドバックとチャギの電話がある。ウエヨ《どうして》？　どうしてそんなに長かったの？」とミサは冴木に心配を重ねてゆく。

「……また、迷子になったのさ。昨日みたいに」

昨日、仕事から帰る時、ミサの待つモーテルに向かって冴木は言葉の全然通じないタクシーに乗った。ミサに携帯で誘導をしてもらったものの、冴木は戻るべき所の近くで迷子になってしまったのだ。

「チャギ、頭良いように見えるけど……案外、パボ《アホ》ですね」

皮肉たっぷりのミサの言葉には、まだ酒が残っていた。いくらかのやきもちが含まれていたのも事実である。人間は恋に落ちて愛し合うと、互いを所有する欲が強くなるのだ。自分にとって理解できない行動は、自分が相手を思えばこそ、それが悔しさに変わるのである。

それを酔いが手伝えば、出せる表現も素直になるのである。

翌朝、目を覚ました冴木はミサにこう言い始める。

「昨日は言わなかった事がある」

冴木はいつものようにベッドに半身を起こして、タバコに火を点けた。

「モ《何》？　何の話？」ミサは酔いも完全に抜けた明るい顔で、仰向けに寝ていた体を捩《ねじ》って冴木の顔を覗き込んだ。

「お前、昨日、チャギ案外パボですね、って言ったことを覚えているか？」冴木は冗談交じりにこう話す。

「うん」

「お前、俺がパボだと思うか？」

「んん、思わない」

「お前、酔うと癖が良くないから、昨日は言わないようにしていたんだ……」と冴木はミサの酒癖の悪さを指摘した。

「ん？　何の話？」ミサは鳩が豆鉄砲を食らったような顔をした。

「俺が迷子になったと本気で思ったのか？」と冴木が言う。

「チャギ、迷子になった、言ったでしょ」ミサが正直に言う。

「俺は迷子になんかなってない」

「ウェー？　じゃあ、どうしてたの？」ミサが本気で昨日の記憶を呼び起こし始めた。

「腹たって、外の空気吸ってたのさ。三十分間」と冴木がこう言うと、

「チンチャ？　ウエヨ《どうして》？」とミサが冴木に質問した。

「…………」

「チャギ、はっきり言って下さい」とミサが冴木に理由を聞いた。

「俺が唄った『アイラブユー』を覚えているか？　お前、その歌聴いたら、俺を思い出さないって言っただろう」冴木はミサに甘く絡んだ。ミサは顔色を変えて、

「それで？　頭に来たの？　私、そんな女じゃないって言ったでしょ。どうして、別れた人の事を、唄を聞いて思い出しますか？　過ぎたら、過去は過去でしょ？」

ミサは少し憤慨して物を言った。自分の決めた事や信じてきた事を変えるのを、ミサのプライドが許さないからだ。

「お前、俺と別れるのか？」と冴木が聞く。

「……別れない」

「んじゃ、どうして、アイラブユー聞いて俺を思い出さないんだ？」と冴木がまた聞く。

「思い出す。当たり前でしょ」

ミサは自分が信じてきた事でも、それを冴木に強要するのではない。ミサは自分がどんな

人間であるかを自己主張したかっただけだったのだ。でも、正直なところ、別れの対象が冴木であっても、自分の考えは変えたくないはずなのであるが、この冴木という男は、何故か、不思議なことに別れの対称ではなく、共存の対称としか感じられないと言うことがミサの本音であった。

「そうだろう。それなら良い。変な事は考えるな。俺はお前と別れない。俺の心、分かるか？」冴木が優しくミサに言い聞かせる。

「分かる。チャギの事、分かるのは、私だけでしょ」とミサが鼻を高くした。

「そうさ、俺達は決して別れないんだから……これからどうなろうとも、お前はアイラブユー聞いたら俺を思い出すだろう？」と冴木が言うと、

「思い出す。当たり前。私、チャギとは別れられない」

ミサも冴木の存在によって自分の考えが大きく変わって来たのだ。それが愛の証ならば、愛とは大きく人間を変えるものだとミサは思った。

ミサは自分の気が冴木に負けてゆく錯覚に陥っていた。しかし、それが愛ならばそれはそれで良い。ミサはそんな自分に静かに従っていく覚悟を決めていた。生まれてはじめて知った愛。この男は、我侭放題で自分勝手だが、ミサにとっては、それが自分自身を男にしたような不思議な存在として感じられる。冴木の言う事をなんでも聞いてしまう自分が不思議といとしくてならなかった。

ソウルの秋は短い。やはり、日本とは気候の感覚が僅かに違う。秋の金甫空港は古《いにしえ》の情炎を求めているようだった。そこでミサは実の妹のミラを冴木に紹介した。ミサはそのために空港までわざわざ呼びつけたのだ。

お母さん似だというミラは卵顔で目のパッチリしたミス・コリアのような美人である。背はミサよりも二センチほど低いようだが、ショートヘアが八頭身美人をより引き立てている。

この家族が美形の一族であることが冴木にははっきりと分かった。父親似だというミサの顔だけ見てもその父親の美男子ぶりは母親に負けることはないはずだ。ミラはメークアーチストとして活躍しているだけあって、気立てと活気が何よりもよい女性である。女の数だけ美しさがあるというのは本当だと冴木は思った。ミラはポーラという助手の女性を同伴して来ていた。数人の女性が冴木の回りにいることで、恥ずかしさが緊張となって、女性の苦手な冴木を苦しめた。

数十分もすると、今日は休日だというミラ達も冴木達と一緒にチェジュに行くことになった。なんとも即効性のある国柄である。ミサがミラに自分の友人やお客達を紹介するのだと言う。こうして四人はチェジュへと向かった。ソウル—チェジュ間は飛行時間が長いようで実は大変に短い。そう感じるのは、航空機が新しいからなのか、それとも、ミサが同行するからであろうかなどと冴木は考えた。いずれにしても、人間というものはパートナーの存在によって、その時々の物の概念が相当に変化する生き物である。

迎冬

チェジュに戻って数日後、ミラはポーラだけを残してソウルに帰っていった。ミサと冴木は二人だけの時間を大切に使っていた。

天王寺の晩秋は美しい。この寺の荘厳さは日本の延暦寺などの比ではない。何よりもそこには人々の信仰という礎があるからである。この寺を訪れる人は、観光ではなく、心底、信仰のためにだけに訪れる。ミサが冴木と出会ってすぐに、彼を連れて訪れた漢拏山《ハンラサン》の下に位置する山寺だ。

「チャギヤ、山、見てよ。綺麗」とミサが言う。

「ああ、本当に綺麗だ。日本の紅葉よりも鮮やかだな。なあ、どうして、こんなに綺麗に見えるか、分かるか?」と冴木がミサに聞く。

「アラヨ、アラヨ《分かる》」とミサが知った振りをした。

「アラヨ、アラヨってなんだ? どうして綺麗なんだ?」と冴木がまた意地悪に聞く。

「うーん、チャギヤ、ポーラも一緒でしょ」とミサはポーラを気にかけて拗ねた。

「ケンチャナヨ。なあ、ポーラ」

ミラの助手をしているポーラは、いつもニコニコして、セミロングの黒髪を大切にしている二十歳過ぎの女性である。背がすらりと高く大人気があり、人の顔を見るといつもニコニコしている。そんな処に多少あどけなさが残る明るく爽やかな女性だ。日本語は残念ながら話せないが、ミサの通訳と雰囲気で大体の事は分かるようである。ポーラは冴木の語り掛けに、やはりその笑顔で答えただけだった。

「ミサ、なんであの紅葉が綺麗なんだろうな?」と冴木はしつこく質問した。

「チャギと一緒にいるから……ウーッシ。イッシ。恥ずかしいでしょ。そんな、言わせないでよ」とミサは笑顔を交えて怒って見せた。

「ハハハ、そりゃそうだ。でもな、本当はもう一つ答えがある。それはな、お前の心が綺麗だから、なんでも綺麗に見えるんだ。心の綺麗じゃない者には、何も綺麗に見えないのさ」

と冴木は気障に言った。ミサは冴木のこうした気障な所に、時としてものすごく惹かれる。

「ねえ、チャギ、今日、ポーラと一緒にコンドームして寝る?」

とミサが冴木に伝えた。

「?　モ???　何?……ナジュンエ《後でな》」

冴木はそのミサの言いたい事の意味を知ってふざけて白を切って見せた。

「チャギ、怒ったの?」とミサが聞く。

「アニ《いいや》」

ミサが言おうとしていた事は、冴木にははっきりと理解できた。ミサは妹分のポーラが今日一人で何処かに泊まるのは可哀想だから、コンドミニアムを借りてみんなで宿泊してはどうか、ということを言おうとしたのだ。ミサは舌ったらずだから、英語の発音が少し悪い。コンドミニアムの事をコンドとかコンドームとかいう癖があったのだ。そんな言葉遣いがいつも可愛いと冴木は感じている。

「お前さ、誰だって、ポーラとコンドームして一緒に寝る？　っ聞かれれば、まあ、待て、って言う話になるぞ。知らない人が聞いたらサンピーか？　って思うぞ、な。お前、もう一度、コンドミニアムって言ってみ？」冴木はミサを構った。

「コンドーム。コンド。コンドー。コンドーム」ミサは何度も復唱した。

「コンドミニアムはコンドームじゃなくてコンドミニアムだろ？　コンドームは日本ではセックスする時に使う物だ」と冴木はさらりと言った。

「？　キャハハ、ああ、コン、ドーム。コン、ドームがコンドームに聞こえたの？　チャギ、ほんと？　キャハハ、キャハハハ、キャハハ、フフフ、チャ、ギ、ヤー」

とミサはとち狂ってしまった。やはり、こんな所にもコミュニケーションギャップが存在するのである。

「そうだよ。ポーラとコンドームして一緒に寝るかと聞かれれば、誰だって、その話は後にしろ、と言うよ。なあ、ポーラ」

ミサの言わんとした事を承知はしていても、こんな話で、ポーラと自分達との人間関係を円滑に進めようとする所にも、冴木の人間性が変わった事実があった。昔の冴木は、人の事など気にせず勝手我侭放題だった。人は苦労して初めて人の事も分るようになる。もちろん、それはミサも同じであった。二人は明らかに変わったのだ。そんな二人を見て、ポーラはまたニコニコと笑った。ミサの回りにいる人々は本当にミサの良い友達なのだと冴木は感じた。


あくる日、冴木は朝方、子供の夢を見た。その子は彼の下の子に良く似てはいたが、明らかにミサと冴木の子どもだった。その子が、おろしたての紺色の半ズボンにスーツ姿で冴木の長野の母と祖母に連れられ遊園地に行くところだった。しかし、その子は顔を強張らせ、作り笑いをして礼儀正しく緊張していた。

真黒の衣装を身に纏った冴木は夢の中で人々に怖がられている。行き交う人々は皆、冴木を避けていった。小さな軽の乗用車に乗せられるその我が子を、冴木は見つけた。冴木が手を振りながらその子に近寄って行く。その車の前まで行っても、辺りに気を取られたその子は冴木の存在に気づかない。冴木はその軽の前に立ちはだかって車のフロント部位を持ち上げた。こうして漸く冴木に気づいた子供は、彼を見るや否や、満面の笑みで大喜びして、パパ、と飛びついて冴木に抱かれた。辺りの人々が口々に言った。ねー、あんな怖い人でも親は親かねぇ、と。

こんな夢を見た彼は起きるや否や、目から大粒の涙を流して泣いた。その子と広康とを混同したのだった。広康とは英広の双子の弟である。冴木の不運は五年前、広康との別れから始まったと言っても過言ではなかった。選挙に落ちた彼がその頃病んでいた不安神経症と広康の喪失が家族の離別まで引き起こしたのだった。

広康は、俗に言う神童であった。三歳でピアノ、オルガン、笛、などの楽器を使いこなし四歳で新聞を読んだ。五歳では小学生までの必須漢字を使って日記を付け始めた。冴木と別れた五年前にはその数は十数冊にも達していた。小学校に入ってからその能力はさらに大きく開花した。しかし、その子は近所の遊園地に出かけたまま行方不明となってしまった。まさに広康十歳の年のエックスファイルである。彼は今もこの子を心の中で探して続けているのだ。

冴木の異変に気付いたミサは彼の頭をしっかりと抱きしめ背を静かに叩いた。その仕草はいつもの母親役としてのミサの物だ。ミサが励ます。いつかきっと会えるから、そうミサは言った。

ミサにしても初めての男との同棲生活である。尾崎豊の歌の文句どおりのアイラブユーだった。もちろん、金も僅かしかない。

「お前、毎日、俺と一緒にいて、飽きないか？」と冴木が言う。

「なんで飽きるの？」

「だって、ずーと、何にもしないで、ただ一緒にいるだけだぞ」

「……飽きない」とミサは大きく一つ溜息をついた。

「お前、今、溜息ついただろう」こういう冴木に、

「ん、ん、違う。違う。掃除しなきゃいけないと思って。ミアンネヨ。チャギ、汚いの、嫌いでしょ？」

と言い切るミサの言葉は冴木の本心だった。豚年のB型、と言ってはいつも自分の真っ直ぐな態度を比喩しているミサらしい態度だったのだ。

「なあ、たまには、散歩でも行くか？　たまには、外の空気もいいぞ」冴木はミサを誘った。

「うん、散歩行きましょう」

ミサは喜んで立ち上がると化粧台に立って、クリームを自分の顔に塗り付けた。かと思うとすかさず冴木の顔にもそれを塗りたくった。その後すぐさま、クローゼットから冴木と自分のジャージを取り出す。動きの悪い冴木も自分から言い出したせいも手伝って、すばやく着替えを済ませる。数分後、二人は仲良く外に飛び出した。

昼過ぎの太陽が眩しい。柔らかい、なんとも言えぬ心地よい風が二人にまとわり付いた。

十一月とは言え、このチェジュの気候は最高だ。オクラホマミキサーのダンススタイルで手と手を組んで歩く二人は一糸乱れず歩を進めてゆく。ひとつの帽子を二人でかぶりっこしながら、ミサのヘアバンドをやんちゃ坊主のように、冴木は自分の短髪に載せたり、くくりつける。ミサが、げらげらと笑う。上り坂もあれば下り坂もある。二人は往復一時間あまりのこの道を歩き続けた。高い木々が太陽の光を一瞬弱める。

「チャギヤ、私、帽子、いらない」とミサが言う。

「だめだよ、お前。女は肌が弱いから。紫外線はお肌の敵って聞いたぜ」と冴木が言う。

「そうさぜ。でも、ケンチャナさぜ」ミサがふざけて冴木の真似をする。

「あのな、さ、と……ぜ、は同じ意味だ」と冴木がいつもの日本語教師を気取る。

「そうぜ。分かったさ」とミサが生徒を気取る。

「?？? そうぜ、とは言わないな。分かったぜ、ならOKだ。でも、ぜ、は男の言葉だな」

「むずかしいさ、ぜ」ミサはテンポ良く冴木の言葉に反応した。頭の良い証拠である。

「ま、いいさ」冴木が不甲斐無く納得する。

「さ、さ、さ。ふふふ。チャギからいろいろ、日本語教わるね」

ミサから満面の笑みがこぼれた。ミサは冴木にとって、本当に可愛い女房だ。

「あ、カッチーだ」二人が一声に発した。

カッチーとは、始祖鳥の小型のような形状で体の色が黒く、羽の部分が白色をした尾の長い大変珍しい鳥である。カラスよりわずかに小ぶりのこの鳥は日本では生息が確認されていない。ちなみに、佐賀平野に分布する鵲《かささぎ》は、秀吉が韓国から持ち帰ったカッチーの亜種である。このカッチーを見かけると幸運が訪れると韓国では言われている。大変に縁起の良い鳥であるから目撃そのものが珍重されているのだ。

「お、また、カッチーだ」その道沿いにカッチーの巣があるらしい。

この日、ミサと冴木はカッチーを何羽も確認した。幸せの青い鳥はカッチーなのかと思ってみると、この道はまるで天上への道に感じられるのだった。道脇に広大なみかん畑が広がる。ミサは冴木を誘って道路脇で佇んだ。黄色の実を付けたみかん畑のその様子を、冴木は生まれ初めて見る。

「綺麗だな」冴木は自然の中で見る黄色い色に子供達を連想していた。保育園に通う日本の子供達は黄色の帽子を被っているからだった。冴木が地方選挙に出た時……この子らのために郷土を作るのだ、と内心で子供達に約束をした。その十数年前の事が冴木の頭に浮かんだ。

短いようで相当に長い時間、二人はそこに佇んだが、ミサが連想した事も、不思議と実の兄弟の子供達の事だった。

「チャギ、あそこのお墓に眠っている人は幸せだね。いつも、こんな風景を見ているんだもんね」

ミサはみかん畑の奥の丘に造られた済州式《チェジュ》の墓を、女らしく人差し指を一杯に反らして指差した。

「うん。お前、俺がここで死んだら、どうする？」と冴木が聞いた。

「なんで死ぬの？　そんな話、しないでよ」

「いや、例えば、の話だ。例えば、俺が今この済州島で死んだら、お前、俺をどうする？」

「葬式する」とミサが答える。

「葬式してどうする？」

「あ、そうだ。葬式すれば、チャギのお父さん、お母さんに連絡しないと……後で日本のお父さんとお母さんの電話番号教えて下さい。チャギ、日本に帰りたい？　ここでお墓作っても大丈夫？」

ミサの屈託のない返答に、この女性の素直さがひしひしと感じられる。

「俺が死んだら、焼いてソンイッポの海に流せ。日本はだめな国だ。帰りたいとは思わない」

「チャギ、そうするんだったら、私、ここにお墓作る」とミサは言った。

「俺、寂しいのは嫌だ。俺がここで埋まって、お前はどうするんだ？　ソウルで墓、作るか？」と冴木が言う。

「んん、チャギの横に作る」

「ほんとか？」

「ほんと。チャギの横。私はチャギのヨボ《愛する夫》。私は済州島が好き」とミサは言った。

「俺も好きだ。お前は俺のヨボだ《愛する妻》。俺、お前に出会った時、俺はお前を知っているって言ってたろう。覚えているか？　俺が子供の時に、夢の中の恋人の話をしたのを覚えてるか？　それがお前だったんだ」冴木はそんな事実をミサに伝えた。

「チンチャ？　どうして？」とミサが聞く。

「昨日の夢の中でその女にまた会った。生まれて初めて正面から彼女の顔を見た。その顔はお前だったよ。長く思い続けてきた女がお前で良かった。千年の時を越えて、ようやく魂が一つになった気分だ。俺達は生まれる前から夫婦だったんだ、きっと。お前が、黄色いキャップ被って、俺を見つめた時、もう一つはっきりした事もある。お前の目、どこかで見たと思ったら、それは英広の目だ。英広の目って言うことは、俺の眼と同じって言うことだ。俺は一重で、お前は二重だから長い間分からなかったが、英広は二重だから……お前の化粧を取ったその目をキャップ越しに見て、俺は今日初めてお前が誰に似ているか分かったんだ……長い間、お前の美しさと心だけ見ていたから……それが分からなかったんだ」

と冴木は言った。

「チンチャ」二人は体を寄せ合いながら、またオクラホマスタイルで帰路を歩くのだった。

「よし、後ろ向け」と冴木が力む。

「ウエヨ。モ？」という暇もなく、冴木はミサの後ろに回ってミサを肩車した。

「チャギィ、私、怖い」と生まれて初めての肩車にミサは戸惑いを隠せなかった。

「…………」

「チンチャ、チンチャ」

女系で女らしさを徹底されて育てられたミサは、恥ずかしさと不安とが入り混じった複雑の心境だった。

「俺を信じろ。大丈夫だ。俺は転ばない。俺は倒れない。しっかり、頭に捕まっていればいい。でも……目隠しはするな。見えねえから……な。俺の体力をつける訓練だ」そう言うと冴木は軽々とミサを担ぎ上げた。

「うん。でも、チャギ、疲れるでしょ。ケンチャヤナ?」

この時既にミサは冴木の言う事に素直に従える女になっていた。この瞬間、韓国女性は大和の男に影響されてほとんど大和撫子に変わっていたのだ。男とは女の不安を取り除く存在でもある。こんな光景は誰が見ても幸せそのものだ。カルチャーの壁は愛の力で克服できたのだ。それは縁の力でもある。

ミサを肩車して十分ほど歩きながら冴木は思った。不思議なものだ。八年前に子供達と行ったイギリスのバッキンガム宮殿で、息子二人を両肩に担ぎ上げて衛兵の行進を見物させた時と違って、今ミサを担ぎ上げても、そのまま歩き続けても、疲労困憊しないのだ。冴木が成長したのか、体力が付いたのかは分からぬが、体がしっかりしているということだけは事実のようだった。思えば、吉見達が冴木の病弱を悟って、陰謀に及んだのも分かるような気がしてくる。トップは健康が一番なのだ。

約束

冴木は日本に戻った。ビザの更新や顧客挨拶のためである。こんな冴木とて美術品商の仕事を始めて僅かな人数の顧客があった。無責任な行動を取れるはずはない。冴木が日本に帰ってても娑婆の空気は一層な深刻さを増すばかりであった。日本で聞く話、読む記事、見るニュース、すべての物が暗く悲しい。

年老いた冴木の知人は数日間も寝込んでいるのだというし、馴染みの「ろくがわ」ではお客が減る一方だという。冴木が世話になった人情のある竹重さんが勤めている地元の大手建設会社も売り上げが十分の四までにも下がっていた。ミサに絆《ほだ》されて行く冴木の実家でも貧困に喘いでいた。彼の従兄弟で、義弘という男が三十七歳で急死しても、彼の両親は持参する香典すらも持ち合わせていないと言う。旧友の北さんにしても会わなくなって一年が経つが、貸した一万の金すら返せぬまま行方知れずとなった。近所の信仰心の厚い女も貯金の一円すらないのだという。商売上で知り合いになって、冴木が僅かな金でも融通した者達も、催促を嫌って電話に出ない始末となっていた。

考えて見れば、今の世の中、誰もが収入源に恵まれない。働く所がない。何よりも、衝動買いが収まったこのデフレの時代には、金が全くと言って良いほど動かない。ああ、なんと嘆かわしいことであろう。金が無いために、人が人の勤めさえをも果たしえぬ。世の中に悪の栄えたためしはない、とは嘘だ。現代は悪が栄えるだけだ。大塩平八郎が現代にいれば、きっと乱を起こしただろう。

そんな折、冴木の小学校時代の恩師で、今なお活躍されている中條先生を訪問した。実際には、先生に美術品を購入してもらう意図を持って恩師を訪れたのだ。恩師に会って韓国の土産話などをしながら、恩師と一杯呑んだ。やはり、恩師と呑む酒は美味ものである。

「先生、お元気そうで何よりです」

「ん、お前も元気そうだな」

ぶっちゃけた話し方が魅力のその恩師は、五十も半ば過ぎではあるが、髪の毛の豊富なトムクルーズ似のニヒルでダンディな男だ。話も上手で、歌も上手い、思いやりがあり、人情家で、欠点など微塵もないと言える。冴木の今日の姿は、この恩師による影響の賜物と言えよう。結果はともあれ、恩師なしでは冴木は存在し得なかった。

「先生、今、韓国で暮らしています」と冴木は恩師に伝えた。

「おお、そうか。お前なら、何をやっても、どこにいても大丈夫だ。必ず成功するだろう」

恩師のこの言葉に、冴木は三十数年間励まされ生きてきた。恩師が学卒の新任で冴木達の学校へ着任された頃、未だ日本は高度成長期の真只中だった。

さりとて、田舎の小学校では、ようやく旧校舎が取り壊されて、新校舎が建設された頃だ。旧制の学区制が新制度に変わっていくつかの学校が統合合併をした。全校生徒一千人を超すマンモス校はこんな時期に存在していた。冴木の初妻の美奈子も本校を卒業した冴木の先輩である。そんな時勢には、未だスパルタ式教育が主流で、この恩師は若くしてのその最たる実践者であった。若さもあってか、暴力指導に関しては天下一級だったから、冴木にそれが多大の影響を与えたことは事実である。


日本へ帰ってからも、冴木は毎日電話でミサと話をしていた。長い時では、どちらかの携帯の電池が切れるまでの長電話は去年と変わらなかった。

「マリお姉さんが、ミサもったいないって、言ったんだって」

とミサは少し照れくさそうに冴木に話をした。

「もったいないって、何がだ?」冴木が聞く。

「ミサ、綺麗なのに、洋服屋さんするだけじゃ、もったいないって」ミサが言う。

「ン? 俺にはお前がもったいないって意味か?」と冴木が言った。

「んん、違う、ミサなら良い男が見つかるのに、もったいないって」とミサがふざけて言う。

「それは? やっぱ、俺にはお前がもったいないって聞こえるな。よし、分った。もう二度と桜へ行かね」と冴木も負けずにふざけて見せる。

「アンデヨ。うふふ」と、ミサは可愛いらしく笑った。

「今日ね。ふと考えたよ、チャギと一緒にソウルへ行って、歌、唄った時、チャギが怒ってどっかへ行っちゃった、そんな事もあったって。二ヶ月ちょっと、チャギと一緒にいたけど半年位一緒にいたような気がする。チャギ、迷子になるし、私、いないと転んで怪我するし、うふふ……」

ミサの笑い声は本当に可愛らしい。本人はハスキーな自分の声にコンプレックスを感じているようだが、ハスキーに加え舌ったらずな話し方は本当に冴木を魅了して止まなかった。

冴木はミサを幸せにしようと懸命である。ミサがもったいないと言われて嬉しくもあり悲しくもある。すべてが今一自分の思う域に到達していなかったからだ。

猶予はあと三ヶ月。冴木は自分にそう言い聞かせた。目標のために期限を設定したのだ。三ヶ月以内に、月収百万円を得ないと確実にミサは冴木と離れることになる。しかし、それを誰もが望んでいない。

こんな世知がらい世の中でも、ミサと冴木とを取り囲んでいる人々はこの二人が幸せになることを真剣に待ち望んでくれているのだ。ミサの仲の良い友達で、男運のない姉貴分のユキも預言者のブジャも、「桜」のマリママだってそうである。マリママの本心にしても、ミサと冴木が幸せになれるに越したことはないと思っているはずである。マリママはもう冴木と同じ年ということもあって、すべてに対して現実主義者である。だから、そんな発言を気軽にするのであろう。

いくら、昔偉くても過去は過去、未来はまだない、あるのは今だけ。だから、今を真剣に、大切に生きればただそれだけで良い、とはミサの口癖だ。こんなミサは今、冴木に心底惚れて彼を信じている。冴木は全身全霊をかけて、自分達のためにことをやり遂げなければならない責務がある。愛は時には狂気と化す。きっと、今回が人生最後の頑張りどころとなるだろう、そんな風に冴木は思っていた。

日本が嫌いになった。日本人は自分の事だけしか考えていない。自分はそうならないよう努力をするのだ。信仰の厚いミサや情け深い韓国本土の人間に接していると、冴木は自分の生きて来た生き方が悪いのではなく、自分を取り巻いていた環境や人間関係に問題があったのを悟るのであった。

大相撲九州場所が始まった。日本の国技大相撲。肉弾のぶつかり合いの中に、力強い日本の文化が生きている。これに対し、韓国では人間の存在そのものが文化だと冴木は感じていた。韓国人の信仰心の厚さには、つくづく頭が下がる思いである。かつての日本もきっとそんな風だったと信じたいが、例えば、神社や仏閣などへは、年頭の参拝と余程の義理事がなければ行かない日本人を見ていると、かつてはそうだったとも思えなくなってくるのだ。人間の真の美しさは信仰心にあるような気がしてならない。信仰がもたらす物は、たとえそれがなんであれ、心の平安である。信仰によってのみ、それがもたらされるのもかも知れない。

「昨日、お前の夢をたて続けに五回見たよ。アンジェリーナより主演回数が多いから、アカデミー賞ものだな。主演女優賞だ」

と昼食を済ませていつもの研究を開始しようとする冴木が電話を手にして言った。

「チンチャ？　それは、私が昨日、山に行ってお祈りして、海に行ってお祈りして、帰って来たのが九時くらいだったでしょ。私がチャギの事だけお祈りするから、そうなったね。ユキお姉さんの二番目のお姉さんの預言者が一緒に行って祈ってくれた。それで私達の未来を見てくれたよ。私達の事。そしたら、私達は生まれる前から夫婦関係だって。だから、冴木さんのために祈りなさいって蝋燭と線香もくれて、神様に祈ってくれた」ミサはご機嫌で話をした。

「そうか。有難いな、俺だって、お前に言っただろう、俺たちは神様が決めた夫婦だって。覚えてるか？」なりきり亭主の冴木は声を低くして本心を語った。

「タンヨンハジヨ《当たり前でしょう》」

「ん、そうだな。でも、不思議で考えられないな。夢は見たくて見られる物じゃないのに、五回連荘で見ることが出来るなって……本当に凄いことだ。夢の中では、夢だと思ってないから、お前とは離れていても、寂しくないや。今日も必ず夢で会おうな」と冴木が言う。

「チンチャ。夢で会わなかったらチュゴ《逝かせちゃうわよ》。フフフ」

ミサの声は本当に可愛らしかった。歳の差が引き出す演出効果である。

「おう、分かった、ぜ。夢で会わなかったら、チンチャ、チュゴ。ハハハ」

本当に今の二人は金がなくても何がなくても幸せの絶頂だ。

「チャギャ、今度戻ってくる時、チャギの写真持って来てよ」とミサが言う。

「うん、分かった。もし、俺に会いたくなったら、鏡を覗いて自分の目を見ろ、な。お前の目は俺の目だ」

「チンチャ……オモ《あら》、オモ《あら》、オモ《あら》」ミサが鏡を見る時のこの癖は本当に奥ゆかしい。

「お前って言う奴は本当に可愛い奴だな。オモ、オモ、オモか」

冴木は受話器から聞こえる声だけでも、右脳でミサの姿を一瞬にして再生できた。


　韓国に戻りたい、そんな気持ちが一番だった。そこには愛するものがいるからである。しかし、戻ることはいつでも可能だが、研究を完成させて帰らなければ何も始まらないのだ。

　そんな折、冴木が旅館の窓から、初冬の青空に目をやると、珍しい雲が立ち上っていた。南に見える蓼科山尾根辺りから、一条の雲が立ち上がっている。飛行機雲ではなく、山の噴火雲でもない。珍しい雲だなあ。地震雲か？　などと考えながら冴木はその細長い雲を始まりから終わりまで目で追いかけた。すると、天空の半分ほどまで立ち上がるその雲にクロスに交差したもうひとつの細長い雲がある。ほんとに珍しいと思いながら冴木は旅館の階段を駆け下って外に出た。

明らかにクロス。十字架になっていた。太陽がそのクロスの中心をちょうど移動中だ。まぶしさに目がやられるが、そのクロスは冴木に向かって翳されている。その辺りの雲も非常に神秘的である。霞《かす》む雲々はフェニックスのように、クロスを中心に天空に配置されている。

物凄い、としか言いようがない。こんな事もある、そう思う時、冴木の脳裏にミサの口癖が木霊した。「こんな事もある。こんな時もある」どんなに遠く離れていても、冴木の心の中にミサは生き続けているのだった。

神の力

冴木はバカラの必勝法を発見した。日本に帰国して二ヶ月目に入った寒い朝方のことである。不思議なものだ。昨日、ミサから電話があって、チェジュのハンラサンから真っ直ぐに天空に延びる雲が現れたそうだ。そんな次の日にこんな喜びに浸っている。

「ヨボヤ《愛する妻よ》、今日はいい知らせがある」

と冴木は夜も眠らずにいてミサに電話をする。

「チンチャ？　ヨボヤ、私も今日はいい知らせがあるよ」とミサが言った。

「チンチャ?」

「チンチャ」

「…………」

「……………」

こうなるともう既に喧嘩をしない考え方の同じ二人に、どちらかともなく沈黙が襲う。続けて二人は同時に笑い出す。

「フフフ……しかし、それにしてもお前の笑い声は可愛いなあ」と冴木が言った。

「フフフ……何言うの、ヨボが可愛い」とミサが返す。

「ほんとか?……まあ、お互いが可愛がっていれば、それは一番理想だ。それで、何だ? いい知らせって?」

「うんん、ヨボが先に言ったでしょ。何、いい知らせって。話してよ、先、アラッチ《分かった》」ミサは何故かこの頃では説得力までを身に付けたようだ。

「うん、実はな……へへへ……やっぱりお前が先に言え」

「ヨボ!」ミサが冴木を一喝する。

「アラヨ《わかった》、アラヨ。実はゲームの必勝法が分かったんだ」

「チンチャ? わあ、ヨボはやっぱり凄いですね……でも、もうカジノしなくていいよ」とミサが言った。

「ウエ？《どうして》」と冴木が訝しがる。

「あのね、昨日、お父さん、裁判で和解したんだって。アラヨ？」とミサが告げる。

「和解……和解って裁判終わったって言うことか？」

「そう」とミサが言った。

「それで、これからどうなるんだ？」と冴木が聞く。

「ヨボ、すぐ帰ってきて。心配いらない。お父さんのお金はなくならなかったよ。意味分かる？」

「わかんねえ」

「だから……お父さん、私にお金、いっぱいくれるんだって。家も買ってくれる話したよ」

「……で？　俺はどうなるんだ？」

「ヨボは、私と結婚するでしょ。タンヨンハジヨ《当たり前でしょ》」とミサが言った。

「…………………」

「シラ《いや》なの？」

「いや、そうじゃない……俺の問題だってあるだろう」

「俺の問題って何？」とミサが言う。

「弟のことだよ」

「ヨボ、ヨボは私のヨボでしょ？　私が何とかする。アラヨ？　お父さんがくれるお金、半端な金額じゃない、思う。私、ヨボのことアブジ《お父さん》に話したよ」

「お前、俺がギャンブラーだって言ったのか？」

「そんな事言わない、ヨボ、ギャンブラーにこれからなるところだったでしょ。チャギ、ヨボ、カジノはだめ。私、嫌い、言ったでしょ。ん？　違う？」

「…………」

「チャギ、ヨボ、よく頑張った。それだけでいい。私ね、いいお嫁さんになるよ、チンチャ、私のお金はヨボのお金でしょ？　違う？　私、お金、要らない。ヨボと暮らしたあの時、お金よりも、もっと大切なものをヨボから貰ったよ。だから……もう何も心配しないで。ヨボを私が守る言ったでしょ」ミサの声に張りがましてゆく。

「ヨボヤ、コマワヨ《ありがとう》。話だけでも嬉しいよ。でも……な……男らしくないなあ」

と冴木が嘆いた。

「ヨボ！　男と私の旦那さんとどっちにするの？」

「そりゃ、お前のヨボだろ」

「だったら、私の言うこと聞いて、ね。とにかく早く帰ってきて、ナジュンエチョナ《後で電話する》へ」

「待て！　ちょっと待てヨボヤ」

「ヨボ、コクチョンハジマ《心配しないでよ》。アブジの用で今日は忙しいよ。アンニョン《バイバイ》」

こう言うとミサは電話を切ってしまった。嬉しいやら、悲しいやら、何がなんだか分からなくなった冴木は、いろいろ考えずに安宿で眠ることを選択した。

それにしてもこの時間まで起きていると眠ることができなくなる。冴木は頭の中で今までのことを思い出していた。これからのことも思い起こしてみた。そんな時に思うのは不思議と所在の分からなくなった弟達のことである。時とは不思議なものだ。何らかの方向へ人々を誘ってゆく。

冴木は思った。自分の人生って一体どうなっているんだろうと。人生にはふたつの選択肢が常に存在している。あの時、ミサに出会わなかったら自分がどうなっていたのか。リダに真実を告げずにいたら自分は今どうなっていたのだろう。あの時、思い切って韓国に渡って、自分の気持ちをミサに直接伝えられなかったら……そう考えると眠れなくなるのは当然のことである。


数日が過ぎ、冴木が旅立ちの準備をしているところに、実家から一本の電話が鳴った。

「良一？」心筋梗塞から生還した冴木の母親の声はどこかしら、以前ほどの力がない。

「うん。どうした？」

「谷口さんが死んだって。今、東京の警察から電話があった。おらちの電話番号が服のポケットにあったんだって」と彼女が言う。

「死んだって、何？　どうして死んだんだ？　殺されたのか？」

「それが、殺されたんじゃなくて、浮浪死体？　って言うだかい？　何しろ、乞食のようになって死んでいたらしいよ」

「ふーん。罰が当ったな。やっぱり神様っているんだな」と冴木が言う。

「……でもさ、死ねば、可哀想だに」冴木の母はいつでも人思いである。

「なあ、お袋。お袋はいつもそんな風だから……まあいいか。死ねば仏だな。あいつの来世を思うと確かに可哀想だ。まあいいや、それでさ、俺、韓国でミサとずーっと暮らすことになったよ」と冴木が言った。

「ミサと結婚するの？」と母親が言った。

「それはミサ次第だが……多分、そうなると思う」

「本当？　良かった。これで私も安心だよ。苦労したものね」

「なあ、お袋、俺は……多分もう日本には帰ってこないと思う。それで、頼みがあるんだ」

「なんだい？　フフフ。おい《おまえ》ひょうきんだに。もう帰ってこないって、もう帰ってこないだ？　ほんとに？　冗談でしょ？」冴木の言うことを真に受けていない母親がこう言う。

「なあ、母ちゃん。嘘じゃない。本当に……もう俺は日本には戻らないよ」

「………ほんとかい？」

「ほんとさ。だから、頼みがあるんだ」

「頼みって、おいの頼みなんか、難しくってだめだよ」と母親は下手《したで》に出る。

「……金、貸してくれ……」と冴木が冗談を言った。

「フフフ、ひょうきんだに。金があればみんな、おい《おまえ》にやるわい」

母も真実を語ってくれている、冴木はそう思った。

「冗談だよ。俺にも金は必要ない。頼みって言うのは……なあ、母ちゃん」

「うん」とだけ冴木の母親が答える。

「たぶん、みんなは俺が昔の俺だと思っている」

「うん」

「でも、俺はもう昔の俺じゃないんだよ。だから、吉見と信康から連絡が来たときには、俺、もう、怒っていないし、気にもしていないからって、伝えて欲しいんだ……」

こんな話をしながら冴木の声が涙ぐむ。

「うん」

「母ちゃん、本当にすまなかった、な……俺、連れっ子だろう……変な風に考えるなよ……吉見と信康を、母ちゃんは大事だ。それは良く分かる。俺だって母ちゃんが好きだ。でも……あいつらが俺を怖がって、今、出てこれねえよな。だから……なあ、母ちゃん、親父もお袋も、もう年だろう？　だから、吉見と信康が連絡取れたら、兄ちゃんはもういねえから、何も心配することはないから、出てきて弁護士頼んで、清算付けろって言ってくれ。あいつらも、これからしっかりと生きていけばいいんだ。こんな時もあった、こんな事もあった、そう思ってくれって言ってくれ……」冴木は心のわだかまりを母に吐露した。

「おい《おまえ》……」と母親が驚く。

「ああ、そうそう、なあ、母ちゃん、親父にも伝えてくれ、ありがとうって……それだけだ」

冴木のこの話を聞くと母は電話口ですすり泣いた。

「…………」

「泣かないでくれ、お袋。本当に、本当にありがとう、良く俺をここまで育ててくれた。母ちゃんが俺を育ててくれなかったら、俺は今頃やくざになっていたな、多分。俺も谷口と同じように死んだかもしれない、そう思う。俺が子供の時から、母ちゃんは、俺が何をしても褒めてくれたな。俺が虐められた時は一緒になって戦ってくれた。例えそれが他人でも……母ちゃんから、いっぱい愛を貰った。ほんと……本当だ」と冴木が言った。

「……うん。分かった。体に気をつけてな。親父は悲しむと思うけど、おい《おまえ》は自分が決めたことは必ずする男だし、な。韓国に行ってもミサと仲良くしてよね」

「うん。ミサのことだ。また、遊びに来るって言うさ。必ず」

「そうだな。元気でな」

「ああ。ちょくちょく電話するよ。就職先も決まったんだ」

「本当かい？　よかっかで」と母親が言う。

「うん。ミサのお父さんが中国に工場を出すんだと。俺、英語できるだろう？　だから、これからはミサのお父さんのところで働くようになる。一生懸命働いて、お袋と親父に楽させるから、心配するな。分かった？」と冴木は弾んで言った。

「ありがとう。頑張れな！」

「ああ、マッキョチユーセーヨ《まかせなさい》」冴木は元気いっぱいだ。

冴木は、この話の後、韓国に向かって日本を去った。彼を乗せた旅客機のジェット音が名古屋の空で冴木の意気込みのように轟音をひきずっていた。


翌年の旧正月元旦は、チェジュに百年に一度といわれるほどの大雪が舞い降りた。ミサのアパートへの急な上り坂は、雪のために車すら通れない。

真夜中、そこでミサと冴木のはしゃぐ声がする。ミサは犬のように雪が大好きである。手製の橇《そり》はもう滑走不能となっている。雪を両手に硬く握り締めた二人が行き交う。ミサが冴木を追い掛け回す。負けずと冴木もミサを追い掛け回す。その様子は、まるで下手くそのする卓球のようだった。あたり一面に煌《きら》めく白銀の世界は、天空に輝く星の妖精となった。ホワイトクリスマスにも似たその夜は、優しく二人を包んで離さなかった。

完

この道

――ソウルに向かったミサへ　お前に心を贈る　冴木良一――

君と歩いたこの道
君と取ったあの写真
君の着たあのネグリジェ
君の声
君の姿
君の笑い顔
君の涙

僕を心配する数々の君の言葉
ああ、すべての君が
僕の心の中にいる
昨日までの君の存在
たった一日だけの違いが僕を苦しめる
この道で見かけた幸福の鳥
この道で見たきれいなみかん畑
現実を離れて

事実を無視して
夢のような日々を送った
神がくれたもの
それは愛を守り抜く力
信じることの大切さ
だから、
僕は君に会いたい
一緒にいることの不思議
離れると苦しいのは心の悲鳴

今日、僕はいつもの道を寂しく独りで歩いる
何かが足りない
何かが
愛は確かに存在するのに
心が君を求めて止まない
なんて苦しいんだ
呼吸が出来ない
何を見ても感動しない

君のいない
この道
この道は僕と君のものだった
でも、独りでは
独りでは何の価値も意味すらない
君の細く小さな体
それが僕を支えつづけてきた
ああ、男なのに
男なのに

男らしくない
何も出来ない自分
何も出来なかった自分
言い訳して
いつも甘えた
今はあの時間が本当に悔しい
ただそれだけいい
君を守ること

心で伝え続けた
でも、君は
僕を守ると
いつも言っていた
不安だらけの明日に
君は
正々堂々と立ち向かって
ああ、
なんてこった

チャギを信じる
そう言った君の言葉
その言葉が
嗚呼、お寺にお米を持っていきたかった、チンチャ
そういったあの言葉が
そして、その声が
僕を締め付ける
美しかったその言葉

美しかったその声
生まれて初めて自分以外の
存在に心震わせた
そう、これも愛の力
僕は
いつもこうだ、
一体どうすれば良いのだろう
君の
君の純粋な心は

僕を許さないどころか
僕を許し続ける
そう、これも愛の力

僕も君を
愛している
本当に
この寂しさに耐えること
それが僕の使命なのか

神よ、

お願いです

僕に力をお与えください

ヨボ《愛する妻》を守る力を与えてください

ヨボを本当に愛しています

アーメン

この道を通って僕等は天国行く

必ず

ヨボ、

最愛のヨボ
僕だけのヨボ
ヨボ
君を信じる
僕が君を必ず守る
僕のために
僕は
電話のベルを二十四時間待ち続けている

こんな
こんな自分がとても悔しい
男は男らしく
それが僕の信念だった
この苦しさから早く抜け出す
そう心に誓う
愛している
愛している
君は強い女だね

君は僕の理想の女性
完璧な神の創造物、
唯一、神が与えてくれた
僕の宝物だ
この道を歩いていて
ただ独り
それだけを思う
君さえいれば、

僕は金も名誉も何も要らない
欲望はただのひとつだけ
君と一緒にいること
ただそれだけ
もう二度と誰も傷つけない
何も壊さない
ヨボ《愛する妻》、約束する
だから、だから、早く
僕は君のところへ帰る

信じていてくれ
この道は
君と僕で歩いてこそ
価値がある
この道で
二人で生きよう
独りで歩くよりも
二人で歩くことのほうが

ずーと楽しく明るい
そして、
すべての物が美しさの対称となる
二人のほうが
二人でいるほうが
はるかに自然だ
二人でいると
生きている
そう感じられる

近い未来

きっと、必ず、

いつか、きっと

離れることがない

そんなときは来るよね

ヨボ《愛する妻》。

ヨボ、

チンチャサランヘヨ《本当に愛しています》

チンチャ《本当に》
チンチャ
サランヘ《愛している》

［著者紹介］
蘭　千代丸（らん　ちよまる）

1961年、長野県出身。

中央大学法学部卒、青年実業家を経て、現在、アーティスティックMDとして活躍中。

本作品にて作家デビュー。目下、韓国滞在歴14年を活かした体験的著作を中心に精力的に執筆中。

最後の絆

2004年10月12日　初版発行

著　　者　蘭　千代丸
装　　幀　谷元　将泰
発 行 者　高橋　秀和
発 行 所　今日《こんにち》の話題社《わだいしゃ》
東京都品川区上大崎2-13-35 ニューフジビル2F
TEL 03-3442-9205　FAX 03-3444-9439
印　　刷　互恵印刷＋トミナガ
製　　本　難波製本
用　　紙　富士川洋紙店

ISBN4-87565-549-5 C0093